Walter Passian

Endstation Mäuseturm

VERLAG STEFAN KEHL
HAMM AM RHEIN

Impressum

© 2006 Verlag Stefan Kehl, Hamm am Rhein
Alle Rechte vorbehalten

Umschlagzeichnung
Renate Böhm-Schewe, Worms

Illustration, Seite 8
Walter Passian, Worms

Fotos Mäuseturm, Seite 7 und 227
Pia Gonschorek, Bingen

Lektorat
Gunda Kurz, Mainz

Gesamtherstellung
Druckerei Stefan Kehl, Hamm am Rhein

ISBN-10: 3-935651-24-4
ISBN-13: 978-3-935651-24-0

Für E. Armknecht, H. Iwand und W. Iwand

»Die Tore zur Hölle sind manchmal
nur unzureichend getarnt.
Trotzdem werden wir immer behaupten,
wir hätten sie nicht gesehen.«

Walter Passian

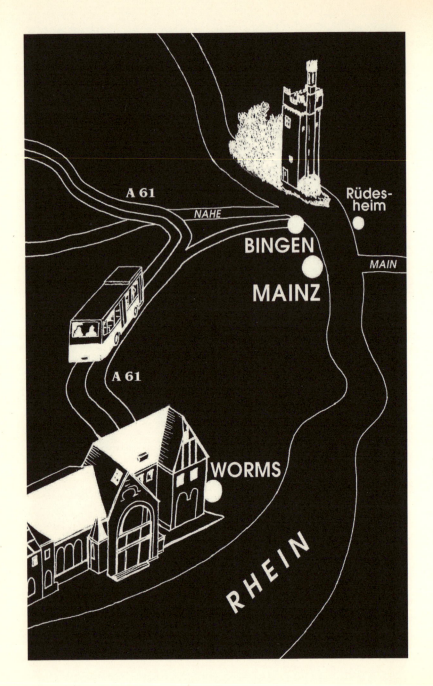

Prolog

Bingen, heute und viel, viel früher

Der maskierte Mann warf seinem Gefangenen einen dünnen Schnellhefter in den Schoß. »Lesen!«, befahl er. Hegelmann, dessen Gelenke mit Handschellen gefesselt waren, stöhnte auf. »Durst«, sagte er leise, mit trockenem Mund, und dann: »Hunger!« Der Maskierte antwortete nicht, trat stattdessen einen Schritt vor, nahm den Schnellhefter und blätterte die erste Seite auf. Dann drückte er ihn dem Gefangenen in die Hände. Die zitterten. Es war anstrengend, das Schriftstück zu halten, während die Handschellen an der Haut schabten. Hegelmann bemühte sich, den Hefter nicht fallen zu lassen. Denn das würde den Maskierten böse machen. Und Hegelmann wusste inzwischen, wie sein Peiniger reagierte, wenn etwas nicht so lief, wie er wollte.

Er zwang sich, auf die handgeschriebenen Zeilen zu blicken. Die Buchstaben waren leserlich, dennoch verschwammen sie vor Hegelmanns Augen. Außer dem Nahrungsentzug und der immer stärker werdenden Angst war es auch die mickrige 15-Watt-Glühbirne an der Decke, die ihm das Lesen schwer machte. Aber es hieß tapfer sein. Der Maskierte wollte, dass er las, also musste er lesen. Wenn der ihn doch wenigstens allein lassen würde. Aber nein, er blieb in der offenen Tür stehen, die Arme über der Brust verschränkt, und starrte ihn durch die dunkle Brille regungslos an.

Hegelmann ertappte sich bei der Frage, ob der Kerl ihn bei der schwachen Beleuchtung durch seine Sonnenbrille überhaupt richtig sehen konnte. Aber das war eine Frage ohne den Hintergedanken daran, dass es zu seinem Vorteil sein könnte, wenn ihn der Maskierte nicht hundertprozentig wahrzunehmen vermochte. Gedanken an eine Flucht hatte er inzwischen aufgegeben. Vielleicht nicht endgültig, aber im Augenblick auf jeden Fall. Er war körperlich zu schwach. Und auch sein Hirn war frei von rebellischen Gedanken. Es gab nur Durst und Hunger. Aber er ahnte, dass er nichts bekommen würde, wenn er nicht das las, was ihm sein Peiniger in die Hände gedrückt hatte. Er kniff die Augen zusammen, beugte sich den Blättern entgegen.

»Lies laut!«

Die aufgesprungenen Lippen formten das Wort »Aber ...«

Es war ein schneller Schritt nach vorn, dem genauso schnell ein harter Schlag gegen Hegelmanns Kopf folgte. Eine Sekunde später waren die Arme des Maskierten wieder verschränkt.

Hegelmann war nach links auf die harte Matratze gekippt. Er keuchte unter dem Schmerz. Seine Schwachheit ließ einen kleinen Rest Wut zu, aber nicht genug, um aufzubegehren. Auch nicht genug, um den Schnellhefter loszulassen. Er musste es schaffen zu lesen. Und er musste laut lesen. Wenigstens so laut, dass der Maskierte ihn verstand. Denn darauf legte er Wert. Nur dann würde es zu trinken und zu essen geben. Hegelmann richtete sich mühsam auf. Er würde folgsam sein. Er würde, so gut es ging, laut lesen. Dabei fiel ihm vor lauter Hoffnung auf Nahrung nicht ein, dass ihm der Maskierte mit keinem Wort versprochen hatte, ihm etwas zu essen zu geben, wenn er las.

Nach einer Weile hatte sich sein keuchender Atem so weit beruhigt, dass er beginnen konnte, die Worte zu formen, die vor seinen Augen tanzten.

»Es war ein heißer Tag im Sommer des Jahres 970. Hatto schwitzte. Er litt genauso unter der sengenden Hitze wie andere Menschen.«

Hegelmann wusste schon nach diesen ersten Sätzen nicht, wie er es schaffen sollte. Er hob die Augen wie ein gedemütigter Hund. Was er sah, erschreckte ihn. Der andere hatte die Sonnenbrille abgenommen. In der Stoffmaske, hinter den schmalen Schlitzen, sah er zum ersten Mal die hellen, blauen, tödlich kalten Augen. Hegelmann wusste, dass er kein einziges Mal absetzen durfte. Von irgendwoher bekam er etwas Feuchtigkeit in seinen Mund. Er las weiter, in der Gewissheit, dass es um sein Leben ging:

»Die Tätigkeit der Drüsen verband den Erzbischof von Mainz mit all den armen Bauern, die in seinem Bistum ihr karges Leben fristeten. Etwas Entscheidendes aber trennte sie voneinander. Die Bauern hatten Hunger. Hatto besaß Getreidevorräte in großer Menge. Fast alle seine Scheunen waren voll.

An jenem denkwürdigen Tag meldete ihm einer seiner Waffenknechte eine Abordnung von Bauern der Umgegend von Mainz, die ihn in einer wichtigen Sache sprechen wollten. Hatto befand sich auf dem Weg zum Dom, den er nicht aus religiösen Gründen aufsuchen wollte, sondern um in den kühlen Mauern Zuflucht vor der Hitze zu finden. Im Eingangsportal blieb er stehen, um dem erwarteten Pöbel nicht die Gnade erweisen zu müssen, sich gemeinsam mit ihm abkühlen zu dürfen.

Es waren etwa 30 Männer mit ihren Frauen und Kindern, die ihm auf dem Vorplatz entgegentraten. Hatto ließ ihnen von seinen Schergen das Betreten der Treppe vor dem Portal verwehren, wo sie den Schatten des Bauwerks hätten genießen können.

Der Wortführer der Bauern, ein gewisser Bodo aus der Gegend, in der heute der Touristenort Rüdesheim am Rhein liegt, trat vor die anderen und beugte vor dem Erzbischof das Knie.

»Hoher Herr...«, begann Bodo, wurde aber sogleich von Hatto unterbrochen.

»Fasse Er sich kurz, Er stiehlt meine Zeit!« Dabei ließ er sich von einem kleinen, jungen, aufgeregten Mönch den Schweiß von der Stirn wischen.

Bodo versuchte es noch einmal: »Hoher Herr, unsere Felder wurden von der Hitze der letzten Monate versengt und anschließend überfluteten die Wasser des Rheins alles Land, das wir bebaut haben.

Wir werden keine Ernte einfahren können. Unsere Kinder leiden Hunger und ihre Mütter sind zu schwach, um sie zu nähren.«

»Was soll mir das?«, fragte Hatto und verfluchte die Hitze, die ihn sogar hier vor dem Portal des Domes heimsuchte. Dass die Bittsteller im grellen Sonnenlicht standen, scherte ihn nicht. Er riss dem verdutzten Mönch das Tuch aus der Hand und betupfte seine Stirn, die Oberlippe und sein ebenfalls schweißglänzendes Kinn. »Päppelt Eure Brut nur selber auf und lasst mich in Ruhe.«

»Hoher Herr, man hört, dass Ihr gute Geschäfte mit dem Getreide macht, das in Euren Speichern liegt.«

»So, hört man das? Also wollt Ihr Geschäfte mit mir machen? Was habt Ihr denn zu bieten?« Das Tupfen hatte nichts genutzt. Der Schweiß rann in wahren Sturzbächen über Stirn und Wangen. Hatto wollte dringend in den schützenden Schatten seines Domes.

»Hoher Herr, Ihr könnt uns erretten, wenn Ihr uns einen kleinen Teil Eurer Vorräte gebt.«

»Er meint wohl, ich soll Ihm und seinen unnützen Kornmäusen meine Vorräte schenken?!«

Bodo wagte es nicht, das durch Worte zu bestätigen, und nickte nur demütig.

Erzbischof Hatto warf angeekelt das völlig durchnässte Tuch auf die Treppenstufen. Der kleine Mönch hatte von irgendwoher ein neues, trockenes Tuch aufgetrieben und wollte wieder wischen. Sein Herr grabschte ihm auch dieses Stück Stoff aus der Hand und bearbeitete wütend sein Gesicht und den Hals.

»Weiß Er, wie viele armselige Gestalten seiner Zunft in den letzten Tagen bei mir vorstellig geworden sind und mich anhielten, ich solle ihnen mein Korn schenken? Was glaubt Er wohl, wie schnell meine Speicher leer wären, wenn ich jedem Hungerleider, der mich anbettelt, auch nur eine Handvoll geben würde?«

Der Mönch, ein zwar wendiger, aber ängstlicher junger Mann, der den Erzbischof genauso fürchtete wie Bodo, hatte inzwischen das schweißgetränkte Tuch von der Treppe aufgehoben und suchte eine Möglichkeit, ein drittes Tuch zu besorgen, ehe das, mit dem sich Hatto jetzt abwischte, nass war.

»Hoher Herr«, versuchte es Bodo ein letztes Mal, »wir fahren unsere Ernten für Euch ein. Wenn wir Hungers sterben, können wir im nächsten Jahr nicht mehr für das Bistum arbeiten.«

»Geschmeiß wie Er wächst wie Unkraut nach. Wenn Er nicht für mich arbeitet, tut es ein anderer. Und jetzt geht mir aus den Augen, alle wie Ihr seid.« Hattos Stimme war hoch und schrill geworden. Er sehnte sich nach der Kühle des Gotteshauses und nach dem üppigen Mahl, das ihn später am Tag erwartete.

Bodo stand jetzt auf und Zorn flackerte in seinen Augen. »Ihr wollt ein Mann Gottes sein?«, fragte er mit mühsam unterdrückter Wut. »Ist unser Herr nicht ein Gott der Gnade?«

Hatto blickte in die Gesichter der anderen, die Bodo begleiteten. Der Hauptmann seiner Schergen sagte: »Nicht weit von hier stehen noch viele von denen. Es ist zu befürchten, dass sie sich mit Waffengewalt Zutritt zu den Speichern verschaffen wollen.«

»So, mit Waffengewalt«, fauchte Hatto, ließ das Tuch fallen und griff in die Luft nach einem neuen, aber der Mönch war weg auf der Suche nach irgendeinem Stück Stoff, das seinem Bischof Linderung würde verschaffen können.

»Sie trachten nach meiner Frucht«, sagte Hatto zu dem Soldaten. »Gut, man sperre sie in eine der Scheunen!«

Sofort gab der Hauptmann den Waffenknechten, die sich am Rande des Domplatzes still verhalten hatten, einen Wink und befahl ihnen, die Bauern zusammenzutreiben. Zwei von ihnen rissen Bodo von den Füßen und schleppten ihn zu einem Wagen, in den auch die anderen gescheucht wurden.

»Und die, die in der Nähe herumlungern, nehmt auch mit. Greift Euch so viele, wie es geht. Sie sollen meine Speicher von innen kennenlernen.« Das rief Hatto laut, zum Hauptmann seiner Wache sagte er leise: »Bringt sie in die leere Scheune, Ihr wisst schon.«

Der Scherge nickte. Ihm war klar, was zu tun war.

Wenig später hielten fünf Wagen voller Menschen vor der besagten Scheune. In einem sechsten saßen Hatto, sein Hauptmann und der kleine Mönch, der mehrere Kutten seiner Mitbrüder zu Lappen verarbeitet hatte, mit denen er auf der Fahrt seinem Herrn Erleichterung verschaffte. *Der Hauptmann verließ den Wagen, um den Einsatz zu leiten.*

Ein Wagen transportierte die Soldaten des Erzbischofs, in den vier anderen kauerten dicht gedrängt mit ängstlichen Gesichtern die Bauern mit ihren Frauen und Kindern. Bodo hatte man bewusstlos geschlagen. Er wurde in die Scheune getragen, während die Söldner die anderen in den hölzernen Bau scheuchten.

Hatto wartete, bis die großen Tore der Scheune geschlossen und mit einem Balken verriegelt waren. Dann gab er den Befehl: »Entzündet die Fackeln!«

Soldaten legten nun an allen vier Ecken der Scheune Feuer. Als die Eingesperrten gewahr wurden, was mit ihnen geschehen sollte, erhob sich zuerst ein lautes Schreien. Und als die Flammen genug Nahrung gefunden hatten und die Unglücklichen begannen, gegen das Tor zu hämmern und schließlich die brennenden Holzwände der Scheune einreißen wollten, da schrien sie noch lauter in ihrer Pein. Es war ein hohes Quietschen, das bald so klang, als käme es aus einem Mund. Ein Teil dieses schrecklichen Geräusches verursachten die vielen Mäuse, die in der Scheune gehaust hatten, und die durch alle Ritzen versuchten, zu entkommen, was den meisten auch gelang.

Hatto vergaß die Hitze, obwohl sie durch die Flammen noch stärker geworden war. Der kleine Mönch wischte sich nun seinen eigenen Schweiß ab. »Ihr habt sie genug erschreckt«, rief er in das Prasseln der Flammen hinein. «Wollt ihr die, die noch leben, nicht laufen lassen?« Hatto wies seine Schergen an, jeden der Bauern mit ihren Lanzen zu erstechen, dem es gelingen sollte, die Scheune zu verlassen. Zu seinem Mönch sagte er: »Hörst du die Kornmäuslein pfeifen? Willst du ihnen Gesellschaft leisten?« Der kleine Mönch schüttelte hastig den Kopf. »Dann halte deinen Mund.«

Das Konzert der Stimmen in ihrer Todesangst schwoll noch einmal zu einem unheilvollen Schlussakkord an. Keiner der Soldaten mochte dieses grausame Schauspiel, und der kleine Mönch ließ die Tücher fallen, sprang vom Wagen und gab der Erde alles, was er in der letzten Zeit gegessen hatte.

Nur Hatto thronte allein auf seinem Wagen, während der Kutscher versuchte, die Pferde zu halten, die durch die Flammen ebenfalls in Panik zu geraten drohten. Ein breites, zufriedenes Grinsen stand auf seinem schweißüberströmten Gesicht. Er brüllte, so laut es ging, in den Lärm des Feuers und die schreienden Stimmen hinein: »Ihr wolltet in meine Scheune, nun seid Ihr in meiner Scheune. Soll einer sagen, Erzbischof Hatto tue nicht das, was seine Untertanen wünschen.« Und dann lachte er ein schauriges Lachen, das aber außer ihm selbst kein anderer hörte.

Als alles vorüber war und die verkohlten Leichen der Bauern und ihrer Familien wie ein Haufen zusammen mit den geschwärzten Balken der Scheune in der Sonne lagen, gab Hatto seinem Kutscher den Befehl, zum Dom zurückzukehren. Dem kleinen Mönch, der wieder auf den Wagen klettern wollte, rief er zu: »Du wolltest die Kornmäuse schonen? Dann wird es dir nichts ausmachen, auf deinen kleinen Mäusefüßen zurück nach Mainz zu trippeln.«
Damit wandte er sich ab und klatschte in die Hände, was seinem Kutscher bedeuten sollte, dass er nun abfahren konnte.«

Es war geschafft. Er hatte gelesen, er hatte geblättert, er war einigermaßen verständlich gewesen. Weiter stand nichts auf den Bögen. Er klappte den Schnellhefter zu. Seine Arbeit war erledigt. Jetzt musste die Belohnung kommen. Er blickte wieder hoch. Die Sonnenbrille verdeckte die Augen des Maskierten.

Ein schneller Schritt vor, mit einem Ruck wurde Hegelmann der Hefter aus den Händen genommen. Dann drehte der Maskierte blitzschnell die Glühbirne aus der Fassung und wandte sich zur Tür.

»Fortsetzung folgt!«

Die Tür krachte ins Schloss. Mehrere Riegel wurden vorgeschoben. Hegelmann wollte brüllen, wollte an das Versprechen erinnern, dass er etwas zu trinken und zu essen bekommen sollte. Aber es geschah zweierlei. Erstens brachte er nach dem Lesemarathon und vor lauter Enttäuschung keinen Ton mehr heraus und dann fiel ihm ein, dass das Versprechen nur ein Produkt seiner Hoffnung gewesen war.

Er ließ sich nach rechts auf das Bett fallen. Er hörte aus großer Entfernung das Geräusch eines Zuges. Es klang weit entfernt und dennoch, als sei es durch einen Trichter verstärkt.

Er musste darüber nachdenken, wenn er wieder denken konnte. Und er musste sich auch klar darüber werden, warum er ausgerechnet diesen Text hatte lesen müssen.

Der Mund war trockener als vorher. Hegelmann hustete. Alles schmerzte, nicht nur Lungen und Kehle.

1
Worms
Beginn der Reise
Freitag, ab 22.20 Uhr

Ein Stück Brot mit guter Markenbutter und einigen dicken Scheiben Salami war allemal schmackhafter für Heinz Werber als eines dieser Schicki-Micki-Brötchen aus dem neuen Fast-Food-Tempel am Wormser Hauptbahnhof.

Gertrud packte ihm stets seine alte, verschrammte Blechdose voll damit, wenn er Spätschicht hatte. Die Dose stammte von Heinz Werbers Vater, der in den Fünfzigern des vergangenen Jahrhunderts schon in Worms Bus gefahren war.

Karl Hoff, sein Kollege von der Spätlinie 414 nach Wiesoppenheim, beneidete ihn wie immer um diese Art von Verpflegung. Heinz war heute Abend besonders guter Stimmung und schnitt für Karl ein Drittel seiner letzten Klappstulle mit seinem Schweizermesser ab. Er reichte ihm das Brot in den Wagen, sagte »Guten Appetit«, konnte es sich aber nicht verkneifen, seinem jüngeren Kollegen noch einen guten Rat mitzugeben: »Heirate endlich, dann musst du dir keine Sorgen mehr um die Ernährung machen.«

Karl Hoff, der von Döner und Hamburgern lebte, grinste: »Bei meinem Pech erwische ich entweder eine Frau, die zu emanzipiert ist, um mir Brote zu schmieren, oder eine Diätköchin.«

Heinz Werber blickte kurz auf seinen vorgewölbten Bauch und wollte etwas über den Vorteil einer Diätköchin sagen, aber beim Hochsehen traf sein Blick auf das große Zifferblatt der Uhr am Busbahnhof und er sagte zu Karl Hoff: »He, wir sind zwei Minuten über der Zeit.«

Hoff biss ins Brot und schielte in den Innenspiegel. »Ich hab bis jetzt keinen einzigen Fahrgast. Und bei dir steht nur eine Frau. Trotzdem, tschüss und vielen Dank noch mal. Und viel Spaß am Wochenende.«

Sie winkten sich zu und Heinz Werber ging hinüber zu seinem Bus der Linie 413 nach Herrnsheim.

Ein leichter Nieselregen setzte gerade ein, als er den Wagen aufschloss und sich mit gedämpftem Ächzen hinter das Lenkrad hievte. Die langhaarige blonde Frau, die schon einige Zeit vor dem Bus gewartet hatte, löste ein 24-Stunden-Ticket für eine Person und ging ganz nach hinten. Sie roch gut, fand Heinz Werber, ohne dass er feststellen konnte, wonach.

Ein Blick nach draußen, ein Rundblick über alle Spiegel, kein weiterer Passagier war zu sehen. Drüben fuhr gerade Karl Hoff in die Gegenrichtung ab und winkte. Er kaute dabei.

Werber hob lässig die Hand zum Gruß und startete den schweren Wagen. Der Regen wurde stärker. Es war eindeutig zu kühl für diesen frühen Septemberabend. Gott sei Dank war es die letzte Fahrt für heute. Danach hatte er frei bis Montag. Am Samstag, also morgen, würden sie Gertruds Geburtstag feiern. Sie hatten einen Nebenraum in einer Pfeddersheimer Gastwirtschaft gemietet. Deutsches Essen. Auch seine Tochter aus Freiburg hatte sich angesagt. Heinz Werber freute sich darauf, seine beiden Enkel wieder zu sehen. Claudio war neun, Francisco vier.

Dicke Tropfen klatschten nun frontal auf die große Windschutzscheibe. Heinz Werber schaltete den Scheibenwischer ein. Verdammter Regen. Hoffentlich würde es am Samstag besser. Er würde gern mit Claudio im Hinterhof spielen, bevor sie essen gingen.

* * *

Annerose Neuwirth war zuletzt vor zehn Jahren mit einem Linienbus gefahren.

Sie trug einen Kopfhörer und hatte ein winziges Mikrofon an einer kurzen Kette um den Hals, die zum Teil von ihrem langen, blonden Haar verdeckt wurde. Sie saß auf der Rückbank und hatte somit den gesamten Innenraum des Busses voll im Blick. Vom Start am Busbahnhof an war sie der einzige Fahrgast.

Der Regen ärgerte sie. Wenn sie ihn vorausgesehen hätte, wäre sie besser ausgerüstet gewesen. Aber so, keine Mütze, kein Schirm. Wenigstens trug sie den Übergangsmantel, der die unangenehme Kühle minderte. Die breiten Reifen des städtischen Fahrzeuges sangen hörbar auf der regennassen Straße. Trotz angestellter Heizung fröstelte Annerose Neuwirth. Für sie waren Frieren und Einsamkeit von jeher verwandte Gefühle gewesen. So auch heute Abend. Sie empfand den Fahrer des Busses, dessen Rücken sie halb verdeckt von einer Kunstglaswand und einem schwarzen Vorhang sah, als unendlich weit entfernt.

Am liebsten würde sie jetzt vorn neben ihm sitzen und plaudern. Das belangloseste Geschwätz wäre ihr recht gewesen. Es war schon eigenartig, wie wenig einsam sie sich fühlte, wenn sie ohne Begleitung bei gleichen Wetterverhältnissen in ihrem BMW durch die Straßen ihrer Heimatstadt fuhr. Aber hier, in diesem abgedunkelten Kasten, in dem es immerhin außer ihr noch einen weiteren Menschen gab, fühlte sie sich sehr allein.

Gott sei Dank krächzte in diesem Augenblick eine wohlbekannte Stimme in ihrem Kopfhörer: »Annerose, wo seid ihr gerade?«

Die blonde Frau sprach leise ins Mikro: »Du kannst es wohl nicht abwarten, Lui. Wir sind gerade mal an der Brücke am Anfang von Neuhausen. Er kann noch gar nicht zugestiegen sein. Bezähme deine Ungeduld. Ich melde mich schon rechtzeitig, Ende.«

Für einen längeren Small Talk war nicht der rechte Zeitpunkt. Aber es hatte Annerose gut getan, eine Stimme zu hören. Es hätte nicht mal unbedingt Lui sein müssen. Obwohl, es war gut so. Trotzdem kam das Gefühl der Einsamkeit sofort zurück.

Komisch, wo diese Busfahrt doch eine Ausnahme war. In wenigen Stunden würde sie mit Lui Fischer in dessen Büro in Worms-Hochheim sitzen, das Ergebnis dieser Observation besprechen, einen Bericht für die Auftraggeberin Magdalena Gorwin abfassen, und kurz darauf würde Annerose im Bett ihrer luxuriösen Wohnung im Musikerviertel liegen. Vielleicht mit Lui, vielleicht ohne ihn. Beides wäre ihr recht. Aber das erschien ihr jetzt so weit weg zu sein wie der Fahrer des Busses hinter seinem Lenkrad. Das Einsamkeitsgefühl machte ihr mehr zu schaffen, als sie es sich eingestehen wollte. Aber warum nahm es sie gerade in diesem Moment so gefangen? War es der beginnende Herbst, das Regenwetter oder die unklare Beziehung zu Lui? Oder war es wegen ...? Aber wollten sie es nicht beide ungebunden, locker und frei? War es nicht besser so, gerade weil Lui nicht *wirklich* frei war?

Der Bus bog in die Feuerbachstraße in Neuhausen ein. Kein anderes Auto war zu sehen. An der Haltestelle in Höhe der Einmündung Grünewaldstraße wartete kein Fahrgast. Die gesamte Siedlung mit ihren Ein- bis Zweifamilienhäusern wirkte, als habe man sie evakuiert. Annerose war immer noch der einzige Mensch an Bord, außer dem Fahrer. Auch an den Haltestellen an der Slevogtstraße und an der Ecke zur John-F.-Kennedy-Straße stieg niemand zu. Die nächste Haltestelle an der Hochhaussiedlung, in der Kennedy-Straße selbst, sah ebenfalls verwaist aus, als sich ihr der Bus näherte. Der Fahrer hatte die Geschwindigkeit genügend gedrosselt, um bei Bedarf halten zu können. Jetzt schaltete er, wollte die Fahrt wieder beschleunigen, da tauchte draußen, hinter dem Haltestellenhäuschen, eine Gestalt auf. Die Bremsung war nicht so heftig, wie sie Annerose erwartet hatte. Sie hörte das unwillige Brummeln des Fahrers bis auf ihre Rückbank.

Dann stand der Bus.

* * *

Ludwig (Lui) Fischer hörte den piependen Ton und sah das Display seines Spezialhandys grünlich aufblinken. Aha, es tat sich was auf den Straßen von Worms. Gute alte Annerose. Fischer lehnte sich in seinem weißen Bürosessel zurück und meldete sich: »Ich bin ganz Ohr, Miss Watson.«

Es kam sehr leise, aber Annerose wusste, wie man flüsternd und dennoch verständlich sprechen konnte. »Haltestelle John-F.-Kennedy-Straße, Hochhaussiedlung. Das Objekt ist zugestiegen. Allein. Ich versuche, ihn zu filmen.«

»Bist du sicher, dass er es ist?«

»Er sieht aus wie du, Lederjacke, wenn auch braun, schwarze Handschuhe und schwarze Strickmütze. Dreitagebart, so weit ich von hier aus sehen kann. Einige Jährchen jünger als du.« Fischer lächelte. So kannte er sie: immer eine kleine Spitze gegen ihn, die nichts ausdrückte als die pure Zuneigung.

»Er ist es, eindeutig«, fügte Annerose hinzu, dann klang sie etwas hastig: »Ich mache Schluss, er kommt nach hinten auf mich zu. Ende!«

Fischer gab sich damit zufrieden. Annerose würde es schon richtig machen. Er hatte selten freie Mitarbeiter gehabt, die so mit Feuereifer bei der Sache waren.

Sie war mit ein Grund, warum er seinen Job noch nicht aufgegeben hatte, obwohl das lange sein erklärtes Ziel gewesen war.

Annerose, eine Frau, die ihn liebte. Eine Frau, die er gern geliebt hätte. Aber das ging nicht! Nun, manchmal konnte er sie einfach so genießen, wie sie war. Offen, burschikos, freizügig, zärtlich ... Aber dann wieder kroch etwas in ihm hoch, was man schlechtes Gewissen nennen konnte. Nutzte er sie nicht schamlos aus? Mal für Aufträge, für die sie nicht bezahlt werden wollte, mal für nette, kleine gemeinsame Unternehmungen, die ihm (und ihr) die kurze Illusion einer echten Beziehung vorgaukelten, mal für Nächte im Bett, die aktiv und sexuell befriedigend waren, aber letztlich, zumindest was ihn betraf, hauptsächlich sportiven Charakter hatten.

Aber er konnte sie nicht lieben. Mögen sehr, brauchen ebenfalls, aber eben nicht lieben. Manchmal wollte er sich damit reinwaschen, indem er sich sagte: »Sie selbst hat diese Form der Beziehung vorgeschlagen.« Aber das war ihm als Ausrede zu billig. Er sah sich als Nutznießer ihrer Gefühle. Er glaubte, viel mehr von ihrer Beziehung zu profitieren als sie.

»Profitieren. Ein Scheiß-Ausdruck in diesem Zusammenhang«, sagte er plötzlich laut.

Fischer wollte im Moment nicht weiter darüber nachdenken und er brauchte es auch nicht, denn die Ablenkung kam durch das Telefon mit dem Festnetzanschluss.

»Detektei Fischer!«

»Magdalena Gorwin!«

»Oh, da sage der Mensch, es gäbe keine Zufälle. Wir sind gerade am Ermitteln in Ihrer Sache. Es könnte sein, dass wir...«

Fischer kam nicht weiter. Seine Gesprächspartnerin fiel ihm ins Wort. Mit einem hysterischen Unterton in der ansonsten leisen Stimme sagte sie hastig: »Keine Namen und keine Details am Telefon. Bitte! Entschuldigung!«

»Kein Problem«, Fischer bemühte sich um eine beruhigende Sprechweise. »Meine Kollegin ist jedenfalls in Ihrer Angelegenheit zu dieser Stunde im Einsatz.«

»Gut, danke, entschuldigen Sie bitte, dass ich Ihnen eben ... ich meine ...«

»Machen Sie sich keine Gedanken, es ist absolut vernünftig, Einzelheiten nicht am Telefon zu erörtern. Ich hätte selbst daran denken müssen. Darf ich nach dem Grund Ihres Anrufes fragen?«

»Wann kann ich kommen? Ich meine, wann lohnt es sich, nach Worms zu kommen?«

»Wenn sich unsere Spur als tragfähig herausgestellt hat. Das kann sich unter Umständen noch heute Nacht klären.« Fischer richtete sich in seinen Antworten jetzt nach der Bitte seiner Auftraggeberin. Keine Namen, keine Details. Die Kundin war Königin.

Tiefes Einatmen am anderen Ende der Leitung. »Ich sitze hier buchstäblich auf gepackten Koffern. Sie können mich jederzeit anrufen. Die ganze Nacht über. Und wenn Sie sagen, ich soll kommen, dann komm ich.«

»Gut, ich nehme Sie beim Wort, sobald ich etwas Genaueres weiß. Kann ich sonst noch etwas für Sie tun?«

»Wissen Sie, es ist ... ich liebe ihn!«

Fischer wusste nichts darauf zu sagen. Magdalena Gorwin klang bei diesen Worten so kindlich, so verzweifelt und vor allem so ehrlich, dass sich Fischers eigene Gefühle sehr plötzlich zurückmeldeten. Annerose, und dann Gerhild und Stephanie ... Doch die letzten beiden waren Namen zum Nachdenken für einen anderen Zeitpunkt.

»Sie rufen mich wirklich gleich an?« Magdalenas junge Stimme zitterte und weckte in Fischer väterliche Gefühle, die er in seinem Leben bisher immer nur Ersatzpersonen widmen konnte. Nicht, dass er zu alt wäre, jetzt noch Vater zu werden, aber da fehlte die passende Mutter.

»Ich rufe Sie sofort an, wenn ich etwas Konkretes weiß,« sagte Fischer, der froh war, dass das Thema Liebe nicht vertieft wurde, »auch wenn's mitten in der Nacht ist. In Ordnung?« Er stellte fest, dass er einen Ton eingeschlagen hatte, als würde er mit einem sehr, sehr jungen Mädchen sprechen.

»Danke, Herr Fischer«, hauchte Magdalena Gorwin. »Ich verlasse mich auf Sie!« Fischer hatte diesen Satz noch nie gemocht. »Ich verlasse mich auf Sie«, das waren Worte, mit denen man Druck ausübte. Druck auf das Gewissen. Und das hielt, zumindest bei Fischer, weniger aus, als für ihn in seinem Beruf gut war.

»Bis dann!«, sagte er knapper, als er wollte, und beendete das Gespräch. Als er aufgelegt hatte, zündete er sich, ohne sich dessen bewusst zu sein, eine Zigarette an. Ja, seit Stephanie rauchte er wieder, nach jahrelanger Tabakabstinenz. Ganz selbstverständlich stand nun wieder ein Aschenbecher auf seinem Schreibtisch neben dem PC und in einer Schublade lagen mindestens drei Zigarettenpackungen und ein Päckchen mit Streichhölzern. Feuerzeuge hasste er wie früher schon.

Fischer legte seine langen Beine auf den Schreibtisch, sog an der Zigarette und wartete auf ein neues Lebenszeichen seiner freien Mitarbeiterin.

* * *

Annerose war unbehaglich zumute. Der Mann hatte sich neben ihr auf der Rückbank breit gemacht. Jetzt musste sie die Walkman-Hörerin mimen und konnte sich nicht mit Lui in Verbindung setzen. Er roch nach Kälte und einem Rasierwasser, wie sie es in ihrer Drogerie nicht verkaufen würde. Sie bemühte sich, nicht befangen zu wirken, was nicht leicht war, so wie er ihr auf die Pelle gerückt war.

Hoffentlich meldete sich Lui nicht ausgerechnet jetzt. Sie bildete sich ein, dass ihr Sitznachbar das leise Knacken in ihrem Kopfhörer mitbekommen würde, und sie stellte sich vor, wie Lui mehrfach zu hören sein würde: »Annerose, melde dich. Annerose, was ist denn, so melde dich doch. Annerose, kannst du nicht sprechen?«

* * *

Fischer erwog kurzzeitig, sich im Bus zu melden, aber er wollte seine schöne Hilfsdetektivin nicht in die Bredouille bringen. Wer wusste, ob sie frei reden konnte. Nein, er musste sich in Geduld üben. Er lenkte sich ab, indem er über sein Gewissen im Allgemeinen nachdachte. Im Besonderen kam er sehr schnell wieder auf Annerose Neuwirth, die in diesem Augenblick in einem Wormser Linienbus saß und für ihn arbeitete.

Er sah sich im Büro um. In den ersten Jahren seines Daseins als Detektiv war das ein kleiner, kalter, weißer Raum gewesen. Seit es Annerose gab, standen Pflanzen in den Fenstern und eine schmale Kübelpalme erhob sich rechts vom Schreibtisch. Die weißen Wände hatte sie ihm gelassen. Der Gestaltungsstil, den sie in seinem Büro hatte walten lassen, entsprach der Einrichtung ihrer eigenen Wohnung. Unten grün, oben weiß. Fischer ließ sie gern gewähren, denn Besucher lobten *die weibliche Hand.*

Es wurde Zeit, sich mal ein besonderes Geschenk für Annerose auszudenken. Etwas ohne Weihnachts- und Geburtstagszwang, etwas, das man nicht kaufen konnte, denn Annerose konnte sich mehr leisten als Fischer.

Er tat sich etwas schwer mit Geschenken, aber sie hätte es verdient. Nur, was könnte ihr eine echte Freude machen? Sein Blick fiel auf den CD-Player auf seinem Schreibtisch. Musik, Live-Musik, Musik in ihrer Entstehung! Das war die Idee. Ein gemeinsames Wochenende mit ihm, Fischers Neffen Edgar und dessen Frau Susanne, mit denen Annerose seit Guntersblum befreundet war. Auch Edgar Junior konnte dabei sein. Sie würden nach Köln fahren, in das Studio eines mit Fischer befreundeten Toningenieurs. Da kam man ohne Beziehungen nicht rein. Da wurden ständig Aufnahmen mit nationalen und internationalen Künstlern gemacht. Fischer wollte sich gleich am Montag erkundigen, was da in den nächsten Wochen geplant war. Fischer wusste, wie sehr sich Annerose wünschte, mal bei Aufnahmen dabei zu sein. Komisch, dass er noch nicht früher auf diese Idee gekommen war. Vielleicht würde eine solche Unternehmung ihrer unausgegorenen Beziehung gut tun?! Apropos, sie könnte sich bald mal melden. Sie müssten doch schon in Herrnsheim sein. Er blickte auf den Schirm seines PC. Ja, der Bus würde fahrplanmäßig jetzt an der Endhaltestelle Herrnsheim-Park bereits wieder abfahren. Über Hochheim-Friedhof, ganz nahe an Fischers Büro vorbei, Richtung Hauptbahnhof. Die Nachtlinie. Aber wenn alles klar gegangen war, dann war Annerose in Herrnsheim ausgestiegen, um dem jungen Mann in der braunen Lederjacke zu folgen. Noch saß Fischer relativ entspannt hinter seinem Schreibtisch, rauchte und hatte sich in seinem bequemen weißen Bürosessel zurückgelehnt.

* * *

Boris stand neben der offenen Telefonzelle an der Endhaltestelle der Buslinie 403/413 am Park in Worms-Herrnsheim. Der Wind trieb ihm den Regen ins Gesicht. Pavel hatte sich unter der Überdachung auf die Holzbank verkrochen, aber auch dort erwischte ihn der Regen. Er fluchte auf Tschechisch. Er zog sich mit beiden Händen den Kragen seines Jogginganzuges hoch. Er krümmte sich in der Kälte, bot dem Regen so eine kleinere Angriffsfläche. Die großen Augen in seinem Bübchengesicht blickten wissbegierig in Boris' Richtung. Der hatte wieder diesen verdammten Druck im Schädel. Er begann als dumpfe Marter hinten und zog sich über beide Seiten, knapp über die Ohren und quer über den Kopf bis zur Mitte der Stirn, wo er seine Ausläufer sammelte und sich als pochender Dauerschmerz knapp über der Nasenwurzel niederließ. Boris blickte auf die Uhr. Der Bus müsste schon da sein. Er war mit einem Schritt bei der Telekom-Zelle, wählte rasch eine Nummer. Der Mann aus Bingen meldete sich sofort: »Ja?!«
Boris presste die Linke an seine Stirn.
»Ich! Legen Sie Wert auf die Exekution?«

Der Mann aus Bingen atmete scharf aus. »Der Auftrag ist doch eindeutig, oder?«

»Ja, eindeutig.«

»Also, warum fragen Sie?«

»Ich wollte nur ganz sicher gehen. Der Tod hat etwas Endgültiges, wissen Sie?«

»Das wissen Sie besser als ich. Sie werden doch nicht auf Ihre alten Tage zum Philosophen werden.«

Boris rieb sich die schmerzende Stirn. »Ihr Ton gefällt mir nicht.«

»Ich bezahle Sie nicht dafür, dass Sie mich lieben. Sonst noch was?«

»Nein, nichts!«

»Gut, dann machen Sie Ihre Arbeit. Ich mache meine.« Es klickte im Hörer.

Boris legte auf.

* * *

Annerose tat angestrengt so, als höre sie aus dem Kopfhörer flotte Musik, während der Bus das Schild mit der Aufschrift Worms-Herrnsheim passierte. Der Mann neben ihr sah geradeaus. Er saß sehr aufrecht, fast steif, neben ihr und starrte in Fahrtrichtung. Er sprach sie nicht an, er versuchte auch nicht, sie zu berühren.

Sie würden gleich an der Endhaltestelle ankommen. Anneroses Blick auf ihre Armbanduhr zeigte ihr, dass sie die zwei Minuten Verspätung noch nicht aufgeholt hatten.

* * *

Pavel konnte von der Bank aus die Herrnsheimer Hauptstraße besser überblicken als Boris von der Telefonzelle aus. Der Körper des jungen Mannes aus Tschechien straffte sich plötzlich, gab seine Schutzhaltung auf. »He, ich glaube, er kommt!«

Boris ging zu Pavel hinüber. Zwischen der Telefonzelle und dem Wartehäuschen hing ein riesiges Plakat. BROT IST ALLES! Eine lachende, weißhaarige ältere Dame und ein lachender junger Mann mit Brille und Krawatte reichten einem dunkelhäutigen Kind ein riesiges Baguette. Boris achtete normalerweise nicht auf Werbung, aber hier konnte er nicht vorbeigehen, ohne auch auf den Namen der Firma zu achten. HEGELMANN-BACKWAREN, BINGEN.

An die Botschaft auf der Reklamewand würden heute Nacht einige Menschen denken. Aber einer ganz besonders.

Jetzt sah auch Boris die Scheinwerfer des Busses. »Du folgst ihm unmittelbar. Ich gehe auf die andere Straßenseite.«

»Okay!« Pavel nickte.

* * *

So, sie waren in Herrnsheim. Annerose schielte zur Seite auf den jungen Mann, der sich in dem fast leeren Bus so dicht neben sie gesetzt hatte. Er hatte nicht versucht, zu flirten oder sich irgendwie an sie heranzumachen. Fühlte er vielleicht die gleiche Einsamkeit in dieser Nacht wie sie? Erschien es ihm folglich passender, sich neben eine hübsche Frau zu setzen als vorn in die Nähe des Fahrers? Ohne weitere Absichten? Einfach so?

Der Haken war nur, dass sie wusste, wer er war. Sie konnte ihn nicht einfach so hinnehmen, als Sitznachbar. Er war ihr Objekt. Und eigentlich hatte sie ihn mit der winzigen Knopfkamera filmen wollen. Aber das ging nicht, er war zu dicht an ihr dran.

Der Bus hielt. Von hier aus würde er nach wenigen Minuten Aufenthalt weiter seine große, nächtliche Schleife durch Worms zurück zum Hauptbahnhof ziehen. Annerose wartete, dass der Mann neben ihr aufstehen und den Bus verlassen würde. Lui hatte ihr gesagt, dass er hier in diesem Stadtteil untergekommen war. Sie wusste noch nicht genau, wie sie ihm, ohne seine Aufmerksamkeit zu erregen, würde folgen können, aber irgendwie musste es gehen.

Während der weit entfernte Fahrer die Eingangstür neben sich öffnete, blickte der junge Mann neben ihr aus dem Fenster, dann drehte er sich zu Annerose um. »Heutzutage hat man so wenig Zeit für absolute Ruhe, dass man sie sich künstlich zuführen muss«, sagte er mit einer sehr angenehmen Stimme. Er lächelte dabei.

»Wie bitte?«, fragte Annerose. Ihr Sitznachbar lächelte um noch ei-

ne Nuance intensiver. »Andere junge Damen dröhnen sich die Ohren mit Hip-Hop zu, Sie spielen sich Stille vor. Bemerkenswert!«
»Ganz leises Meeresrauschen«, sagte sie und schenkte ihm eines ihrer strahlendsten Lächeln, »schön, dass es Sie nicht gestört hat.«
Warum machte er keine Anstalten auszusteigen? Lui hatte doch gesagt ... Annerose sah durch die Scheibe des Busses die zwei Männer vor der großen Werbefläche. Stieg er wegen denen nicht aus?

* * *

Heinz Werber schloss die Tür wieder. Der Regen war schräg hereingekommen. Eigentlich hatte er Lust, noch einmal in Gertruds gute Stulle zu beißen, aber er wollte bis zum Bahnhof die knappe Verspätung wieder aufholen. Er musste gleich abfahren. Er warf einen Blick zu dem seltsamen Pärchen auf der Rückbank. Zuerst hatte es ausgesehen, als würden sie sich nicht kennen, trotz der Nähe, aber jetzt sprachen sie miteinander. Egal, was ging es ihn an. Aber wieso stiegen die beiden Männer da draußen nicht zu? Die standen doch nicht wegen des schönen Wetters an der Haltestelle.

* * *

Ein Tumor. Etwas anderes konnte es nicht sein. Schon damals, bei der Erstuntersuchung in der Betriebspoliklinik der DDR in Ostberlin, hatte der untersuchende Arzt nach stundenlangem Check bedenklich den Kopf gewiegt. »Ihre Gesamtkonstitution ist beinahe perfekt, Genosse. Aber achten Sie auf Ihren Kopf. Denken Sie an die entsprechenden Fälle in Ihrer Familie. Sie sind anfällig für schwere Hirnerkrankungen.« Dennoch hatte der Arzt ihm eine gute Gesundheit in den Akten bescheinigt und ihn damit aus ärztlicher Sicht für den Dienst im Ministerium für Staatssicherheit (MfS) empfohlen. Das war 27 Jahre her. Bei späteren Untersuchungen durch Betriebsärzte war die Warnung nicht mehr ausgesprochen worden. Aber diesen ersten Arzt hatte Boris nie vergessen. Gerade jetzt dachte er wieder an ihn. Die Kopfschmerzen waren beinahe unerträglich. Er massierte seine Nasenwurzel ohne das geringste Gefühl von Linderung.

»Warum steigt er nicht aus?«, murmelte Pavel neben ihm.

»Er hat uns gesehen«, presste Boris hervor.

»Er kennt keinen von uns, und wir sehen nicht so gefährlich aus ...«, Pavel unterbrach sich, » ... wie wir sind«, ergänzte Boris ohne eine Spur von Humor.

Pavel blickte sich nervös um. »Der flirtet mit der Tussi auf der Rückbank. Ob der die kennt? Was machen wir, wenn er nicht dran denkt auszusteigen?«

Der Schmerz kam jetzt in kurzen Intervallen. Es war, als würde jemand hinter Boris' Stirn die Blätter eines Kalenders abreißen. Obwohl diese Blätter festgewachsen waren.

»Wir fahren mit!«, stieß Boris hervor. Er wusste zu dieser Sekunde nicht, wie sie weiter vorgehen würden, wenn sie erst mal im Bus saßen, aber es schien ihm eine gute Idee zu sein. Vielleicht würden sich die Schmerzen verflüchtigen, wenn sie etwas taten. Es war eine verzweifelte Hoffnung, die durch nichts gerechtfertigt war. Man kann sich nicht entkommen, wenn man die äußere Situation verändert, dachte Boris. Das wusste er aus vielen harten Erfahrungen. Weder der Körper noch der Geist ließen sich durch Ortswechsel betrügen. Aber im Augenblick war es der einzige Einfall, der sie weiterbrachte.

»Wir können ihn nicht im Bus abknallen. Es gibt mindestens zwei Zeugen. Du willst die doch nicht auch über die Klinge springen lassen?!« Pavel wurde immer nervöser. Wie ein Lehrling, der zum ersten Mal zusammen mit dem Meister einer schweren Aufgabe gegenüber steht, dachte Boris. »Er wird nicht im Bus eleminiert. Nimm deine Tasche«, befahl er und griff sich seine rote Sporttasche von der Bank. Pavel griff zu seiner blauen Tasche und folgte Boris zur Fahrertür des Busses.

* * *

»Wo fahren Sie hin?«, fragte der junge Mann in der braunen Lederjacke. Annerose überlegte fieberhaft. Was war, wenn sie jetzt irgendeine Haltestelle nannte und der Mann dann doch hier ausstieg? Dann konnte sie unmöglich hinter ihm herlaufen. Wie konnte sie eine direkte Antwort umgehen? Die rettende Idee kam ihr sehr plötzlich. Der junge Mann hatte ihr Sprechfunkgerät für einen Walkman gehalten. Er schien wirklich zu glauben, dass sie sich eine Meditationsmusik angehört hatte. Also spielte sie die Rolle, die er von ihr zu erwarten schien. »Ach, das weiß ich nicht so genau«, sagte sie und schenkte ihm wieder ein Lächeln. Diesmal versuchte sie ihrem Lächeln etwas Verhuscht-Geheimnisvolles beizumischen. Ehe er antworten konnte, fuhr sie fort: »Ich hatte einen harten Tag. Und immer, wenn es besonders dick kommt, setz ich mich in den Nachtbus und gondele einfach so durch die Gegend.«

»Und hören ganz leises Meeresrauschen ...«, sagte der junge Mann.

»Ja, vielleicht klingt es etwas verschroben, aber ich bin täglich so viel Lärm ausgesetzt ... wohin fahren Sie denn?«

Da öffnete der Fahrer die vordere Tür erneut. Die beiden Männer stiegen ein.

Annerose fühlte, wie sich der Körper ihres Sitznachbarn versteifte. Er blieb ihr die Antwort schuldig.

* * *

»Der Bus ist noch da«, rief Gerhard Schell. »Wenn wir laufen, erwischen wir ihn noch.«

Gerhard, Gerhard, Gerhard, dachte Estelle Adler. Laut sagte sie: »Warum denn rennen, wir hatten uns doch darauf geeinigt, eine Taxe zu nehmen.«

»Klar, aber wir wären doch blöd, das Geld für ein Taxi rauszuwerfen, wenn der Bus noch da ist.«

Geizhals, elender Geizhals, dachte Estelle. Keiner ihrer bisheriger Freunde war so knausrig gewesen wie Gerhard.

»Na los, Schlafmütze«, rief er und setzte sich in Bewegung. Wenn Estelle nicht nass werden wollte, musste sie mitlaufen. Er trug den Schirm.

Es waren nur noch wenige Meter auf dem Weg durch den Park. Sie könnten es tatsächlich schaffen. Der Fahrer hatte gerade die Tür geöffnet, um zwei Männer einzulassen. Ade, warmes, kuscheliges Taxi. Estelle war bereit gewesen, einige Minuten unter dem Dach der Haltestelle auf den Mietwagen zu warten. Gerhard, der aus Spargründen kein Handy besaß, hatte versprochen, dass sie sich nicht beeilen müssten. Als er bei ihrem nächtlichen Spaziergang durch den Herrnsheimer Park auf die Uhr gesehen hatte, war ihm klar gewesen, dass sie den Bus nicht mehr erreichen würden. Von der Telefonzelle aus wollte er einen Wagen bestellen. Komisch, dachte Estelle, dass man immer Taxi sagt, auch wenn man Mini-Car fährt. Denn eines war klar, Gerhard würde das letztgenannte Unternehmen wählen, es war etwas preiswerter. Bei der Strecke, die sie zurück legen würden, machte das etwa einen Euro aus. Na, nun kam es ja offensichtlich ganz anders. Er konnte noch mehr sparen. Denn beide besaßen sie Monatskarten für die Wormser Busse.

Estelle lief, um den Anschluss an den Schirm wiederzugewinnen. Dabei knickte ihr rechter Fuß in der zierlichen Stiefelette in einer tiefen Pfütze beinahe um. Sie bekam sich gerade noch in den Griff, fing sich ab und rannte weiter. Gerhard versuchte gar nicht erst, sie aufschließen zu lassen. Er schien nur ein Ziel zu haben: Bus, sparen! Estelle verfluchte ihn insgeheim. Sie kannten sich gerade mal vier Wochen. Da konnte der Trennungsschmerz auf beiden Seiten nicht existenzgefährdend sein. Sie musste sich das mal durch den Kopf gehen lassen. Die anfängliche Verliebtheit war löchrig geworden und diese Aktion hier fügte hässliche breite Risse hinzu.

Die Tür des Busses begann sich zu schließen. Gerhard rief: »Hallo, warten Sie. Wir wollen noch mit!« Er hatte eine verflucht laute Stimme.

* * *

In Fischers Büro läutete das Telefon. Susanne war dran, die Frau seines Neffen Edgar aus Alzey.

»Du bist noch im Büro!« Es war eine Feststellung, keine Frage.

»Sonst hättest du mich nicht hier erwischt, kluge Schwägerin«, sagte Fischer. Er war nicht ganz bei der Sache. Er war nervös, wartete auf ein Lebenszeichen Anneroses.

»Was kann ich für dich tun?«, fragte er geschäftsmäßiger als üblich.

»Ich weiß nicht«, Susanne klang zögerlich, »ich glaube, ich kann

31

eher etwas für dich tun.«

»Da bin ich aber gespannt.«

»Tja, es geht um Annerose. Ist sie in deiner Nähe?«

»Nein, sie ist gerade für mich unterwegs.«

»Ein Detektivauftrag?«

»Ja!«

»Gefährlich?«

»Nicht besonders. Warum fragst du?«

Einen Moment lang schwieg Susanne. Das zwang Fischer, sich etwas mehr auf sie zu konzentrieren. Sie war berühmt dafür, sehr viel und sehr schnell zu sprechen. Langes Überlegen gehörte nicht zu ihren Haupttugenden. Dann hörte er wieder ihre Stimme. Sie sprach sehr leise. Fischer vermutete, dass Edgar noch nicht zu Bett gegangen war und sie befürchten musste, dass er jeden Moment ins Zimmer kommen könnte. Also ging es um etwas Heimliches. Fischer hatte einen Moment lang Angst, dass es um die Beinaheaffaire gehen könnte, die sie vor der Geburt von Edgar-Junior fast gehabt hätten.

»Du weißt, dass Annerose vergangene Woche drei Tage lang bei uns war?«, fragte Susanne nun und sie betonte jedes Wort.

»Ja, und ...«

»Sie sucht in letzter Zeit sehr häufig meine Nähe.«

Fischer grinste vor sich hin: »Ihr habt ja auch einiges miteinander erlebt. Das verbindet.« Er dachte an Susannes Verwunderung, als sie zusammen mit Annerose geglaubt hatte, Detektivin spielen zu müssen. Damals, als er Stephanie kennengelernt hatte. Stephanie, die nun lebenslänglich im Gefängnis saß. Er würde sie wieder besuchen müssen – aber das waren nicht die Gedanken, die er jetzt haben sollte. Für Sentimentalität war keine Zeit. Und eigentlich war auch keine Zeit für dieses Gespräch um irgendwelche Frauengeheimnisse. Fischer war nur froh, dass es offensichtlich nicht um seine früheren Gefühle zu Susanne ging.

Die sprach weiter: »Sie liebt Edgar!«

»Edgar?« Fischer schnappte nach Luft.

»Ach so, nein, nicht Edgar. Edgar Junior!«

»Den Kleinen? Meine Güte, Mädel, du hast mir einen schönen Schrecken eingejagt. Das kannst du mit einem alten Mann nicht machen.«

»Na ja, diesen alten Mann liebt sie auch, aber das weißt du ja.«

»Kein Thema fürs Telefon. Aber du wolltest mir sicher nicht nur sagen, dass Annerose deinen Sohn liebt. Ich sitze ein bisschen auf glühenden Kohlen ...«

»Ich versuche, mich kurz zu fassen«, sie machte wieder eine Pause. »Annerose spielt mit dem Kleinen, als ... als ob sie üben wollte.«

Fischer stellte die Frage, die nur ein Mann stellen konnte, wie er sich hinterher eingestand: »Wofür üben?«

»Ach, Lui ... ich versuch's noch mal anders. Als sie hier war, hatte sie gerade einen Termin bei ihrem Arzt hinter sich. Und sie hatte dort unsere Telefonnummer hinterlassen, weil sie ein wichtiges Untersuchungsergebnis erwartete. Der Anruf kam aber erst, als sie schon weg war. Ich habe mich nur mit ›Ja‹ gemeldet und da nahm die Sprechstundenhilfe wahrscheinlich an, dass ich Annerose sei.«

Fischer begann etwas zu ahnen. »Ja ..?«, sagte er vorsichtig.

Jetzt war Susanne im Redefluss: »Das Mädchen sagte, dass das Ergebnis vorliege und ich habe frech gefragt: ›Und, Positiv?‹ Darauf sagte sie: ›Herzlichen Glückwunsch, Frau Neuwirth!‹ Wann sagt jemand von den Medizinern bei einem positiven Befund schon ›Glückwunsch‹? Bestimmt nicht bei einem Aids-Test.«

»Sondern?«

»Ich gehe jede Wette ein, dass Annerose ein Baby erwartet.«

Alles, was diese Feststellung in Fischer auslöste, war ein langes, gedachtes »Häää???«.

Im gleichen Moment meldete sich Anneroses Funkgerät. »Moment, ich muss ...«, rief Fischer ins Telefon. Dann sagte er in sein Spezialhandy: »Ja, ich bin ganz Ohr.«

»Lui«, flüsterte Annerose, »er ist nicht ausgestiegen. Zwei Männer fahren mit. Wir sind auf dem Weg zum Bahnhof. Ende!«

Und schon war es vorbei. Nach einer Schrecksekunde besann er sich darauf, dass Susanne noch am Telefon war. »Ich muss jetzt Schluss machen, bei Annerose tut sich was.«

Der Doppeldeutigkeit dieses Satzes war er sich nicht bewusst. »Ich melde mich wieder«, fügte er hinzu. Er legte den Hörer auf, ohne auf eine Entgegnung Susannes zu warten.

Dann sprang er auf, raffte sein Handy und seine Pistole zusammen, riss die schwarze Lederjacke vom Bügel und schloss eine halbe Minute später bereits die Bürotür ab. Es gab zwei Haltestellen in der Nähe, an denen der Bus auf dem Weg zum Hauptbahnhof vorbeimusste. Eine oben am Friedhof, eine unten in der Binger Straße. Das Büro in der Obergasse lag fast genau in der Mitte. Fischer entschloss sich, nach links Richtung Hochheimer Friedhof zu laufen, quasi dem Bus entgegen, obwohl er vielleicht bei der anderen Haltestelle ein paar Sekunden gutgemacht hätte. Er spurtete durch den inzwischen nur noch nieselnden Regen auf die Haltestelle zu.

* * *

Annerose Neuwirth war sich nicht sicher, ob der junge Mann neben ihr ihre Meldung an Lui mitbekommen hatte. Er schien sich im Augenblick nicht im Geringsten darum zu kümmern, was sie tat oder was sie nicht tat. Er starrte geradeaus zu den beiden Männern, die sich unmittelbar hinter den Fahrer gesetzt hatten. Sie hatten ganz normal ihre Fahrkarten gekauft und der größere und ältere der beiden hatte noch zu einigen Prospekten gegriffen, die in einer Halterung an der Kassenkonsole steckten.

Der Jüngere war ein hübscher Bursche mit glattem, braun gebranntem Gesicht und tiefschwarzen Haaren. Der andere erinnerte Annerose an den französischen Schauspieler Jean Reno mit seiner großen Hakennase und den ausgeprägten Ringen um die Augen. Sein braunes Haar war über der Stirn schütter. Beide trugen beige Jogginganzüge. Der Jüngere trug eine blaue, der Ältere eine rote Sporttasche. »Kennen Sie die beiden Herren?«, fragte Annerose den jungen Mann neben sich. Der sagte leise: »Nein, Sie?«

»Nie gesehen. Sie haben mir noch nicht gesagt, wo Sie aussteigen wollen.«

»Nirgendwo!« Es klang tonlos und er sah sie nicht an dabei.

Annerose beobachtete ihn von der Seite. Er war bleich geworden und schien seine Augen nicht von den beiden Männern nehmen zu können.

Jetzt hielt der Bus an einer Ampel, die gerade auf Rot umgesprungen war. Die Höhenstraße, auf der sie durch Herrnsheim gefahren waren, kreuzte sich nun mit einer breiten Straße. Annerose sah, dass der ältere der beiden Männer aus seiner roten Sporttasche etwas zog, das wie ein Stadtplan aussah. Während der Mann den Plan aufklappte, fielen Annerose die unterschiedlichen Namen der Straße ein, die sich an der Ampel mit der Höhenstraße kreuzte. Rechts, Richtung Stadtkrankenhaus und Leiselheim, hieß sie Johann- Heinrich-Wichern-Straße und links, Richtung Neuhausen, Dr.-Carl-Sonnenschein-Straße. Seltsam, sonst konnte sich Annerose niemals Straßennamen merken.

Die beiden waren offensichtlich fremd hier. Was mochten sie von dem jungen Mann wollen? Annerose kannte nur seinen Namen, Sven Oberwald. Sie wusste, dass ihn seine Freundin Magdalena Gorwin suchte. Viel mehr aber auch nicht. Konnte es sein, dass die noch eine weitere Detektei eingeschaltet hatte? Aber wenn ja, warum?

Der Bus setzte sich wieder in Bewegung, als die Ampel Grün zeigte. Anneroses Augen wanderten zu dem Pärchen, das zuletzt eingestiegen war. Die junge, schwarzhaarige Frau und der deutlich ältere, leicht beleibte Mann neben ihr saßen auf der rechten Seite, um einige Plätze versetzt hinter den beiden Männern. Sie sprachen nicht miteinander.

Annerose sah links die kilometerlange Mauer des Friedhofs Hochheimer Höhe vorübergleiten. Rechts war freies Feld, die sogenannte Langgewann. Links war der Tod eingesperrt, rechts war Freiheit, Leben!

Annerose war froh, dass sie es geschafft hatte, die Meldung an Lui durchzugeben, ohne aufzufallen. Er würde wissen, was zu tun war – hoffentlich!

Sie näherten sich über einen sanften Hügel der Haltestelle am Friedhof. Zwischen dieser und der nächsten, an der Konventstraße, lag das Büro der Detektei. Dort stand auch Anneroses BMW. Ihre eigene Wohnung lag nur rund zwei Kilometer entfernt. Komisch, obwohl sie durch Straßen fuhren, die sie gut kannte, obwohl die üblichen Dinge ihres Alltags in greifbarer Nähe lagen, befand sie sich in diesem Gefährt mit diesen Menschen wie in einer fremden Welt.

»Tun Sie mir einen Gefallen?«, fragte der junge Mann neben ihr flüsternd.

»Welchen?«

»Was immer auch passiert: Mischen Sie sich nicht ein.«

»Passiert? Was könnte denn passieren?«

»Ich weiß es noch nicht, aber lassen Sie alles geschehen und halten Sie sich raus.«

Annerose zupfte an seinem Ärmel. »Das müssen Sie mir näher erklären.«

In diesem Augenblick bremste der Fahrer den großen Wagen ab. Annerose blickte nach vorn. An der Haltestelle stand Lui Fischer.

* * *

Fischer knurrte »Hauptbahnhof«, zahlte passend und sah den Fahrer an. Der blickte kurz zu ihm hoch und schien von dem, was er sah, nicht übermäßig erfreut zu sein. Der große Mann mit dem Dreitagebart und der nicht mehr neuen schwarzen Lederjacke war offenbar nicht sein Lieblingsfahrgast des heutigen Tages. Fischer kannte seine Erstwirkung auf die meisten Menschen und er arbeitete damit. Es war ein Kompliment, wenn ihm einer sagte: »Sie sind Detektiv? Ich dachte, so sehen die Leute aus, die Sie jagen!«

Er entnahm die Fahrkarte dem Apparat auf der Konsole, der sie aufreizend langsam ausspuckte. Dann wandte er sich zum Mittelgang. Hinter ihm schloss sich zischend die Tür. Der Bus fuhr an.

Es kam jetzt sehr darauf an, dass er sich wie ein x-beliebiger Passagier verhielt. Er hoffte inständig, dass Annerose mitspielte und so tat, als würde sie ihn nicht kennen.

Dort hinten auf der Rückbank saß sie. Dicht neben Oberwald. Die beiden schienen sich zu unterhalten. Aha, die beiden Männer hier vorn, wenige Sitze hinter dem Fahrer, waren dann wohl die, die in Herrnsheim zugestiegen waren. Oberwald hatte den Bus wahrscheinlich wegen denen nicht verlassen. Sie trugen Jogginganzüge und neben ihnen standen Sporttaschen. Der eine war ein junger Mann mit unfertigem, glattem Gesicht und wild herumflackernden Augen. Auf dem Schoß des Älteren lag ein Stadtplan. Dieser Mann, dessen Blick sehr lange auf Fischer ruhte, besaß eine beeindruckende, rauhe Gesichtslandschaft mit übergroßer Hakennase. Die Augen aber, die Fischer fast sezierten, waren das Faszinierendste. Sie waren klein, und, was trotz des Halbdunkels, das im Bus herrschte, zu sehen war, sie waren blau. Ausdruckslos und wachsam gleichermaßen. Die Kälte in ihnen verbarg mögliche Emotionen. Fischer musste unwillkürlich an die Augen eines Huskys denken.

Er wunderte sich, dass seine Gedanken sich auf Anhieb so intensiv auf diesen Mann einließen. Er zwang sich, zur anderen Seite zu sehen. Das Pärchen hatte Annerose in ihrer kurzen Meldung nicht erwähnt. Beide streiften ihn mit uninteressierten Blicken, dann sahen sie wieder geradeaus. Fischer kämpfte sich in dem schwankenden Wagen nach hinten durch. Beim Vorbeigehen sah er, dass der dickliche Mann versuchte, die Hand seiner sehr hübschen Begleiterin zu fassen. Sie zog ihre Hand weg.

Gott sei Dank, Annerose hatte geschaltet. Sie würdigte ihn keines Blickes, hörte Oberwald zu, der jetzt wieder etwas zu ihr sagte.

Fischer setzte sich schließlich in der Höhe des Ausgangs in der Mitte des Busses auf einen Doppelsitz. Er war hinter den Männern. Ein guter Platz. Er hoffte, etwas von dem verstehen zu können, was Oberwald und Annerose sich zuraunten, aber das gelang ihm nicht.

Was war hier nur los? Warum war Oberwald nicht in Herrnsheim ausgestiegen? Fischers Informant hatte Stein und Bein geschworen, dass er dort bei Freunden untergekommen war. Wie gern hätte er in diesem Augenblick Magdalena Gorwin angerufen und sie gefragt, ob sie etwas von weiteren Leuten wusste, die Oberwald suchten. Dass sie selbst noch andere Ermittler eingeschaltet haben könnte, schloss er vorerst aus.

Sein Blick streifte die Hinterköpfe der vier Passagiere, die vor ihm saßen. Der junge Mann blickte sich ständig hektisch um. Es sah so aus, als würde er hauptsächlich nach der schwarzhaarigen jungen Frau Ausschau halten. Der große, ältere Mann hielt den Kopf ge-

senkt. Er studierte die Karte auf seinem Schoß. Der Mann neben der jungen Frau schien gradeaus zu starren und sie selbst wandte ihren Kopf zur Seite. Fischer hatte aber nicht den Eindruck, dass sie die Blicke des glattgesichtigen Jungen suchte, sondern zu dem Älteren hinsah, der allerdings keine Notiz von ihr zu nehmen schien.
Fischer fragte sich, was in den Sporttaschen war.

* * *

Heinz Werbers Hunger wuchs mit jeder Station, die er abfuhr. Seine Tasche stand links neben ihm. Der Reißverschluss war halb geöffnet. Die zerschrammte Blechbüchse mit Gertruds Salamistullen lugte hervor. Bis zum Bahnhof würde er sich gedulden müssen. Was ihn beunruhigte, war dieses eigentümliche Gefühl, dass er den Hauptbahnhof von Worms heute nicht mehr sehen würde. Das hatte er, seit am Hochheimer Friedhof der Mann in der schwarzen Lederjacke zugestiegen war. Ein unangenehmer Bursche. Der junge Mann, der hinten neben der schönen Blonden saß, trug zwar außer der braunen Lederjacke noch eine Strickmütze und auch er war schlecht rasiert, aber von dem ging nicht diese Bedrohung aus.
Seit der Hochheimer Höhe war niemand mehr zugestiegen und es hatte auch keiner der Insassen einen der roten Knöpfe gedrückt, um einen Haltewunsch anzumelden. Sie fuhren jetzt am Wasserturm vorbei, der in seiner nächtlichen Beleuchtung beeindruckte. Nicht weit von hier wohnte Heinz Werber mit Gertrud in einer gemütlichen Vierzimmerwohnung. Nachdem er den Bus ins Depot gefahren hatte, würde er nach Hause gehen, den Feierabend und die Vorfreude auf die bevorstehende Geburtstagsfeier Gertruds genießen. Aber würde er das wirklich tun?
Es kommt etwas dazwischen, dachte er. Und es hat mit diesem schwarzen Kerl zu tun. Wer um diese Zeit einsteigt ... am Friedhof ... Haltestelle Burkhardstraße. Nur noch eine bis zum Hauptbahnhof. Niemand stieg aus, niemand stieg ein. Wahrscheinlich machte er sich verrückt. Nur noch der Kreisel vor der Brunhildenbrücke, dann der an der Rathenaustraße, die dortige Haltestelle, abbiegen in die Berggartenstraße am Spiel- und Festhaus, wieder einbiegen in die

Bahnhofstraße und dann zum Busbahnhof zurück. Das konnte doch kein Hexenwerk sein.

Der erste Kreisel schob sich immer näher in Heinz Werbers Sichtfeld. Es regnete kaum noch. Die Straße glitzerte. Ein Blick in den Innenspiegel. Der dunkle Typ vom Friedhof beobachtete die anderen. Unheimlicher Kerl. Wie alt der wohl sein mochte? Etwas jünger als der Mann mit der Indianernase vielleicht. Irgendwas zwischen 45 und 50. Beide waren recht groß. Aber welch ein Unterschied. Der Hakennasige hatte eine tieftönende, angenehme Stimme. Er war höflich beim Kauf der Karten gewesen. Hatte nicht einfach »Hauptbahnhof« geknurrt, wie der andere. Hatte sich Prospekte aus dem Infohalter geholt. Sogar den, der nur ganz selten drinsteckte. »Miete einen Bus«, warb dieses Faltblatt.

Fast am Kreisel.

Eine Bewegung von links. Draußen! Kaum wahrnehmbar. Schnell, huschend.

Jetzt fast vorm Bus. Meldung an Hirn: Gefahr!

Heinz Werbers Reflexe hatten bereits reagiert. Jahrelange Praxis. Enge Straßen, häufig schlecht asphaltiert. Leute, die plötzlich auf die Straße liefen. Kinder hinter Bällen. Kinder! Francisco, Claudio. Seine Enkel.

Der Bus stand!

Ein Durchatmen, das Jahre dauerte.

* * *

Die Kopfschmerzen waren verschwunden. Mit einem Schlag. Natürlich war es Boris klar, dass das nur eine vorübergehende Erleichterung war. Er hatte da seine Erfahrungen. Es war so ähnlich, als befände er sich im Auge eines Hurrikans. Solange er drinnen war, konnten ihm die Schmerzen nichts anhaben. Aber wehe, er bewegte sich aus dem Auge hinaus.

Durch den Ruck beim Bremsen waren ihm der Stadtplan von Worms und die Busprospekte von den Knien gerutscht. Er hob sie auf. Pavel war aufgesprungen. Das Pärchen ebenso. Boris stand selbst auf und ging zum Fahrer.

»Was ist geschehen?«, erkundigte er sich in ruhigem Ton.

Bevor der Fahrer antworten konnte, sah Boris den betrunkenen Mann auf der regennassen Straße direkt vor dem Bus. Er war gestürzt, rappelte sich gerade wieder auf. Er trug eine Bierflasche in der Hand. Der Fahrer öffnete die Tür. Ein verdunsenes Gesicht unbestimmbaren Alters tauchte auf. »Zahlt man euch 'ne Abschussprämie?«, fragte der Inhaber des Gesichts. Er hob die Flasche an den Mund. Schüttete mehr daneben als hinein.

»Sind Sie verletzt?«, fragte der Fahrer und kletterte aus dem Wagen zu dem Betrunkenen. »Verletzt? Ja, ich bin verletzt, in meiner Ehre.« Er hielt dem Fahrer seine Flasche entgegen. Der schüttelte den Kopf. »Trink ich eben allein. Ist sowieso nicht genug drin für uns beide.« Noch ein Schluck. »Stimmt das mit der Abschussprämie? Vielleicht geben sie euch mehr Weihnachtsgeld, wenn ihr sys... wenn ihr system..., wenn ihr Hartz-IV-Empfänger plattmacht. Da spart der Staat und wir sind ...«, er machte eine alles umfassende Armbewegung, »... weg! Futsch! Kaputt!«

»Sie sind unverletzt?«, fragte der Fahrer noch einmal.

»Ach, leck mich doch ...«

Der Fahrer stieg ganz aus. Besah sich die Front seines Busses von außen. Der Betrunkene lallte noch irgendetwas, das keiner verstehen konnte, dann wankte er zur rechten Straßenseite.

Der Fahrer stieg wieder ein. Boris lächelte ihn an. »Das war eine meisterhafte Reaktion«, sagte er sanft. »Nicht wahr, Pavel?«

Der Angesprochene machte große Augen. »Äh, warum hast du ...«

Boris lächelte weiter: »Warum ich dich Pavel nenne? So heißt du doch, oder?«

»Ja, aber, hier vor allen ...«

Boris wandte sich wieder an den Fahrer. »Wissen Sie, Pavel war selbst einmal Busfahrer. In Prag. Er weiß, wie wichtig eine schnelle Reaktion sein kann. Nicht wahr, Pavel?«

»Herrgott, Boris ...«

Boris wurde ernst. Obwohl er sehr erleichtert war, dass seine Kopfschmerzen sich zurückgezogen hatten. »Pavel, es ist ein Unterschied, ob ich deinen Namen nenne oder du meinen.«

Pavel blickte ihn entschuldigend an.

»Nun, egal«, sagte Boris seufzend. Er blickte nach hinten zu der blonden Frau und Sven Oberwald. Der Mann in der schwarzen Lederjacke, der in der Nähe des Ausgangs saß, schien zu dösen. Er war nach dem Bremsen kurz aufgesprungen, wie alle anderen, dann, als er gesehen hatte, dass nichts weiter passiert war, hatte er sich gleich wieder hingesetzt.

»Geht's weiter?«, frage der Mann, der mit dem jungen Mädchen eingestiegen war.

»Der Fahrer muss doch erst mal durchatmen«, sagte Boris tadelnd. »Ich möchte nicht wissen, wie lange Pause Sie brauchen würden, nachdem Ihnen so etwas passiert wäre.«

»Ich habe den Fahrer gefragt, nicht Sie!« Der etwas untersetzte Mann hatte sich erhoben. Die junge Frau neben ihm zupfte an seinem Ärmel. »Ach, Gerhard, lass doch.«

»Gerhard heißen Sie. Siehst du, Pavel, man erfährt hier binnen kürzester Zeit eine ganze Menge Vornamen. Du bist Pavel, ich bin Boris, das ist Gerhard.« Er machte eine winzige Pause und sah dann abrupt zur Rückbank. »Und dahinten sitzt Sven.« Oberwald sprang auf.

Aber Boris wandte sich ab und beugte sich zum Fahrer. »Müssen Sie das melden? Ich meine, es ist ja niemand verletzt worden.« Er wartete keine Antwort des Fahrers ab. »Nun, dann können wir ja weiterfahren. Aber ich habe da eine Bitte zur Kursänderung.« Der Fahrer sah ihn an, als habe er russisch gesprochen. Boris nickte verständnisvoll, ging zu seinem Sitz, nahm einen Prospekt und brachte auch seine rote Sporttasche mit nach vorn. Er zeigte dem Fahrer den Prospekt. Gleichzeitig riss er den Reißverschluss der Tasche auf und holte mit der Rechten eine großkalibrige Pistole hervor, die er dem Fahrer an den Kopf hielt. »Hier steht: Miete einen Bus. Also, ich miete. Am Kreisel wenden Sie und fahren zurück.« Alle sahen ihn entsetzt an. Auch Pavel.

2
Bingen

Rüdesheim bei Nacht bot einen idyllischen Anblick. Besonders von einer der Bänke aus, die auf der gegenüberliegenden Rheinseite auf Binger Gebiet in der Nähe der Rochuskapelle standen. Am Tag hatte es etwas geregnet, aber die Bänke waren inzwischen getrocknet. Es war kühl hier oben. Ein leichter Wind wehte. Die beiden Menschen auf einer der Bänke saßen dennoch nicht dicht beieinander, um sich zu wärmen. Es hätte bequem noch jemand dazwischen gepasst.

»Du kannst sie nicht vergessen?«, fragte Heide Illmann und betrachtete das beleuchtete Niederwalddenkmal in den Weinbergen über Rüdesheim. Sie erinnerte sich, dass sie mit dem Mann, der neben ihr saß, im vergangenen Jahr einmal eine sogenannte Mondscheinfahrt mit einer der Zweimanngondeln zur Germania unternommen hatte. Damals hatte sie geglaubt, er habe es überwunden. Er hatte sich frisch verliebt und war so fröhlich und ausgeglichen gewesen wie lange nicht mehr. Aber seit er jene Frau nicht mehr traf, war es schlimmer geworden als zuvor. Dennoch hatte Heide nicht die damalige Liebe ihres Vaters gemeint, als sie ihn fragte: »Du kannst sie nicht vergessen?«

Die Person, von der sie sprach, existierte nur noch in Kopf und Herz ihres Vaters. Dort aber war sie so erschreckend lebendig, dass kein wirklich lebendes Wesen sie zu verdrängen vermochte.

Seine Stimme klang brüchig, als er nach einer Weile antwortete: »Du willst doch nicht wirklich, dass ich sie vergesse?!«

Sie hasste ihn für diese Frage. So reagierte er immer, weil er wusste, dass sie nicht mit »Doch, das will ich« antworten konnte.

»Vater, ich predige es dir nicht erst seit heute, dass du deine Zeit nicht mit einer Toten verbringen kannst. Natürlich soll sie nicht vergessen sein. Auch ich kann sie nicht vergessen. Darum geht es ja auch gar nicht. Aber ich will nicht, dass sie dich nach über zwanzig Jahren am Leben hindert. Das kann sie nicht gewollt haben, verdammt noch mal.«

»Sie hätte auch nicht gewollt, dass du fluchst.«

Da hatte er sie wieder einmal soweit. Es gelang ihm immer wieder, ihre Vorhaltungen mit einer Rüge ihres Verhaltens abzuwürgen.

»Du weißt, welcher Tag morgen ist?«, fragte er. Nun war seine Stimme klar.

»Ja, deshalb wollte ich dich ja sprechen. Wollen wir nicht was gemeinsam unternehmen?«

»Du weißt, dass ich gerne mit dir etwas unternehme, Heide, aber nicht morgen. Dieser Tag gehört nur ihr und mir.«

»Und um sechs Uhr morgens stehst du am Mäuseturm?«

Wolfgang Illmann saß einen Augenblick lang so steif da, als sei er eingefroren. Erst allmählich kam wieder Bewegung in ihn. Ganz langsam wandte er seinen Kopf seiner Tochter zu. Sie war ihm ähnlicher als ihrer Mutter. Eher klein, sehr schlank, mit einem schmalen, beinahe asketischen Gesicht mit sehr wachen Augen.

»Der Turm ist ein Symbol«, sagte er leise.

»Ich weiß!«

»Deine Mutter ist gestorben, weil sie vertraut hat.«

»Ich weiß!«

»Ihre Seele ist verhungert.«

»Ich weiß!«

»Es war nicht der Staat. Obwohl mir das hinterher im Westen alle einreden wollten. Aber es war nicht die DDR, die sie umgebracht hat. Es war dieser Mann. Einzig und allein er. Weil er nicht verhindert hat, dass sie sich selbst umgebracht hat.« Illmann schwieg. Zunächst wagte Heide nicht zu fragen, aber dann rang sie sich dennoch dazu durch. »Du weißt inzwischen, wer er war?«

Die Antwort kam sehr schnell: »Es stand nicht in den Akten über meine Familie. Auch nicht in denen über die Familie deiner Mutter. Dein Onkel hat mich seine Akten sehen lassen. Nein, die IM haben über jedes Detail berichtet, sogar über ihren Monatszyklus, ihre Essgewohnheiten ...« Er unterbrach sich, blickte wieder nach vorn über den Rhein. »Aber sein Name kam nicht vor. Es war seltsam. Seit dem Augenblick, in dem sie uns beide verlassen hat, schien sie für das MfS uninteressant geworden zu sein. Sie haben gar nicht mehr von ihr berichtet. Erst wieder über ihren Tod. Aber ich habe ihn schließlich entdeckt.«

Heide hoffte, dass sich ihr Vater wieder ihr zuwenden würde. Sie wollte sein Gesicht frontal sehen, wenn er den Namen nannte. Aber er starrte unverwandt über den Rhein.

»Wo hast du ihn entdeckt? Auch in einer der Akten in der Birthler-Behörde?«

»Damals war es noch die Gauck-Behörde.«

»Solange weißt Du es schon?«

»Es war Zufall. Ich habe beim Studium meiner Akten in Berlin einen alten Bekannten getroffen. Einen, der im MfS für die besonders schmutzigen Arbeiten zuständig war. Deckname Boris. Sein Klarname war so simpel wie seine Einstellung zu seinem Gewerbe. Klaus Schulze. Ein Hypochonder. Er glaubt seit vielen Jahren, dass er an einem Gehirntumor sterben wird. Wenn das wirklich so wäre, läge er seit spätestens 1989 unter der Erde.«

»Ich will nichts über ihn wissen, sondern über den Mann, der meine Mutter auf dem Gewissen hat.« Heide bereute die Heftigkeit ihres Ausbruchs sofort. Ihr Vater sprach nicht weiter.

»Sorry«, entschuldigte sie sich.

Illmann sagte: »Geht das vielleicht auch in Deutsch?«

»Ja, verzeih mir, aber ...«

»Weißt du, was die Amis, die Wessis und die alte DDR gemeinsam haben?«, fragte Illmann und sah seine Tochter unvermittelt wieder an. Heide war verwirrt und schüttelte den Kopf. »Nein, was?«

»Die Abkürzungen. IBM, NVA, FBI, HIV, BMW, MfS, BND, MAD, KFZ, VVS, SPD, SED, CIA ... und so weiter und so weiter.«

»Ja, und?«

»Boris war für einen bestimmten Zeitraum innerhalb des MfS zuständig für PS.«

»Doch nicht für Pferdestärke?« Ein winziges Lächeln erschien auf Heides Gesicht, das aber beim Anblick der Augen ihres Vaters sofort wieder erstarb. »Personenschutz«, sagte er, »tja, mit Abkürzungen kann man reinfallen. Jedenfalls hat Boris in Leipzig ein paar Wochen lang einen Genossen beschützen müssen, der für die Verteilung von Nahrungsgütern an Lebensmittelgeschäfte zuständig war. Das war genau in der Zeit, in der deine Mutter sich in Leipzig mit jenem Mann getroffen hat.«

»Du meinst, dass dieser Nahrungsmensch ...«

»Die Leute haben ihm vorgeworfen, Getreide an ihnen vorbei geschleust zu haben, um es nach Berlin zu verkaufen. Die DDR musste sich doch als gut bestückter Staat gegenüber dem Westen darstellen. Und da wurde vieles, was man so brauchte, nach Berlin geschafft. Die Tatsache allein wäre schlimm genug gewesen, aber man warf ihm zusätzlich vor, dass er sich persönlich bereichert habe. Und DAS haben sie ihm so übel genommen, dass er alle möglichen Drohungen bekam. Nun, und deshalb hat ihn die Stasi durch Boris schützen lassen. Und in dieser Zeit hat der Mann deine Mutter kennen gelernt.«

»Das weißt du von Boris?«

»Er wusste ihren Namen. Sie gehörte zu den wenigen Mutigen, die dem Burschen persönlich gesagt haben, was sie von ihm hielten. Aber er muss sie irgendwie auf seine Seite gezogen haben, der Bastard ... Warum hat sie nie mit mir darüber gesprochen, bevor sie zu ihm ging? So habe ich damals nicht mal seinen Namen erfahren. Und die Leute ihrer Gruppe hatten von oben einen Maulkorb verpasst bekommen, als sie bei ihm war.«

Heide wusste, dass jetzt nicht mehr viel kommen würde. Immer, wenn sich ihr Vater soweit gehen ließ, dass er Kraftausdrücke verwendete, brach er ab.

Niemand sollte ihn fluchen hören oder weinen sehen, hatte er einmal gesagt, am wenigsten seine Tochter.

»Wer war es?«, fragte sie trotzdem.

Es wurde immer kühler. Heide wusste, dass das nicht nur vom Wetter kam. Wie gern wäre sie jetzt näher an den Mann herangerutscht, der ihr Vater war. Aber der befand sich nicht nur einen Menschenkörper weit von ihr entfernt.

Nach unendlicher langer Zeit blickte Wolfgang Illmann auf seine Uhr. »Es wird Zeit«, sagte er. »Ich muss noch einen Artikel für die Mainzer schreiben. Ich bringe dich heim.«

Das Gespräch war vorbei. Die Entscheidung war endgültig. Heide hatte mehr über einen Fremden namens Boris erfahren als über den Mann, der schuld am Tod ihrer Mutter war. Ihr Vater fuhr sie schweigend zu ihrer Wohnung in der Binger Innenstadt, nahe dem Brunnen am Speisemarkt. Ein kurzer, trockener Kuss auf die Wange war das Höchste an Intimität, das Wolfgang Illmann seiner Tochter bei der Verabschiedung zukommen ließ.

* * *

Seit er wieder wach geworden war, hatte Alfons Hegelmann versucht, sich die Geräusche, die er hörte, einzuprägen und zuzuordnen. Da waren die Züge. Sehr viele Züge. Von mindestens zwei verschiedenen Seiten. Einige klangen wie durch einen alten Lautsprecher verstärkt, hohl und blechern. Andere wieder klangen näher, irgendwie realistischer. Von weit weg ertönte in größeren Abständen ein Klingelton, den er sich nicht erklären konnte. Entfernte Straßengeräusche waren ebenso zu hören wie Motorengeknatter, das nur von Schiffen herrühren konnte. Selten drangen auch Lautsprecheransagen an seine Ohren, deren Inhalt er aber nicht verstehen konnte. Ein Bahnhof? Sicher, ein Bahnhof. Züge, Autos, Schiffe!

Geräusche verfremdet, als kämen sie aus einem Trichter.

Konnte es sein, dass er sich in Bingen befand? Der Stadt, in der er lebte und arbeitete? Gott, wie weit war er von zu Hause weg?

Vielleicht lag er in einem Keller, zwei Häuser von seiner Villa entfernt. Vielleicht war seine Frau schon mehrfach nur wenige Meter an seinem Gefängnis vorbeigegangen.

Ob der oder die Entführer schon Lösegeld verlangt hatten?

Hegelmann fragte sich, wie viel er sowohl den Gangstern als auch seiner Familie wert war.

Und wenn eine Kontaktaufnahme erfolgt war, hatte Illona die Polizei eingeschaltet? Um Himmels willen, man hörte doch in Filmen und in den Fernsehnachrichten immer wieder, dass Entführer auf keinen Fall wollten, dass die Polizei mitmischte. Aber Illona würde sich mit Sicherheit an Ewald, den Familienanwalt, wenden und wenn es einen einzigen Advokaten auf dieser globalisierten Welt gab, der korrekt war bis zum letzten Atemzug, dann war es Horst Ewald. Was bedeutete, DASS die Polizei eingeschaltet worden war. Er würde es am Verhalten des Maskierten merken. Der hatte ihm sogar einen Plastikbecher mit Wasser gebracht und eine Scheibe trockenes Brot. »Ein Hegelmann-Erzeugnis«, hatte der Mann gesagt und seine Augen waren wieder hinter der Sonnenbrille verborgen gewesen.

Das Brot hätte ihm auch geschmeckt, wenn es von der Konkurrenz gestammt hätte. Seine Lebensgeister waren wieder erwacht. Dennoch war er so angeschlagen, dass er kurz nach dem Verzehr eingeschlafen war. Und jetzt lag er auf der Matratze und starrte in die Dunkelheit über sich. Seine Handgelenke waren wund. Bei jeder Bewegung, durch die ein Teil des kalten Stahls der Handschellen mit den aufgeriebenen Stellen seiner Haut in Berührung kam, zuckte er zusammen.

Warum hatte er aus der Hatto-Sage vorlesen müssen? Und was war das für eine reißerisch geschriebene Version? Sie stimmte nicht in allen Teilen mit den verschiedenen Fassungen überein, die er, als guter Binger Neubürger, schon gelesen hatte. Hochsommer und Hitze kamen normalerweise nicht vor. War Hatto nicht in einem kalten Winter umgekommen? Nun, es war eine Sage. Da konnte man schreiben, was man wollte. Aber was, zum Teufel, hatte das mit ihm zu tun? Er richtete sich so weit auf, bis er eine sitzende Stellung erreichte. Seltsam, dass man ihm nur die Hände gefesselt hatte. Wäre er nicht so schwach gewesen, hätte er herumlaufen können, um nach einem Ausweg zu suchen. Obwohl er zwar die meiste Zeit in fast völliger Dunkelheit verbrachte, hatte er bei den Visiten des Maskierten immerhin einen Eindruck von diesem Raum gewinnen können. Da wäre es doch möglich, dass seine Selbsterhaltungskräfte ihn abenteuerlustig machten. Das musste doch auch seinen Entführern klar sein. Ja, er wurde sich immer sicherer, dass es mehrere waren. Schon die Vorgehensweise beim Kidnapping selbst ... das konnte nicht das Werk eines Einzelnen sein.

Plötzlich dachte er an Udo Jürgens. An sein Lied »Und Gaby wartet im Park«. Damals in der DDR hatten sie es im Westrundfunk gehört und sich darüber lustig gemacht: »Gaby watet im Quark«. Nun war der ursprüngliche Titel des Liedes wahrscheinlich Wahrheit geworden. Gaby hatte umsonst im Park gewartet. Hoffentlich hatte sie sich nicht in ihrer Verzweiflung an seine Familie gewandt. Wenn Illona erführe ... nicht auszudenken.

Quatsch, Gaby war Realistin. Wenn er nicht kam, war eben was dazwischen gekommen. Nur ... wenn inzwischen offiziell etwas von der Entführung bekannt geworden war, vielleicht sah sich Gaby dann genötigt, zur Polizei zu gehen und ihr von der Verabredung zu erzählen. Und dann würde sie ausgequetscht. »Haben Sie ein Verhältnis mit Herrn Hegelmann? Wie lange schon? Hat er Feinde, von denen seine Ehefrau nichts ahnt? Das glauben Sie nicht? Nun, er hat ja auch Liebschaften, von denen seine Ehefrau nichts ahnt, gell? Nein, keine Sorge, das bleibt alles unter uns.«

Gaby würde wohl nicht für immer schweigen. Genauso wenig wie die Polizei. Etwas sickert immer durch. Das war sogar im sorgsam abgeschotteten Desinformationsapparat der DDR so gewesen, warum sollte es hier anders sein?

Fort mit diesen Gedanken. Praktisch denken. Analysen erstellen. Auswege suchen, Chancen errechnen! Wie lange war er schon hier, in diesem muffigen, modrigen Loch? Gefühlte zwei Tage. Jaja, es hatte Phasen gegeben, in denen durch irgendeine Ritze Licht in den Raum gedrungen war. Ganz wenig, an der rechten Seite oberhalb des Bettgestells. Jetzt war es komplett finster.

Etwas zwang Hegelmann aufzustehen. Trotz der Schmerzen, trotz der körperlichen Schwäche. Er wusste von den Momenten, in denen das düstere Licht gebrannt hatte, dass zwischen dem Bettgestell und der rechten Wand etwas Platz war. Er quetschte mit erheblichem Kraftaufwand seine Beine in die Lücke, richtete sich mühsam auf, stand! Ein Windzug erfasste ihn. Ganz leicht nur. Da gab es einen Spalt in der Wand oder ein Loch. Jedenfalls eine Öffnung, in Höhe seines Gesichts. Er stieß mit der Nase an die Wand, bewegte sich vorsichtig an ihr entlang. Seine Augen waren begierig, etwas zu sehen. Und dann war es soweit. Geäst, ein grünliches Licht. Gemäuer. Der Mäuseturm!

* * *

Vom Fenster seines Arbeitszimmers aus konnte er die Nahemündung sehen und, rechts davon, das Rheintal-Kongresszentrum. Den Mäuseturm nicht, obwohl der in unmittelbarer Nähe der Mündung links davon auf seiner kleinen Insel im Rhein stand.

Wolfgang Illmann setzte sich nach einem langen Blick in die Nacht an seinen Schreibtisch und versuchte, seine Gedanken auf seine Tochter zu konzentrieren. »Und um sechs Uhr morgens stehst du am Mäuseturm?«, hatte sie gefragt. Aber es war eine verdammte Feststellung gewesen. Das Fluchen, das er Heide gern abgewöhnt hätte, war zwar aus seinem Sprachschatz, nicht aber aus seiner Gedankenwelt verschwunden.

Wusste sie etwas? Unmöglich. Die Medien hatten noch nichts gebracht. Sie konnte nichts wissen. Und Kontakt zu Oberwald hatte sie nicht. Außerdem würde der jetzt schon nicht mehr leben. Wenn Boris nicht geschlampt hatte. Im Grunde war es unvorstellbar, dass Boris einen Mordauftrag in den Sand setzte. Der Mann war Experte. Nur dieser Anruf vorhin, was sollte das? Wieso wollte sich Boris seinen Auftrag bestätigen lassen? Wurde er tatsächlich alt? Hatten ihn seine eingebildeten Kopfschmerzen so zermürbt, dass er Gewissensbisse bekam?

Wolfgang Illmann konzentrierte sich noch einmal auf Heide. Sie war zäh. Auch das hatte sie von ihm, wie das Aussehen. Wenn sie sich in etwas verbissen hatte, dann blieb sie dran. Wie er!

Schade nur, dass sie sich diesmal in ihn verbissen hatte. Sie wollte, dass er glücklich wurde. Ein sehr schönes Ziel. Aber er konnte nicht mehr glücklich werden. Nicht in diesem Leben. Es gab nur etwas, das ihn noch befriedigen konnte. Und diese Befriedigung würde er sich selbst beschaffen. Morgen früh um sechs Uhr auf dem Mäuseturm. Und kein Mensch würde ihn daran hindern. Auch nicht seine Tochter. Aber ... sie wusste sicher nichts. Dass er sich am jährlichen Todestag zur Todesstunde immer am Ufer der Rheinaue, gegenüber der Turminsel aufhielt, das wusste sie natürlich. Er hatte es ihr schon vor einigen Jahren gesagt. Ein Ritual, mehr nicht. Ihr Vater hatte halt einen Spleen.

Dass es diesmal ganz anders war, konnte sie nicht wissen. Oder?

Seine Gedanken kehrten noch einmal zu Boris zurück. Ohne ihn hätte er Hegelmann nie erwischt. Er musste ihm dankbar sein, auch wenn er sich eventuell in dieser Spätphase des Unternehmens als Risikofaktor erweisen könnte.

Ach, wieso, er hatte doch nur mal nachgefragt, ob er Oberwald wirklich töten sollte. Vielleicht hatte er geglaubt, jetzt müsse der nicht mehr beseitigt werden. Wo doch alles so kurz vor dem Abschluss stand. Um sechs war es vorbei. Morgen früh um sechs.

Wolfgang Illmann sah auf die Uhr. Der Vortag der Exekution von Hegelmann war beinahe vorbei. Es wurde Zeit für weitere Lektüre. Er nahm die handgeschriebenen Blätter an sich. Sie hatten direkt neben dem Drucker seines PC gelegen. Er schrieb normalerweise alles mit dem Computer. Aber diese Geschichte musste von eigener Hand geschrieben werden. Er ließ zwei Blätter auf dem Schreibtisch liegen. Die waren nicht für jetzt. Die würde er erst später brauchen. Etwas Wasser in der Thermoskanne, ein Plastikbecher, ein Stück Brot aus dem Hause Hegelmann in Butterbrotpapier, die geschlitzte Stoffmaske, die Sonnenbrille. Die Autoschlüssel.

Nach wenigen Minuten war er an der Bahnschranke hinter dem ehemaligen Bahnhof Bingerbrück, der nun zum Hauptbahnhof Bingen mutiert war. Sehr eng die Kurve an der Mauer, hinter der er auf den Weg zur Gartenkolonie bog.

Rechts das riesige Gelände des Bahnhofs, links etwas, das man getrost als Urwald bezeichnen konnte. Hier konnte eine gewitzte Filmcrew einen Dschungelfilm drehen, dem man nicht ansehen würde, wie nah die Zivilisation war. Er näherte sich der Kleingartenkolonie. Hier würde sich allerdings in naher Zukunft etwas ändern. Die Landesgartenschau stand bevor. Man hatte schon begonnen, nicht mehr benutzte Teile des Hauptbahnhofes zu planieren. Nur die alte Lokhalle und ein Haus standen noch dort und die Lauben in ihren Gärten. Aber das würde bald genauso Vergangenheit sein wie die alte Sage vom Mäuseturm. Ab morgen würde es eine neue Geschichte geben. Und die würde in allen ihrer Teile nachprüfbar sein. Eine Geschichte von heute mit Elementen von gestern. Allerdings inspiriert von der ganz alten, nicht mehr nachprüfbaren Geschichte des Mainzer Erzbischhofs Hatto.

Illmann war am Ziel. Er verließ den Wagen, maskierte sich und betrat das einzige Gartenhäuschen, das einen Keller besaß.

* * *

Hegelmann hörte seinen Peiniger kommen. Gut, dass er seit ein paar Minuten wieder auf der Matratze lag. Er schloss die Augen. Es war besser, wenn der Maskierte nicht wusste, dass er, Hegelmann, wusste, wo er war.

Er hörte das Poltern auf der Treppe, das Schaben der Riegel, das Klirren des Schlüssels. Erst durch den zusätzlichen Luftzug wurde ihm bewusst, wie kalt es war. Unter seinen Lidern bemerkte er, wie es unwesentlich heller im Raum wurde. Seine Entführer konnten sich wahrscheinlich nur die 15-Watt-Birne leisten. Nun, von dem Lösegeld würden sie sich einen Kronleuchter besorgen können.

Von dem Lösegeld?

Er wusste immer noch nicht, ob es überhaupt darum ging.

»Aufwachen!«

Er riss die Augen auf, setzte sich trotz Schmerzen an den Handgelenken sofort auf den Bettrand.

Diesmal war es kein Schnellhefter. Der Maskierte drückte ihm vier Blätter in die Hand. Hegelmann sah, dass er wieder etwas Essbares mitgebracht hatte.

»Lesen!«

»Laut?«, fragte Hegelmann und fürchtete, dass er dabei einen sehr unterwürfigen Blick aufsetzte.

»Was sonst?«

Hegelmann war eindeutig besser drauf als bei der letzten Lesung. Sein Mund war gar nicht trocken. Gut, er würde lesen wie ein Nachrichtensprecher.

Ja, da war sie, die Fortsetzung der Hatto-Sage. Was war vorher geschehen? Richtig, der Erzbischof hatte die Bauern verbrannt und war zurück nach Mainz gefahren.

Hegelmann räusperte sich.

»Am Abend dieses Tages schlemmte Hatto mit anderen Würdenträgern in seinem bischöflichen Palast zu Mainz. Auch den Hauptmann hatte er geladen. Alle an der reich gedeckten Tafel ließen es sich wohl ergehen und tranken vom guten Wein, aßen vom deftigen Fleisch und schoben sich herzhaftes Brot in die Mäuler. Das Brot, das vom Korn und Mehl gebacken worden war, welches man den Bauern zu verdanken hatte, die heute in der Scheune verbrannt waren.

»Wenn ich die Tagediebe mit Getreide versorgt hätte«, sagte Hatto zwischen zwei Bissen, »müssten wir bald kleinere Happen essen.« Die kirchlichen Herren, die um ihn herum saßen, konnten nur nicken, weil ihre Münder mit Brot und Fleisch bis zum Bersten gefüllt waren und ihre schadhaften Zähne die Mengen nur mühsam bewältigen konnten. Nur der Hauptmann sagte: »Ja, so ist es, hoher Herr«, weil sein Mund leer war. Er hatte gesündere Zähne und vermochte deshalb schneller zu kauen.

Der kleine Mönch hatte unterdessen endlich die Stadt erreicht und befand sich auf dem Weg zu seinem Kloster nahe beim Dom. Seine Füße schmerzten sehr. Er hatte den halben Tag und große Teile des Abends laufen müssen. Das Einzige, das seinen Weg jetzt, zur beginnenden Nacht, erleichterte, war, dass die Hitze ihn nicht mehr plagte. Dafür war er Gott dankbar. Er bog auf den Platz vor dem Palast des Erzbischofs ein und lief, so gut es mit den Blasen an seinen Füßen ging, rasch an dem prachtvollen Gebäude vorüber. Er betete, dass seine Gedanken nicht noch finsterer würden und dass Gott ihm verge-

ben möge, wenn er mit großem Grimm an Hatto dachte, denn das war der Fall.

Und während er leicht hinkend am Portal des Palastes vorbeihastete und ihm die Wachsoldaten, die von seinem Missgeschick erfahren hatten, höhnisch zuwinkten, hörte er in der Stille des späten Abends ein Geräusch, dass ihn an das Entsetzliche erinnerte, dessen Zeuge er heute geworden war.

Es war eine Art Pfeifen, ein hohes Fiepen, erst ganz leise, dann etwas stärker werdend. Es schien aus verschiedenen Richtungen zu kommen. Von den Rändern des Platzes, aber auch vom Portal des Palastes klang es an die Ohren des Mönchleins. Die fünf Wachsoldaten schienen es jetzt auch bemerkt zu haben. Sie blickten sich gegenseitig an, sahen sich in ihrer unmittelbaren Umgebung um, entdeckten aber nichts Ungewöhnliches.

Auch der kleine Mönch nahm nichts wahr, außer den Tönen selbst. Er beeilte sich weiterzukommen, in den Schutz seines Klosters, denn ihm war unheimlich zumute.

Hatto rülpste währenddessen mehrfach hintereinander, verschluckte sich dabei und forderte den Hauptmann auf, ihm auf den Rücken zu klopfen. Nach einigen krachenden Schlägen hustete Hatto heftig, aber danach ging es ihm besser. Er lachte: »So schlecht ist der Fraß nicht, dass er einem im Halse stecken bleiben muss.«

Seine Tischnachbarn hatten ihre Münder jetzt leer gekaut und lachten dröhnend mit. »Genug geschlemmt«, rief der Erzbischof nun, »aber vom Wein sollten wir weiter trinken, vom roten.«

Die anderen klatschen in ihre vom Fett des Fleisches verklebten Hände. Als die Diener mehrere große Krüge mit Wein herbeischleppten, entstand eine gierige Ruhe, in der man fast das Wasser hören konnte, das den Wartenden im Munde zusammenlief. Natürlich war das übertrieben, das Wasser konnte man nur in Gedanken hören. Nicht mit den Ohren. In diese aber drangen plötzlich, in die Stille hinein, die gleichen hohen, hohlen Pieptöne, die der kleine Mönch auf dem Platz wahrgenommen hatte. Auch hier kamen sie von überall her, von den Tischen und aus den schlecht beleuchteten Winkeln. Ganz allmählich mischten sich leise Tappgeräusche, ein Trippeln wie von tausenden

53

winzigen Füßen in das lauter werdende Piepsen. Es kratzte über die Stofftapeten, von der hohen Decke her, es wisperte, als würde sich eine Armee von unsichtbaren Wesen Befehle zuzischeln. Alle im Raum merkten, dass da etwas im Gange war.

Aber noch war nichts zu sehen.

Auf einmal fühlte Hatto etwas Weiches am Knöchel seines rechten Fußes. Er zuckte unwillkürlich zurück. Hatten seine Kammerjäger wieder einmal eine Ratte übersehen? Er würde die unfähigen Faulpelze züchtigen lassen. Die neunschwänzige Katze sollten sie zu spüren bekommen.

Er blickte nach unten. Aber es war keiner von den verhassten dunkelgrauen Nagern. Es war nur eine Maus. Ein winziges, hellgraues, fast weißes Etwas, das sich blitzschnell vor Hattos zutretendem Fuß davonmachte.

»Eine Kornmaus«, lallte der. »Heute Mittag verbrennt man sie, heute Nacht ist sie wieder da. Nur etwas kleiner.«

Keiner der Übrigen lachte mit. Denn die sahen inzwischen das, was Hatto erst kurz darauf mitbekam.

Sie sahen, was da aus den dunklen Winkeln und von der Decke herbeiwimmelte. Es fing meist an mit zwei, drei Leittieren an der Spitze, dann verbreitete sich der Strom von Mäuseleibern aus jeder Richtung, bis der Raum übersät von ihnen war. Ihr Pfeifen war nun so laut wie das Kreischen der Sterbenden in der Scheune.

Kein Raum des Palastes wurde verschont. Überall, wohin sich Hatto mit seinem Gefolge flüchten wollte, allüberall waren die Mäuse. Als selbst der Fußboden seiner Privatgemächer ein einziger Teppich aus Mäusen geworden war, rannte Hatto aus dem Palast, weckte seinen Kutscher und hieß ihn anspannen. Kurze Zeit später donnerte der Wagen des Erzbischofs durch die Nacht, gezogen von zwei Pferden, die die Peitsche so oft erhielten wie noch nie, seit sie Hattos Wagen zogen. »Zum Rhein, zu meinem Turm, schnell«, brüllte er dem Kutscher ein übers andere Mal ins Ohr. Nur sein Hauptmann war bei ihm auf dem Wagen. Drei Soldaten ritten neben dem Gespann her. Sonst hatte der Erzbischof niemanden bei sich geduldet.

Er wusste nicht, dass sich sein Gesinde und auch seine Gäste inzwischen von dem Schreck im Palast erholten. Denn dort war keine einzige Maus mehr zu sehen. Im Palast war alles schier so, wie es vorher gewesen war. Manchem der Feiernden kam es wie ein vergangener Alptraum vor und es gab den einen oder anderen kirchlichen Würdenträger, der sich erst einmal ein Glas Rotwein genehmigte und bemerkte, dass Hattos Flucht doch etwas überstürzt gewesen sei.

Dessen Wagen näherte sich in den frühen Morgenstunden dem Rheinufer am Binger Loch. Eine enge, für Schiffe gefährliche Stelle im Rheintal. Felsen, die jedes größere Boot aufzuschlitzen vermochten wie ein Messer ein Stück Betttuch. Und dort, nahe bei dem Ort Bingen mit seiner St. Martinskirche und an der Mündung des Flüsschens Nahe, erhob sich auf einer kleinen Insel der spätere Zollturm der Erzbischöfe von Mainz. Doch jetzt war er nur Hattos Turm. Er diente ihm zur Erholung oder auch als Versteck vor Feinden, die ihn in Mainz heimsuchen könnten.
Nun, Hatto WAR auf der Flucht vor Feinden!
Es pfiff ein kalter Wind am Rhein. Nichts erinnerte an den hitzeflirrenden vergangenen Tag. Hatto schwitzte trotzdem. Die Wasser des Rheins waren aufgewühlt, die Wellen begannen, kleine Schaumkronen zu bilden.
Der Wagen hielt an einer Stelle am Ufer, an der zwei breite, flache Boote vertäut waren. Drüben auf der Turminsel gab es ein weiteres Boot. Zwei Soldaten mussten sich um diese Zeit auf dem Turm befinden.
»Rudert mich hinüber«, befahl Hatto dem Hauptmann und einem der Reiter. »Ihr anderen passt auf, und wenn ihr auch nur eine einzige Maus seht, spießt sie auf oder verbrennt sie.«
»Der Strom führt hohes Wasser und der Wind hetzt es wie eine Meute jagender Hunde den Fuchs«, gab der Hauptmann zu bedenken.
»Tu Er, wie Ihm befohlen ward«, rief Hatto mit Angst in der Stimme. Damit bestieg er eins der Boote und wartete ungeduldig auf seine beiden Begleiter. Die legten sich sofort kräftig in die Riemen und steuerten den Turm an, der wie ein großer, schwarzer Brocken im Rhein den

*Fluten trotzte. Es war sein Turm. Hattos Turm. Und nun war das Ge-
mäuer seine letzte Zuflucht.*

*Nach kurzer, unruhiger, schaukelnder Fahrt gelangte das Boot zur In-
sel, die bis zum Eingang des Turmes vom Wasser des Stromes über-
spült wurde. Von den Bäumen waren nur noch die Kronen zu sehen,
die der Wind schüttelte.*

*Die beiden Wachsoldaten vom Turm ließen die drei Neuankömmlinge
in die Mauern und Hatto gab sogleich den Befehl, sein Bett an Ketten
im obersten der Räume aufzuhängen, damit ihn die Mäuse, falls sie
kämen, nicht so leicht erreichen könnten.*

*Die Wärter, der Hauptmann und der Soldat führten den Befehl so-
gleich schnell und schweigend aus. Dann saßen alle in einem Raum
unten, nahe beim Eingang und starrten auf die Tür und die vergitter-
ten Fenster. Lange Zeit geschah nichts. Hatto war beruhigt, sein Atem
ging nun gleichmäßig und seine Drüsen hatten das übermächtige
Schwitzen eingestellt. »Hier bin ich wohl nicht in Gefahr«, sagte er,
aber er klang dabei nicht so laut und seiner selbst nicht so sicher wie
sonst. »Ich werde zu Bett gehen«, verkündete er, als sich die Nacht bereits der Morgendämmerung zuneigte. Der starke Wind hatte nachge-
lassen und in den rasch ziehenden, dunklen Wolken zeigten sich hell-
graue Vorboten des kommenden Tages.*

*Die erste Maus, in der gleichen Farbe wie der erwachende Himmel
zwischen den düsteren Wolkenfetzen, zeigte sich im Turm, als Hatto,
Erzbischof von Mainz, Hüter eines Getreideschatzes und Massen-
mörder, sich zur Ruhe gelegt hatte.*

*Die Maus schien allein zu sein. Ihr Fell triefte vom Wasser des Stro-
mes, den das Tier durchquert hatte. Einen Zugang hatte sie durch ein
tief gelegenes Gitterfenster gefunden. Keiner der Männer, die hier
Wache hielten, sah sie, als sie über die Wendeltreppe nach oben huscht-
te. Auf halber Treppe wartete sie. Denn obwohl es so aussah, sie war
keineswegs allein.*

Hegelmann war beinahe enttäuscht, als die Geschichte hier abbrach.
Der Maskierte riss ihm die Blätter aus den Händen.

»Fortsetzung folgt«, sagte er wieder, wie schon beim ersten Mal, doch jetzt fügte er etwas hinzu: »Die letzte Folge kommt kurz vor dem Morgen. Und dann machen wir eine kleine Reise. Eine sehr kurze für mich.« Er legte ein Päckchen neben Hegelmann auf die Matratze und stellte einen Plastikbecher dazu. In dem Butterbrotpapier war wahrscheinlich wieder eine Scheibe trockenes Brot. Dann griff der Maskierte hinter sich und brachte eine Blechmaus zum Vorschein. Ein offenbar sehr altes Spielzeug, das Gebrauchsspuren aufwies. Ein Schlüssel steckte in seinem Rücken. Der Maskierte drehte ein paarmal daran, dann stellte er das klappernde Ding auf den Boden vor Hegelmanns Füße. Der zog unwillkürlich die Knie an.

Schon schraubte der Maskierte die Birne aus der Fassung.

»Was haben Sie für mich verlangt?«, fragte Hegelmann in das Dunkel hinein. Doch da knarrte schon wieder die Tür, der Schlüssel wurde umgedreht, die Riegel quietschten. Schritte auf der Treppe. Ruhe.

Bis auf das enervierende Geratter des Federwerkes der Blechmaus. Doch es dauerte nicht zu lange. Irgendwann erstarb das Geräusch. Und mit dem letzten Tick tat sich etwas in Hegelmanns Erinnerungsspeicher. Noch war dieses Etwas nicht greifbar, aber es hatte ihn dazu bewogen, in eine noch ungedachte Richtung zu denken.

Was war es? Ja, der Maskierte hatte gesprochen. Nicht viel, aber gegen die sonstigen kurzen Wortfetzen war das eine parlamentarische Rede gewesen. Was er gesprochen hatte, war klar. Aber WIE hatte er es gesagt? Nun, etwas hektisch mit leicht hechelndem Atem. In welcher Sprache? Natürlich deutsch. Hochdeutsch?

Beinahe, aber dahinter hatte ein Dialekt gelauert.

Ja, das war es. Es ging ihm ja genauso. »Einmal Sachse, immer Sachse.« Das war eine Weisheit seines Großvaters aus Leipzig.

Also jemand mit DDR-Hintergrund.

Aber hatte ihm das irgendetwas zu sagen?

Musste es ihn das zusätzlich beunruhigen?

Vielleicht ein ehemaliger Landsmann, der es nach der Wende nicht so gut gehabt hatte wie er, und der sich jetzt sein Stück vom Hegelmannschen Kuchen abschneiden wollte.

Ein Stück von Hegelmanns Kuchen. Kein schlechter Werbespruch. Den würde er nehmen, wenn »Brot ist alles« nicht mehr zog. Er beschloss, der Erkenntnis des heimatlichen Dialektes kein größeres Gewicht beizumessen.

Gaby fiel ihm wieder ein. Wie viele Geliebte hatte er eigentlich gehabt, seit er verheiratet war? Nur Gaby, mit zeitlichen Unterbrechungen. Das war entschieden weniger, als ihm sein Schwiegervater zutraute.

Er bückte sich, suchte die Maus.

Die Handgelenke!

Er fand die Maus. Ertastete den Schlüssel. Verharrte.

Mäuseplage!

Mäuseturm!

Verweigerte Nahrung!

Gewährte Nahrung!

Wasser!

Brot!

Brot, Mehl, Getreide!

Massenherstellung von Nahrung!

Hegelmann-Backwaren!

Hatto!

Das war es. Alles hatte einen Zusammenhang.

Nur worauf das letzten Endes hinauslief, wusste er immer noch nicht.

Er zog die Maus auf. Behielt sie in der Hand. Und er genoss die Vibration.

3
Die Reise

Fischer war froh, dass er seine Angespanntheit nun zeigen konnte. Niemand würde ihn automatisch für einen Schnüffler halten, nur weil er genauso reagierte wie die anderen. Er war einer von ihnen. Ein Opfer.

Nach dem ersten Schreck hatten sich alle wieder auf ihre Plätze gesetzt. Auch der junge Begleiter des Hauptkidnappers hatte plötzlich eine Pistole in der Hand gehalten. Fischer bemerkte nebenbei, dass auf keine der beiden Waffen ein Schalldämpfer aufgeschraubt war.

Der große Mann mit dem Namen Boris hatte sehr leise mit dem Fahrer gesprochen und daraufhin hatte der den großen Bus am Wasserturm vorbei durch Hochheim und Herrnsheim gelenkt. Boris' erneute Lektüre des Stadtplans erbrachte neue Anweisungen an den Fahrer. Die ungewöhnliche Nachtfahrt des Wormser Linienbusses ging dann hinter dem Herrnsheimer Schloss auf der Straße nach Worms-Abenheim weiter.

Es war eine Strecke über mehrere Hügel. Boris hatte jeden Versuch der Fahrgäste, Fragen zu stellen, abgewürgt. Einfach, indem er bei dem kleinsten Räuspern den Lauf seiner Waffe an seine Lippen legte. Es schien, als würde er den dunklen Stahl zärtlich küssen.

Mitten auf dem freien Land, zwischen Herrnsheim und Abenheim, gab es in einer Senke eine Bushaltestelle an der Einfahrt zu einem Kalksteinwerk. Boris hatte den Wagen in der schmalen Haltebucht in Fahrtrichtung auf Abenheim halten lassen.

Nun standen sie seit beinahe einer Stunde hier und warteten.

Keiner außer dem älteren Entführer schien zu wissen, auf was oder auf wen sie warteten. Selbst der sehr nervöse zweite Entführer wusste offensichtlich nicht, warum sie hier standen.

Auch nach dieser langen Zeit wagte niemand das Wort zu ergreifen. Immer wieder legte Boris den Waffenlauf an die Lippen.

Fischer versuchte, durch die Spiegel vorn beim Fahrer einen Blick auf Annerose und Sven Oberwald auf der Rückbank zu erhaschen. Aber der Winkel war ungünstig. Das Pärchen schien erstarrt. Pavel hielt den Fahrer in Schach und Boris beobachtete von seinem Standplatz knapp hinter der Steuerkonsole der Reihe nach die Insassen des Busses.

Es hatte ganz aufgehört zu regnen.

Draußen auf der Landstraße rauschten in beiden Richtungen vereinzelt Autos vorbei. Im Bus herrschte bedrückende Stille.

Fischer überlegte einen Augenblick lang, ob er sich zu den beiden auf die Rückbank setzen sollte. Annerose wäre sicher dankbar. Aber da er nicht den Ansatz eines Überblicks über die Situation hatte, ließ er diesen Gedanken wieder fallen.

Boris machte einen Schritt auf seine Sporttasche zu. Legte den Stadtplan hinein, holte eine andere Landkarte hervor. Er steckte seine Pistole in ein Schulterhalfter, das er am Beginn ihres Aufenthaltes an dieser Haltestelle über den Jogginganzug gezogen hatte. Er entfaltete die Landkarte. Pavel schien jetzt von seiner Aufgabe als Kidnapper überfordert zu sein. Der Arm mit seiner Waffe zuckte wild zwischen dem Kopf des Fahrers und dem Businnenraum hin und her. Als der Mann namens Gerhard husten musste, riss er den Lauf seiner Waffe so heftig hoch, dass er damit gegen seine eigene Nase stieß und er schmerzhaft das Gesicht verzog.

Nach eingehendem Studium der Karte hob Boris wieder den Kopf. Er warf seinem hektischen Begleiter einen missbilligenden Blick zu, dann steckte er die Karte wieder in die Tasche und zog seine eigene Pistole. Pavel atmete sichtbar auf. Er konnte sich wieder auf den Kopf des Fahrers konzentrieren.

Boris blickte auf seine Uhr.

»So, ich glaube, wir können gleich weiterfahren«, sagte er sanft.

»Aber wir sollten noch die Namen der übrigen Reisenden erfahren. Finden Sie nicht, Gerhard?«

Fischer fixierte den Rücken des dicklichen Mannes in dem hellen Übergangsmantel. Ein Zucken erschütterte den Rücken.

* * *

Oh, hat er sich erschreckt, mein Held, dachte Estelle Adler. Schnell rennen kann er, laut rufen auch und den Empörten spielen. Und er spart wie ein Weltmeister. Aber wenn es ernst wird, zuckt er zusammen wie 'ne Kuh wenn's donnert.

In der langen Zeit, in der sie nun stumm nebeneinander im Bus gehockt hatten, war ihr etwas in die Nase gedrungen, das sie als seinen Angstschweiß identifiziert hatte.

»Äh, ja, durchaus«, erwiderte er auf Boris' Frage. Dann räusperte er sich.

»Gut«, sagte Boris, »sehr gut!«

Welch eine Stimme, dachte Estelle. Was für ein Mann. Er war etwa in Gerhards Alter, aber welch ein Unterschied. Gewiss, er hatte eine Waffe und war eindeutig in der besseren Position. Aber seine volltönende Stimme würde sicherlich auch dann nicht winseln, wenn die Situation seitenverkehrt wäre. Wenn jemand souverän war, dann war er es in jeder Lage. Der junge Hüpfer an seiner Seite allerdings war ein Unsicherheitsfaktor. Viel zu nervös. Vor dem musste man Angst haben. Wie hieß der? Pavel. Früher Busfahrer in Prag? Nun, das hätte er bleiben sollen.

Estelle hatte den Eindruck, dass Boris öfter zu ihr herüber sah als zu den anderen. Sollte er nur.

Mitten in diese Gedanken hinein überfiel sie eine andere Empfindung. Nicht so schön wie die, von einem Kidnapper begehrt zu werden. Sie wurde sich mit einem Schlag bewusst, in was sie da hineingeraten waren. Richtig. Sie waren entführt worden. In einem stinknormalen Bus, zusammen mit einer kleinen Anzahl fremder Menschen. Wenn sie das richtig mitbekommen hatte, ging es Boris und Pavel um den jungen Mann namens Sven, da hinten. Warum nahmen sie den nicht einfach mit?

Wieder schoss ihr ein neuer Gedanke durch den Kopf. Wenn Gerhard nicht gerannt wäre und wenn er nicht so laut gebrüllt hätte, dann säßen sie jetzt nicht in diesem fahrbaren Käfig, sondern wären schon längst mit dem Taxi nach Hause gefahren.

Estelles Wut auf Gerhard erklomm neue Höhen.

»Pavel«, sagte Boris, »presse deine Waffe doch nicht ständig an den Kopf unseres Fahrers. Der Mann muss einen Adrenalinspiegel haben, mit dem er auf die Intensivstation gehört. Er muss uns noch ein paar Kilometer weit fahren und da darf er keinen doppelten Stress haben. Oder willst du das Steuer übernehmen?«

Dieser leise Zynismus imponierte Estelle.

Pavel schien nun gar nicht mehr zu wissen, was er machen sollte. Zunächst ließ er den Arm mit der Pistole sinken, dann riss er ihn wieder hoch, um ihn erneut sinken zu lassen. »Wo fahren wir denn eigentlich hin?«

»Auf die Autobahn, nach Norden. Die Auffahrt ist gleich hinter der nächsten Biegung.«

»Nach Norden?«

»Das ist auf der Landkarte oben.«

»Ich weiß, wo Norden ist. Aber wohin da?«

»Äh«, Gerhard meldete sich wie in der Schule. »Wenn Sie sich nicht einig sind, könnten Sie uns vielleicht laufen lassen. Wir werden doch ganz offensichtlich nicht gebraucht. Es geht Ihnen doch um den jungen Mann dort hinten auf der Rückbank, nicht wahr?«

Boris machte einen kurzen Schritt auf Gerhard zu und blickte von weit oben auf ihn hinunter. »Halten Sie Ihre Klappe, Gerhard«, sagte er sanft. »Sie bekommen noch Gelegenheit zu sprechen!«

Jetzt tat Gerhard Estelle beinahe leid. Immerhin hatte er sich zu irgendetwas aufgerafft. Von den anderen hatte noch keiner was gesagt.

Boris wandte sich wieder Pavel zu. »Du hättest ihn gleich erschossen, wie?«

Der junge Kidnapper schüttelte wild den Kopf. »Nein, wieso? Er ist doch keine Bedrohung, oder?«

»Gut beobachtet. Wenn er allerdings eine Handgranate aus seiner Manteltasche zieht, darfst du ihn umbringen. Versprochen.«

Estelle bewunderte den Mann nach wie vor, aber ein eigentümliches Gefühl beschlich sie. Boris sprach so gewählt, so filmreif, als würde er eine Rolle spielen.

Nachdem er von Gerhards Manteltasche gesprochen hatte, senkte Estelle unwillkürlich den Blick. Gerhards rechte Hand steckte in der Manteltasche und schien eine Faust zu bilden. Als habe er etwas in der Hand, das er vor den Blicken der anderen verstecken wollte.

In diesem Augenblick ertönten im Bus die ersten Takte der kleinen Nachtmusik von Mozart.

* * *

Fischer stöhnte auf. Es war sein Handy. Er holte es aus der Jackentasche. »Ja!«

»Hier ist noch mal Susanne. Ich weiß, es ist sehr spät, aber ich muss noch mal mit dir sprechen. Annerose ... Du weißt.«

Boris vollführte eine elegante Armbewegung und deutete mit der Waffe auf die Vignette über dem Fahrersitz, auf der ein rot durchgestrichenes Handy zu sehen war.

Susanne sprach ohne Punkt und Komma. »Ich glaube, es war unbedacht von mir, Lui ... ich meine, es ist ja nur eine Vermutung ...«

Fischer bemühte sich, ruhig zu sprechen: »Es ist im Moment etwas ungünstig, ich sitze im ...«

Boris tippte mit Nachdruck auf das Verbotsschildchen. »Sofort!«, sagte er.

»Ich melde mich morgen.« Dann drückte Fischer auf den Unterbrecherknopf. Es war nicht ratsam, den großen Mann mit der Waffe unnötig zu reizen. Leider war die Zeit zu kurz gewesen, um Susanne eine versteckte Botschaft durchzugeben.

Boris beugte sich zum Fahrer. »Sie haben doch ein Mikrofon?«

Die Stimme des Angesprochenen war leise. »Ja!«

»Dann sagen Sie doch bitte Ihren Passagieren, was hier alles verboten ist.«

»Wie?«

»Na, was steht denn auf diesen Bildchen?« Boris tippte mit einer Spur von Ungeduld auf die verschiedenen Vignetten.

»Das soll ich über das Mikro ... ?«

»Ich bitte darum!«

Es dauerte einen Augenblick, dann krächzte es aus dem Lautsprecher: »Es ist verboten zu rauchen, Handys zu benutzen, Eis und Pommes frites zu essen und Inlineskater mitzubringen. Außerdem ...«

»Danke«, sagte Boris liebenswürdig, »das reicht. Mir kam es hauptsächlich auf die Handys an. Aber um keinen in Versuchung zu führen, würde ich jetzt gern alle mobilen Telefone einziehen. Pavel, bist du so nett und sammelst die Handys ein!?«

Pavel überlegte ein paar Sekunden, dann griff er an dem Fahrer vorbei an die Halterung des Bordhandys und nahm es an sich.

»Sehr gut«, lobte Boris. »Und nun weiter!«

Pavel trat mit vorgestreckter Waffe auf den Mann im Mantel und die schwarzhaarige Frau zu. »Handys!«, forderte er. »Entschuldigung, mir genügt mein Festanschluss«, sagte der Mann leise. »Ich habe auch keins, jedenfalls nicht dabei.« Die junge Frau lächelte herausfordernd. Ihre Stimme klang fest.

»Soll ich sie durchsuchen?«, fragte Pavel Boris.

»Gerhard belügt uns nicht. Er ist korrekt. Ich möchte wetten, er ist im öffentlichen Dienst. Ich kenne solche Leute. Der Arbeiter- und Bauernstaat war voll davon. Gerhard wäre sicher ein eifriger IM gewesen.«

Der Mann im Mantel schien auf einmal in seinem Sitz zu wachsen. Mit hoch erhobenem Kopf sagte er, gar nicht mehr ängstlich wirkend: »Ich habe keine Verrätermentalität. Dieses Gen fehlt in meiner Familie. Meine Eltern waren gemeinsam im Widerstand.«

Boris steckte seine Waffe ins Halfter. Er klatschte betont langsam. »Bravo, Gerhards Eltern waren gegen Hitler. Waren das nicht alle Eltern? Hinterher!?« Er zog die Waffe wieder hervor. Der Mann im Mantel stand jetzt auf: »Mein Vater hat Flugblätter verteilt. In seiner Uni in Heidelberg.«

»Ich bin ergriffen.« Boris ging zu Gerhard und schlug ihm mit einer fließenden Bewegung seines Armes den Pistolenlauf so ins Gesicht, dass dessen Kopf nach links zur Seite flog. Fischer sah das Blut in einem breiten Streifen über Gerhards Nase laufen. Der Mann sackte in den Sitz zurück. Die junge, schwarzhaarige Frau blickte zu ihrem Begleiter, zu Boris, dann wieder zurück. Sie holte ein Taschentuch hervor und wollte die verwundete Stelle betupfen, aber Gerhard stöhnte auf und nahm ihr das Taschentuch ab.

Fischer unterdrückte seinen Impuls aufzuspringen. Pavel stierte Boris entgeistert an. Der wischte den Pistolenlauf mit einem Papiertaschentuch ab. »Haben Sie es gehört, meine Damen und Herrn? Es gibt kein Judas-Gen in seiner Familie. Gerhards Vater hat Flugblätter verteilt. Und er war zusammen mit Gerhards Mutter im Widerstand. Und was ist das Ergebnis dieser fruchtbaren Verbindung? Ein Sohn, der mir vor ein paar Minuten vorgeschlagen hat, ich möge ihn und seine reizende Partnerin aussteigen lassen, weil mir ja nur an Sven gelegen sei. Was ich mit dem anstelle, ist unserem Widerstandskämpfer egal.«

Fischer begann, Wut zu entwickeln. Langam hochsteigende, würgende Wut. Aber er musste sie beherrschen. Schon um Anneroses Willen.

»Pavel, bist du schon fertig?« Boris sah den verwirrten Jungen an. Dessen Gesicht war ein einziges Fragezeichen.

»Wolltest du nicht die Handys unserer Mitreisenden einsammeln?«

»Ja, ja natürlich!«

»Dann tue das bitte!«

Fischer hielt Pavel sein Handy entgegen, bevor der noch einen Schritt auf ihn zu machen konnte. Pavel kam rasch heran und grabschte es dem Detektiv aus der Hand.

Fischer hörte Gerhard wimmern. Er lehnte sich zurück. Versuchte sich eine lässige Haltung zu geben, obwohl alles in ihm rebellierte.

»Darf ich ihm helfen?«, fragte eine Stimme hinter Fischer. Annerose!

»Es wird ihn nicht umbringen«, sagte Boris. »Er muss dem Schmerz Widerstand entgegensetzen. Das hat er in seinen Genen. Bleiben Sie mal, wo Sie sind.«

* * *

Annerose sagte nichts weiter. Aber in ihren Ohren klang der leise Klagelaut Gerhards wie eine Sirene nach. Pavel kam auf sie zu. Ein elektrisierender Schreck durchfuhr sie. Die Kette um ihren Hals. Das Mikro. Sollte sie es heraus geben? Einfach so? Seinen ursprüngliche Zweck konnte es sowieso nicht mehr erfüllen. Lui war ja hier, nicht mehr in seinem Büro. Im Anbetracht der veränderten Lage war es vielleicht gar nicht gut, dass er mit im Bus saß. Eventuell hätte er von außen mehr bewirken können. Aber weder er noch sie selbst hatten ja ahnen können, zu was sich der an sich harmlose Auftrag Magdalena Gorwins entwickeln würde. Ob sie es war, die eben angerufen hatte?

Pavel war herangekommen. Sie beschloss, ihm nur ihr privates Handy zu geben.

* * *

Die Kopfschmerzen waren noch nicht zurück. Dennoch musste er ständig an sie denken, wie an eine unheilvolle Geliebte, die ihn vorübergehend allein gelassen hatte. Es wurde Zeit, ein Schmerztagebuch zu führen, wie er es in einem der einschlägigen Bücher gelesen hatte:

Bewerten Sie Ihre Kopfschmerzen auf einer Skala von 1 bis 10:
1-3 leicht störend
4-5 mäßig quälend
6-8 sehr quälend
9-10 arbeitsunfähig machend oder unerträglich.
Tragen Sie die Dauer jedes Anfalls ein. Versuchen Sie zu registrieren, ob Ihre Kopfschmerzen von scheinbar nebensächlichen Symptomen wie Magenbeschwerden, Schwindel oder Übelkeit begleitet werden.

Boris rief sich zur Ordnung. Mit den Schmerzen konnte er sich befassen, wenn er das Auge des Hurrikans verlassen hatte.

Er bemerkte, wie ruhig dieser Mann in der schwarzen Lederjacke war. Er hatte sein Handy fast freiwillig hergegeben, ohne einen Anflug von Widerwillen.

Boris verfolgte mit wachen Augen Pavels Gang zur Rückbank.

Sven Oberwald in seiner braunen Lederjacke rückte sein Handy genauso schnell heraus wie der andere. Sie waren sich nicht nur äußerlich ähnlich.

Gerhard hörte nicht auf, leise vor sich hin zu winseln. Boris drehte sich zur Seite zu dem Fahrer, der auf jeden Bewacher verzichten musste, solange Pavel auf Sammeltour war. »Wo ist der Schlüssel für den Notfallkasten?«, fragte er. Der Fahrer warf Gerhard einen Blick zu, dann drückte er Boris einen schmalen Schlüssel in die Hand.

Der drückte den Schlüssel in ein Schloss oben seitlich an der Decke über dem Fahrer. An dieser Stelle prangte ein kleines weißes Kreuz in einem grünen Kreis.

Boris öffnete eine Klappe und zog einen Verbandskasten hervor. Er klappte den Kasten auf, ging zu dem Pärchen hinüber, beugte sich über Gerhard und stellte der jungen Frau den Kasten auf die Knie. Sie sah ihn mit einem Blick an, den er von Frauen kannte. Es war eine Mischung aus Bewunderung und Angst. Er hatte Kollegen gehabt, die auf so etwas standen. Er nie. Er machte sich nichts aus Frauen, die sich etwas aus ihm machten.

Die blonde Frau, die Pavel nach kurzem Zögern ein Mobiltelefon in die Hand gedrückt hatte, reizte ihn mehr. Angst hatte die wohl auch, aber nichts in ihrem Gesicht deutete darauf hin, dass sie ihn reizvoll fand.

Pavel kam mit den Handys zurück. Boris öffnete Pavels blaue Sporttasche und bedeutete seinem Begleiter mit einer Kopfbewegung, dass er seine Beute dort deponieren solle.

Pavel warf die Handys in die Tasche und übernahm wieder seine Bewacherrolle beim Fahrer.

Boris sagte raunend zu ihm: »Du denkst, ich bin übergeschnappt, nicht wahr?«

Der junge Tscheche gab in ebenso gedämpfter Lautstärke zurück: »Das steht mir nicht zu. Du leitest den Einsatz. Aber du hättest mich einweihen können.«

»Das, was hier läuft, ist spontan. Vor zwei Stunden wusste ich selbst noch nicht, dass wir einen Wormser Linienbus entführen würden.«

Die Verwendung des Wortes WIR schien Pavel ganz und gar nicht zu gefallen. Aber das behielt er für sich. Boris sagte: »Ich hätte gern, dass du noch etwas für mich einsammelst.«

»Was denn nun noch?«

»Die Ausweise!«

Boris wirbelte herum und übersah mit einem Blick das Häuflein der im Bus verteilten Passagiere.

»Meine Damen und Herrn«, rief er lauter als gewöhnlich, »wir werden Sie noch einmal belästigen müssen. Mein Kollege möchte Ihre Personalausweise sehen.« Daraufhin beugte er sich ruckartig zu dem Busfahrer hinunter. »Fangen wir mit Ihnen an.«

Der Kopf des Fahrers war geradeaus gewandt. Er griff nicht sofort in seine Aktentasche auf dem Boden, aber als er es tat, sah Boris eine verbeulte Blechdose in der Tasche. Aus einem Seitenfach fischte der Fahrer seinen Ausweis. Boris nahm ihn, las: »Aha, ein Heinz. Heinz Werber. Ein schöner Nachname für jemanden, der ein solches Unternehmen repräsentiert. Nun, bisher haben Sie uns viel Freude gemacht, Heinz. Ich wünsche Ihnen und uns, dass das so bleibt.« Ein Blick zu Pavel und dieser schickte sich an, die Ausweise der restlichen Mitfahrer einzusammeln. Bei Gerhard und der jungen Frau ging es schnell. Der Mann in der schwarzen Lederjacke aber suchte scheinbar vergeblich in seinen Taschen.

»Sorry«, gab er schließlich in gleichgültigem Ton von sich, »ich habe meinen nicht dabei.« Pavel, der ungeduldig vor ihm stand, wandte sich an Boris: »Soll ich den durchsuchen?«

Boris überlegte, und während er dies tat, geschah zweierlei. Draußen in der Dunkelheit begann eine neue Regenattacke und drinnen in seinem Kopf meldete sich der Schmerz zurück. Noch nicht bohrend oder hämmernd, aber mit leicht ansteigendem Druck.

Boris entschied sich: »Er soll mal die Jacke ausziehen.«

Der Mann sah ihn mit leichtem Unwillen an. »Wirklich, Meister? Ich friere so leicht.«

»Wie heißen Sie?«

»Fischer, Ludwig. Sie dürfen mich Lui nennen.«

»Ihr Beruf, Ludwig?«

»Bulle, Sonderdezernat Busentführung.«

Pavel, der vor ihm stand, schnaubte. »Zieh deine Jacke aus oder ...« Boris verfolgte das Wiedererwachen des Kopfschmerzes mit Faszination. Seine Reaktion auf Pavels Ausbruch wäre fast zu spät gekommen. »Pavel, Ludwig hat Angst. Deshalb macht er Witze. Er meint das nicht böse. Und er ist nicht annähernd so korrekt wie Gerhard. Er ist wirklich vergesslich. Außerdem bedeutet ihm so etwas wie ein Ausweis nicht viel. Er ist nicht so cool, wie er tut, aber etwas cool ist er schon. Was sagen Sie zu meiner Analyse, Ludwig?«

»Exakt, Meister. Ich hätt's nicht besser sagen können. Also, wenn Sie wirklich Wert auf das Ding legen«, er machte Anstalten, die Jacke abzustreifen, »muss ich Sie warnen, sie riecht ein bisschen streng.« Pavel streckte seine Hand aus. »Behalten Sie sie an«, bestimmte Boris. Pavel gab einen Laut der Enttäuschung von sich.

Der Mann, den Boris nicht Lui nennen wollte, wartete einen Moment, dann zupfte er sich die Jacke zurecht und setzte sich wieder, nicht ohne einen Blick von Boris abzuwarten, der ihm mit einem Kopfnicken die Erlaubnis dazu erteilte. Als er saß, wirkte er so schläfrig wie die ganze Zeit über.

Doch Boris war noch nicht fertig mit ihm. »Verraten Sie mir jetzt Ihren wirklichen Beruf?«

»Nix Dolles.« Er schien sich etwas zu winden. »Na, ja, ich bin bei der Bahn.«

»SIE sind Beamter? Mit Uniform und Mütze? Oder sitzen Sie in einem Büro und tragen tagsüber Anzug und Krawatte? Das würde allerdings den Gammellook in Ihrer Freizeit begreiflich machen.« Ludwigs Erklärung kam sehr unwillig. »Reinigungsdienst. Wir machen während der Fahrten in den ICEs sauber.«

Pavel lachte: »Auch die Klos?«

»Die zuerst. Aber können wir vielleicht das Thema wechseln, Meister?« Ludwig redete an Pavel vorbei mit Boris.

»Gut, wir befassen uns später noch miteinander«, sagte der.

– Sie wurden stärker. Der Druck nahm zu. –

Pavel schluckte seine Schlappe schneller runter, als Boris gedacht hatte. Seine Möglichkeit, es Boris in puncto Gewalt gleichzutun, war verspielt. Der junge Prager war schon bei Sven Oberwald und dieser interessanten blonden Frau. Beide reichten ihm sofort die Ausweise.

Als Boris sie in den Händen hielt und gelesen hatte, wandte er sich wieder an sein Auditorium. »Wir können unsere kleine Namensliste nun komplettieren. Neben Gerhard sitzt Estelle. Ein wunderschöner Name für eine schwarzhaarige Frau. Ich wage mir nicht vorzustellen, wie es wäre, wenn Sie Ulla hießen.«

Estelle kicherte. Boris lächelte ihr kurz zu und fuhr dann in seiner Rede fort: »Und dort, neben unserem Sven, sitzt Annerose. Wir lassen mal die Nachnamen weg. Die von Heinz und Ludwig kennen wir ja nun, aber wir sollten uns mit den Vornamen ansprechen. Das ist persönlicher. Zu Anfang sollten wir dennoch beim Sie bleiben, denn so gut kennen wir uns ja noch nicht. Was mir wichtig ist, sind aber die Berufe. Heinz ist Busfahrer, Ludwig ist Reiniger. So ähnlich dürfen Sie Pavel und mich auch einordnen. Wie sieht es denn mit Gerhard aus?«

Estelle und Gerhard hatten mit Hilfe des Inhaltes des Notfallkastens Gerhards Nase inzwischen verarztet. Ein sehr breites Pflaster verunzierte Gerhards Gesicht. Er hatte aber aufgehört zu wimmern. Er bemühte sich sogar zu sprechen. Boris fand, dass es nasal klang. Der würde auch Kopfschmerzen bekommen. »Ich bin Hausmeister an einer Wormser Realschule.«

Boris interessierte das nicht. Estelle sagte: »Ich habe eine Lehre als Kosmetikerin abgeschlossen und will mich selbstständig machen.« Auch hier fragte Boris nicht nach.

– Das Klopfen begann. Hinten im Kopf. Rythmisch. –

»Sven studiert in Mainz Jura, stimmt doch, Sven?« Oberwald sagte brav: »Ja!«

»Und Annerose?« »Ich leite eine Drogerie in der Innenstadt.«

Boris blickte zu Estelle. »Vielleicht solltet ihr euch später mal näher unterhalten.« Estelle drehte sich zu Annerose um, lächelte etwas unsicher. Annerose lächelte zurück. »Heinz«, sagte Boris zu dem Fahrer, »können Sie das Hinweisschild vorn am Bus verändern?« »Sie meinen die Zielangabe?«

»Genau!« »Was soll ich denn drücken. Leerfahrt?«
Boris schüttelte den Kopf, obwohl es davon schlimmer wurde. »Wie
wär's mit SCHULBUS?«, sagte er. Der Fahrer erwiderte: »Es geht
schon, aber das sieht nachts ziemlich blöd aus.« »Aber es trifft die
Wahrheit eher als LEERFAHRT. Wir werden nämlich alle heute
Nacht einiges lernen.«
Tack, Tack, Tack! Sehr gleichmäßig. Wie ein Schlagzeug. Wenn
jetzt die Gitarren einsetzten, würde sich Boris nicht wundern. Er
war mal in seiner ganz frühen Zeit als IM in Karl-Marx-Stadt
Schlagzeuger bei einer Band gewesen. Ein Jahr später konnte die
Stasi zwei der Band-Mitglieder wegen »Verbrechen gegen die Werktätigen« verhaften.
Sein Blick fiel wieder auf die herrlichen langen, blonden Haare An-
neroses. Komisch, dass ihm die Kopfhörer nicht früher aufgefallen
waren. »Was hören Sie denn so, wenn Sie nachts im Bus sitzen, Annerose?«, fragte er.
»Meeresrauschen«, sagte sie, »aber ganz leise.« »Da muss ich nachher unbedingt mal reinhören«, sagte Boris. »Aber jetzt fahren wir
erst mal weiter. Ist das für Sie in Ordnung, Heinz?«
»Wohin?«, fragte der Fahrer. Boris begann, seine rechte Schläfe zu
massieren.
»Auf die A 61, Richtung Koblenz!« »Der Kunde ist König«, sagte
Heinz Werber.

4

Bingen

Sonnabend, ab 0.00 Uhr

Der Gong und der Jingle im Radio kündigten die volle Stunde an. Der Sprecher bestätigte dies gleich darauf. »*SWR 1, Nachrichten. 0 Uhr. Berlin. Die Parteien der großen Koalition haben sich im Bundeskanzleramt zu einer Krisensitzung getroffen. Beobachter berichten von einer gespannten Atmosphäre, die nach den Äußerungen von Innenminister ...*«

Heide Illmann drückte auf ihre Fernbedienung, um den Sender zu wechseln. Sie hatte aber vergessen, dass fast überall Nachrichten gesendet wurden. Sie war angespannt, konnte das Treffen mit ihrem Vater nicht verarbeiten.

Der Sender, bei dem sie landete, hatte einen anderen Bericht an den Beginn der Mitternachtsnachrichten gesetzt. »*... weiter ungewiss war gestern das Schicksal von drei in Bagdad entführten britischen Botschaftsangehörigen. Ein Sprecher des Außenministeriums in London erklärte, dass die Entführer mit den Behörden bislang keinen Kontakt aufgenommen hätten.*«

Heide Illmann saß, nackt unter ihrem pfirsichfarbenen Morgenmantel, auf dem Sofa und grübelte immer heftiger über die Dinge nach, die sie so beschäftigten.

Sie hörte nicht richtig zu. Die Worte aus dem Rundfunkempfänger flossen an ihr vorbei, während sie mechanisch weiter auf die Fernbedienung drückte. Unbewusst stellte sie sich so ihre eigene Nachrichtensendung zusammen. »*... das von US-Präsident George W. Bush* verlangte verfassungsrechtliche Verbot von gleichgeschlechtlichen Ehen wurde vom obersten Verfassungsgericht der USA ...«

»... Proteste gegen die bevorstehende Landesgartenschau in Bingen. Große Teile des Bahngeländes des ehemaligen Bahnhofs Bingerbrück und jetzigem Hauptbahnhof Bingen wurden bereits eingeebnet. Die Pächter und Besitzer der Kleingartenkolonie ...«

Heide stand auf, ging zum Spiegel im Flur ihrer kleinen Wohnung. Du siehst eingefallen aus, Heide, sagte sie in Gedanken zu ihrem Spiegelbild. Du bist zwar ein sehr schmales Wesen und damit bist du ansonsten auch sehr zufrieden, aber heute siehst du einfach nur eingefallen aus. Dein alter Herr zehrt nicht nur sich, sondern auch dich aus. Da muss etwas geschehen. »Verdammt!« Dieses letzte Wort sagte sie laut. Trotzig!

Im Wohnzimmer plapperte der Nachrichtensprecher weiter: »... die Weltgemeinschaft müsse in Zukunft viel mehr Geld für die Bekämpfung von Aids ausgeben als bisher, forderte ...«

Warum war noch kein Anruf gekommen? Nun gut, es war okay, dass das Handy nicht geläutet hatte, als sie mit ihrem Vater auf Rüdesheim geblickt hatte. Sie hätte sich verstellen müssen. Aber jetzt war sie schon eine Weile zu Hause. Er hatte doch versprochen, sich zu melden, sobald ... »... gilt seit gestern Abend als vermisst. Ein Sprecher der Binger Kriminalpolizei erklärte, dass zur Zeit kein Hinweis auf ein Verbrechen vorliege. Die Familie des Großbäckers Hegelmann wollte bisher keinerlei Stellungnahme abgeben ...«

Heide lief ins Wohnzimmer. »...Alfons Hegelmann kam einer Verabredung am Mittwochabend in Frankfurt nicht nach. Er war dorthin mit seinem Geschäftswagen unterwegs, den er selbst steuerte, nachdem er seinem Chauffeur für den Abend frei gegeben hatte. Er wurde vermutlich zuletzt auf der Fähre zwischen Bingen und Rüdesheim gesehen.« Als der Sprecher die Ansprechpartner bei der Polizei durchgab, an die man sich wenden konnte, wenn man zweckdienliche Aussagen zu machen hatte, stand Heide bereits am Telefon und wählte mit fliegenden Fingern die Nummer ihres Vaters.

Das Freizeichen.

»Schei...benkleister!«

Sein Handy.

Nichts!

»Schei...ße!«

»... *das Wetter für heute, den ...*«

Heide beendete die Nachrichten für diese Nacht. Blitzschnell schlüpfte sie aus dem Morgenrock, streifte Slip und BH über, griff sich eine alte Jeans und einen dünnen Pullover, kämmte ihr halblanges dunkelbraunes Haar oberflächlich durch, griff zu Handy und Schlüsselbund und saß eine Minute später in ihrem Jetta. Sie würde schnell drüben in Bingerbrück sein. Sie fuhr über die Drususbrücke. Nein, sie wusste selbst nicht so genau, warum sie derart hektisch war. Sie ahnte mal wieder etwas. Du solltest nicht so viel ahnen, hatte ihr Vater mal gesagt. Wissen ist hilfreicher. Du solltest öfter mal recherchieren. Und wenn es nur in deinem eigenen Gefühlsleben ist. Glaub mir, ich weiß, wovon ich rede.

Zehn Minuten nachdem sie die Meldung über das Verschwinden des Besitzers der Hegelmannschen Großbäckerei gehört hatte, stoppte sie den Jetta vor dem Wohnblock in Bingerbrück, in dem ihr Vater wohnte.

* * *

Er war noch nicht abgefahren. Er hatte im Autoradio die Nachrichten gehört. Jetzt war es also offiziell. Spätestens ab jetzt würde ernsthaft gefahndet werden. Nun, in wenigen Stunden brauchten sie nicht mehr zu fahnden. Und die Familie würde auch kein Lösegeld zahlen müssen. Es würde einen Medienhype geben, wie ihn Bingen lange nicht erlebt hatte.

Daraufhin war er zurück in die Laube gegangen. Unmaskiert hatte er sich auf den klapprigen Stuhl unmittelbar vor der Kellertür gesetzt. Hatte gelauscht.

Da war das Klappern wieder. Nachdem es einige Minuten still geblieben war, begann es erneut.

Wieso zog der Kerl die Maus immer wieder auf?

Sie sollte dazu dienen, Hegelmann nervös zu machen, und ihm eine Ahnung davon zu vermitteln, weshalb er hier war. Und auch wo er sich befand.

Stattdessen machte der Gefangene ihn, Wolfgang Illmann, verrückt mit der Maus.

Sollte sich Kampfgeist in seinem Gefangenen regen? Hätte er ihn doch nicht so sehr mit Nahrung verwöhnen sollen? Aber zweimal innerhalb von 24 Stunden ein Becher Wasser und jeweils ein Stück Brot dürften nicht ausreichen für einen Ausbruchsversuch. Und bisher war er viel zu schwach gewesen, um sich rufend bemerkbar zu machen. Und selbst wenn, wer hätte ihn hören sollen?

Illmann hatte ihm die Füße nicht auch festgekettet, weil er unmöglich aus dem Keller entkommen konnte. Überall gemauerte Wände, bis auf das schmale Fenster oben, hinter dem Bettgestell. Dieses war von außen und innen mit dicken Brettern vernagelt. Das winzige Loch in Mannshöhe hatte er absichtlich hineingebohrt. Ob Hegelmann es schon entdeckt hatte? Hatte es bei ihm geklingelt? Wusste er jetzt, warum er hier war? Zog er deshalb die Maus immer wieder auf? Ahnte er, welches Schicksal ihn erwartete? Äußerte sich so sein Selbsterhaltungstrieb?

Das Rattern hatte wieder aufgehört. Illmann lauschte ins Dunkel hinein. Kein Geräusch.

Er musste an Heide denken. Das Mädchen liebte ihn. Alles, was seine Tochter für ihn tat, war gut gemeint. Er weigerte sich zu denken, dass sie etwas unternehemen würde, das seine Pläne stören könnte. Er lauschte wieder.

Im Raum blieb es still. Hegelmann schien die Lust an der Maus verloren zu haben.

Illmann erhob sich, verließ die Laube und setzte sich in seinen Wagen. Er würde bald zurückkommen. Und dann würde er bis zum Morgen bleiben.

Als er starten wollte, hörte er auf der gegenüberliegenden Rheinseite einen Zug. Er blickte hinüber. Eine lange Reihe von Güterwagen. In wie vielen davon wurden Getreideprodukte transportiert?

Wolfgang Illmann konnte in der Dunkelheit keine Schriftzüge an den Waggons erkennen. Aber er erinnerte sich, wie oft er mit dem Fernglas am Ufer gestanden hatte und wie oft der Name »Hegelmann« an ihm vorübergefahren war.

Seit er von Boris wusste, wer der Mann war, der SIE auf dem Gewissen hatte, war sein Hass stetig angeschwollen wie ein Geschwür, bis er all seine Gedanken beherrscht hatte und zu seinem einzigen Lebenszweck geworden war. Der Zug war Richtung Koblenz verschwunden. Illmann wollte den Motor anschalten.

Da, ein leises Geräusch, das er durch das geöffnete Fahrerfenster hörte. Die Maus!

* * *

Es war fast wie eine Sucht. Immer wieder musste er den klobigen Schlüssel auf dem Rücken der Blechmaus umdrehen und sie rattern lassen. Mal auf seinen Knien, mal in seinen Händen, mal neben sich auf der Matratze.

Das Geräusch füllte den kleinen Raum vollkommen aus. Irgendwann in einer Pause glaubte er, das Anlassen eines Automotors in großer Entfernung wahrzunehmen. Und einmal hatte er das Gefühl, dass sich jemand draußen vor der verschlossenen und verriegelten Tür befand. Aber das konnte eine Ratte sein. Oder eine echte Maus. Seltsamerweise wurden seine Gedanken klarer, je öfter er sich dem Geräusch des Blechtieres hingab.

Wie war er eigentlich in diese Situation geraten?

Gaby fiel ihm wieder ein. Der Mittwoch ihres geplanten Rendezvous. Gaby im Park. Genauer gesagt im Palmengarten zu Frankfurt am Main. Sie waren verabredet gewesen wie tausend andere Liebespaare. Geradezu einfallslos, sich neben dem Kassenhäuschen treffen zu wollen. Um Punkt 18 Uhr. Sie hatte ihm versprochen, das fliederfarbene Kleid anzuziehen, das zwar nicht durchsichtig war, aber mit etwas männlicher Fantasie so wirkte. Nun, es sollte später in einem unbeobachteten Winkel des Palmengartens fallen wie ein erlegter Feind, oder zumindest gerafft werden. Sie mochten es beide, es an Orten zu treiben, an denen die Gefahr des Entdecktwerdens wenigstens hypothetisch bestand.

Er, Alfons Hegelmann, hatte alles daran gesetzt, pünktlich zu sein. Sein Alibi zu Hause war glaubwürdig. Er hatte gesagt, dass er zu einem Treffen mit der Werbeagentur fahren würde, die die erfolgreiche »Brot ist alles«-Kampagne zu verantworten hatte. Der Sitz von Rhein-Main-Design war Frankfurt Hoechst. Und dort hatte er sich auch tatsächlich mit mehreren Herrn zusammensetzen wollen, um mögliche Folge-Kampagnen zu besprechen. Allerdings erst um 21 Uhr. Zeit genug für Gaby. Ulli, seinen Chauffeur, hatte er um 17 Uhr nach Hause geschickt, und dann hatte er den dunkelblauen Benz auf die Fähre von Bingen nach Rüdesheim gelenkt. Dass er dort zufällig Bernd Adam traf, einen Stadtrat aus Bingen, war ihm gleichgültig. Adam war nur deshalb etwas lästig, weil er so schnell und undeutlich sprach und man immer nachfragen musste.

Aber so eine Fahrt auf der Fähre dauerte nicht ewig, und in Rüdesheim angekommen fuhren der Stadtrat und der Großbäcker getrennte Wege. Unmittelbar, nachdem Hegelmanns Wagen festen Boden unter den Reifen hatte, meldete sich sein Handy. Ein Mann namens Ützel, von dem er wusste, dass er für Rhein-Main-Design arbeitete, rief an und fragte nach, ob er ihn später rechtzeitig zum Treffen in Frankfurt-Hoechst mitnehmen könne. Er sei gerade in Rüdesheim und sein Wagen habe einen Defekt, der heute nicht mehr behoben werden könne. Hegelmann wollte ihn abwimmeln, indem er sagte, er fahre schon früher, wolle noch in die Frankfurter Innenstadt und sei bereits jetzt in Rüdesheim. »Umso besser«, hatte der Herr Ützel gejubelt, da könne auch er noch etwas Wichtiges an der Hauptwache erledigen und würde dann selbstständig rüber nach Hoechst kommen.

Hegelmann hatte sich kein weiteres Gegenargument überlegt, sondern seufzend Ja gesagt. Nichts hatte seine Alarmglocken schrillen lassen. Er hatte Herrn Ützel zwar weder jemals gesehen noch mit ihm am Telefon gesprochen, aber er wusste, dass ein Mann dieses Namens zur Agentur gehörte. In zehn Minuten wollte Ützel am Bahnhof in Rüdesheim stehen und ihn erwarten. Er habe ein Schild mit seinem Namen und dem Aufdruck »Rhein-Main-Design« am Revers, sagte er.

Hegelmann war zu dem kleinen Bahnhof gefahren und, tatsächlich, auf der Treppe zur Straße hatte ein großer Mann mit einer auffallenden Hakennase gestanden und ihm übertrieben heftig entgegen gewinkt. Ein kleinerer Mann neben dem Großen sagte etwas zu diesem. Schnell war der mutmaßliche Ützel zum Wagen gekommen, hatte sich zum Fenster an der Fahrerseite hinunter gebeugt und mit leutseligem Lächeln auf das angekündigte Schild mit Namen und Firmenlogo gewiesen. »Ützel« stellte er sich überflüssigerweise auch noch vor.

»Steigen Sie bitte ein.«

»Eine Sekunde noch«, hatte Ützel gesagt, »ich würde mich gern noch von dem netten Herrn verabschieden, mit dem ich mich eben unterhalten habe.«

»Ich hab's ein wenig eilig«, hatte Hegelmann gesagt, »mir wäre es recht, wenn wir gleich fahren könnten, Herr Ützel.«

Der hatte bedauernd mit den Schultern gezuckt und hatte sich dann mit einem Winken in Richtung des kleinen Mannes auf der Bahnhofstreppe begnügt.

Beim Abfahren bemerkte Hegelmann, dass der kleine Mann einen Golf bestieg. Danach vergaß er ihn rasch, denn er musste lange Tiraden über Gott und die Welt über sich ergehen lassen. Ützel war ein Schwätzer schlimmster Güte. Er fiel von einem Thema ins nächste und mitten in eine Abhandlung über die weiblichen Vor- und Nachteile von Condoleezza Rice neigte er seinen Kopf zur Seite, bis sein Mund dicht an Hegelmanns Ohr war. Sein Rasierwasser roch teuer.

»Ich muss Sie warnen«, hatte Ützel geraunt und dabei ein sehr verschwörerisches Gesicht gemacht. »Bei Rhein-Design gibt es Kräfte, die gegen Sie arbeiten.« .

»So?«

»Ja, Ihre DDR-Vergangenheit.«

»Meine Güte, das ist erstens lange her und zweitens habe ich mir auch dort nichts zuschulden kommen lassen, dessen ich mich heute schämen müsste.«

»Das glaube ich Ihnen aufs Wort, Herr Hegelmann, aber Sie sollten auf der Hut sein. Es gibt Bestrebungen ...« Er sprach immer noch sehr leise.

Daraufhin hatte der Mann seinen Finger an die Lippen gelegt.

Da musste Hegelmann dann doch laut lachen. »Ach, Sie wollen andeuten, mein Wagen sei verwanzt? Da geht aber wirklich die Fantasie mit Ihnen durch, Wertester!« Er musste an einer Ampel halten. Er bemerkte noch, dass hinter ihnen nur ein anderes Auto stand. Komisch, war das nicht der Golf, in den der kleine Mann am Rüdesheimer Bahnhof gestiegen war?

Dann war etwas von der Seite gekommen, eine Spritze, eine Nadel ... irgendetwas ... und eine plötzliche Müdigkeit hatte ihn mit sich fortgetragen, bis er in diesem dunklen Raum auf dieser Matratze wieder aufgewacht war.

Ja, jetzt war es ihm endgültig klar. Es mussten mindestens zwei Entführer sein. Denn der Maskierte war viel kleiner als derjenige, der sich als Ützel vorgestellt hatte. So wie der Golfmann.

Und jetzt fiel ihm auch der versteckte Dialekt des Maskierten wieder ein. Dazu passten die Worte des falschen Ützel von seiner DDR-Vergangenheit.

Himmel, es hatte doch etwas mit damals zu tun. Aber was? Er hatte alles vergessen wollen, was früher geschehen war. Das war ein anderes Leben und hatte nichts mit dem erfolgreichen Geschäftsmann zu schaffen. Er hatte sich seinerzeit sogar die Arroganz gegönnt, sich seine möglichen persönlichen Stasi-Akten in Berlin nicht durchzusehen, obwohl ihn seine Familie dazu drängen wollte.

Vorbei, vorbei, vorbei!

Doch etwas aus der damaligen Zeit war dabei, ihn einzuholen. Nur wusste er immer noch nicht, was das sein könnte.

Ein seltsam rauher Laut entfuhr seiner Kehle. Er zog die Maus wieder auf, ließ sie rattern. Setzte sie jetzt vor seine Füße. Scheiß auf die wunden Handgelenke.

Maus! Mäuseturm! Getreide!

Nahrung! DDR! Leipzig!

Nahrungsbeschaffung! Engpässe! Berlin!

Ützel! Er war ihm schon einmal begegnet. Nicht unter diesem Namen. Nicht in Bingen, nicht im jetzigen Deutschland.

Die Gestalt des großen Mannes tauchte übermächtig vor Alfons Hegelmanns innerem Auge auf.

Der raunende Verschwörerton!

Da gab es einen Schalter in seinem Inneren, den er nur umlegen musste, um die Verbindung herzustellen.

Die verfluchte Maus stand still.

Das durfte sie nicht. Er brauchte sie jetzt. Dreimal verfluchte Schwärze. Wo bist du? Ich brauche dich zum Denken!

Hegelmann tastete nach der Maus. Sie musste sich versteckt haben. Er suchte immer hektischer, die Schmerzen wurden stärker, beinahe unerträglich, aber er konnte nicht aufhören, auf dem unebenen Steinboden herumzukratzen und zu schaben. Es war ihm, als sei der Schlüssel auf ihrem Rücken gleichzeitig der Schlüssel zu dem Rätsel, das ihn umgab.

Er erweitere seinen Suchradius. Erst nach rechts bis zum Bettpfosten. Dann nach links. Da war sie. Es dauerte noch eine Ewigkeit, bis er sie wieder auf dem Schoß hielt. Er streichelte sie. Zog sie auf. Ließ sie rattern! Er begann, diese Maus zu lieben!

* * *

Ob er den Motor gehört hatte? Auch, wie er wieder ausgeschaltet wurde? Nein, Illmann war immer noch nicht abgefahren. Das Knattern der Maus, so leise es auch nach draußen drang, war doch so enervierend, dass er einfach noch nicht abfahren konnte. Er war allerdings im Auto sitzengeblieben. Fast wie ein Kaninchen vor der Schlange. Aber ... war er nicht selbst die Schlange? Wie konnte es angehen, dass das Kaninchen auf dem Kopf der Schlange tanzte?

Das Geräusch machte ihn wahnsinnig. Wie gern wäre er ausgestiegen, in den Keller gelaufen und hätte der Sache ein schnelle Ende gemacht. Doch das wäre nicht richtig gewesen. Mit einer einfachen Tötung war SIE nicht zu rächen. Es musste der Ort stimmen, die Zeit und die Tötungsart.

Aber konnte er nicht Hegelmann die Maus abnehmen? Etwas in ihm verbot ihm das. Sollte er sich doch in einen Rausch hineinsteigern. Sollte er doch mit seinen bescheidenen Mitteln den Aufstand proben. Sollte er doch sogar versuchen zu schreien. Hegelmanns Stimme war beim Lesen der Hatto-Sage noch so ersterbend leise gewesen, da halfen auch der Schluck Wasser und das Stück Brot nichts. Aber ... wenn er hier draußen das Rattern und Klappern der Blechmaus hörte, konnte man dann nicht auch ein relativ leises Rufen hören? Quatsch, er war darauf programmiert, die Läuse husten zu hören. Kein anderer könnte das.

Nein, es war so gut wie vorbei. Was der Gefangene jetzt auch immer noch unternahm, es würde Illmanns Pläne nicht gefährden können. Er startete den Wagen erneut. Fest entschlossen, endlich loszufahren. In spätestens einer Stunde wäre er ja zurück.

Er schaffte es. Fuhr über den breiten Weg, vorbei an der ehemaligen Lokhalle und den vorgelagerten Schrebergärten, Richtung Schranke. Etwas zwang ihn so oft nach rechts zu blicken, bis er den in gespenstischem Grün leuchtenden Turm auf seiner kleinen Insel hinter den Bäumen nicht mehr sehen konnte.

Kurz vor dem Parkplatz an der Bahnstrecke, hörte er das klingelähnliche Signal der Schranke.

Er hielt an. Es dauerte eine Weile, dann näherte sich aus Richtung Bingen ein Zug. Ein langer Güterzug wie der, den er vorhin auf der anderen Seite des Stromes gesehen hatte.

Die Waggons zuckelten langsam vorüber. Auf vier der Wagen war deutlich zu sehen, was er drüben nicht hatte lesen können: »Hegelmann-Backwaren« und der Spruch »Brot ist alles!«.

Das hatte er gebraucht. Gerade zu diesem Zeitpunkt, an dem er etwas unsicher wurde. Gerade jetzt, wo sein Gefangener es fertig gebracht hatte, ihn nervös zu machen. Gerade jetzt, wo er kurz davor war, sich den Kopf darüber zu zerbrechen, ob der Tötungsbefehl für Sven Oberwald eine richtige Entscheidung gewesen war. »Brot ist alles!«

Der letzte Wagen war vorüber, die Schranken öffneten sich. Es war wahrhaftig eine enge Kurve bis zur Hauptstraße. Ein größerer Wagen würde hier nicht durchpassen. Illmann legte einen Kavaliersstart hin.

* * *

Heide hatte nicht lange gezögert. Nachdem ihr Vater auf das Klingeln nicht reagiert hatte, war der kleine Ring mit den beiden Schlüsseln fast automatisch in ihre Hand gerutscht.

Sie besaß den Schlüsselbund, seit sich die letzte Freundin ihres Vaters von ihm getrennt hatte. Diese Frau, in die Heide große Hoffnungen gesetzt hatte, wollte ihm seinerzeit nicht mehr unter die Augen kommen und übergab Heide die Schlüssel.

Seltsamerweise hatten Heide und Wolfgang Illmann, die in vielen Dingen so gewissenhafte Menschen waren, verpasst, die Schlüsselübergabe perfekt zu machen. Ihr Vater hatte von der Frau nicht mehr sprechen wollen und somit auch die Schlüssel nicht mehr erwähnt. Und was Heide betraf ... sie dachte schon ab und zu daran, aber ihre innere Stimme riet ihr immer wieder: Behalte sie noch eine Weile, du weißt nie, wie du sie brauchen kannst. Er muss nur mal krank werden, et cetera, et cetera. Die Idee, ihn ganz offen zu fragen, war ihr nie gekommen, es war immerhin nicht ungewöhnlich, dass Kinder Schlüssel für die Wohnung ihrer Eltern besaßen. Er hatte ja schließlich auch einen Schlüssel zu ihrer Wohnung. Sie hätte ihn fragen sollen. Aber sie hatte sich seine Antwort vorstellen können: »Bin ich ein Pflegefall?« In einem weniger körperlichen Zusammenhang hätte sie mit »Ja!« antworten müssen, aber das hätte sie nie gewagt. Also war sie zur Hüterin seiner Zweitschlüssel geworden. Nicht ohne eine angemessene Portion schlechten Gewissens.

Nun stand Heide in der kleinen Wohnung ihres Vaters. Wann war sie zuletzt hier gewesen? Vor drei Wochen? Vier? Eher fünf. Der Anlass? Sie musste ihr Hirn einen Augenblick martern, ehe es ihr die Antwort übermittelte. Richtig, er brauchte Informationen über Rhein-Main-Design. Wollte einen Artikel über erfolgreiche Werbeagenturen in Hessen und Rheinland-Pfalz schreiben. Alles, was man aus dem Internet erfahren konnte, hatte er bereits herausbekommen. Aber Heide besaß Hintergrundinformationen, immerhin war sie mit dem Sohn von einem der Chefs von Rhein-Main-Design befreundet gewesen. Das war längst vorbei, aber sie hatte ihrem Vater helfen können.

Nun, jetzt war sie wieder hier, um ihrem Vater zu helfen. Noch wusste sie weder, wie sie das fertig bringen sollte, noch war ihr hundertprozentig klar, welche Art Hilfe ihr Vater überhaupt benötigte.

Es war mehr Ahnung als Wissen.

Sie stand im Flur mit den riesigen Titelzeilen von mehr oder weniger aufregenden Artikeln, die ihr Vater geschrieben hatte. Er war stolz, wenn ihm größere Aufgaben übertragen wurden. Besonders Serien. Dann stürmte er in den nächsten Copyshop und vergrößerte die Schlagzeilen. Hinter Glas, in schlichten, braunen Rahmen glänzten seine journalistischen Großtaten.

Unwillkürlich besah sich Heide der Reihe nach die Rahmen. Als sie fertig war und gerade die Klinke der Arbeitszimmertür hinunterdrücken wollte, fiel ihr etwas auf. Da war kein Titel, der auf die Serie über Werbeagenturen hinwies. Hatte man ihm den Auftrag entzogen? Noch etwas fiel ihr auf. Ein Zusammenhang, an den sie bisher nicht gedacht hatte. Hegelmann-Backwaren ließen sich von Rhein-Main-Design vertreten. Ein Stich durchlief sie. Noch konnte sie diese Informationen nicht einordnen, aber sie fühlte bereits, dass es wichtig war.

Entschlossen betrat sie das Arbeitszimmer. Hier hingen keine Bilder. Überall Regale, bis zur Decke. Ordner, DVDs, CDs, alles sehr ordentlich beschriftet und gestapelt. Beherrscht wurde der Raum von einem alten Schreibtisch, der noch aus Leipziger Zeiten stammte. Den hatte er noch mit IHR gemeinsam ausgesucht.

Auf der Schreibtischfläche sah es nicht ganz so geordnet aus wie sonst im Zimmer. Neben dem Laptop lagen handbeschriebene Blätter. Zwei graue Schnellhefter. Heide nahm zuerst die losen Blätter in die Hand. Sie las:

Hatto lag in seinem Bett und vermochte nicht einzuschlafen. Er hatte Angst, dass er im Traum die Bilder schreiender Männer, Frauen und Kinder sehen würde, die verzweifelt versuchten, einen Weg aus der Flammenhölle der Scheune zu finden. Sein Gewissen regte sich zum ersten Mal seit der Tat ...

Heide ließ einige Zeilen aus, überflog den Text: *... und er hörte die Stimme des Anführers der Bauern, als der zornbebend gefragt hatte: »Ihr wollt ein Mann Gottes sein? Ist unser Herr nicht ein Gott der Gnade?« ... Die erste Maus glitt durch eine Ritze im Gestein, dicht am Fußboden, in den Schlafraum des Erzbischofs ... Ein dünner hoher*

Schrei entfuhr seiner Kehle ... »Hört Ihr die Kornmäuse pfeifen?«

Heide ließ die Blätter sinken. Legte sie mit einer unsicheren Bewegung wieder auf die Schreibtischplatte. Es gab Hunderte von Fassungen der Hatto-Sage. Wieso glaubte ihr Vater, er müsse ihnen eine mehr oder weniger reißerische hinzufügen?

Sie griff zu einem der Schnellhefter. Klappte den Deckel auf. Zeichnungen vom Mäuseturm. Verschiedene künstlerische Darstellungen vom alten Mautturm vor 1689 und von der Zeit nach 1858, als er die erste feste Warschaustation der Gebirgsstrecke geworden war und den reibungslosen Verkehrsablauf im gefährlichen Engpass des Binger Lochs für die Schifffahrt gewährleistete.

Heide blätterte die Illustrationen durch. Oh, da waren auch technische Zeichnungen. Aus 1978 von der Wasser- und Schifffahrtsdirektion Südwest und dem Wasser- und Schifffahrtsamt Bingen.

Da waren die Außenansichten von Ost, Nord und Süd.

Auf einem weiteren Blatt gab es Grundrisse vom Erdgeschoss, vom 1. und 2. Obergeschoss.

Das nächste Blatt zeigte die Westansicht und Schnitte, die das Innere des Turms darstellten.

Heide blätterte weiter. Noch mehr Risse und Ansichten. Aber diesmal ging es nicht um den Mäuseturm. Offensichtlich handelte es sich um ein winziges Häuschen mit Garten. Ein Steinhaus. Mit Keller. Das war ungewöhnlich.

Das letzte Blatt im Schnellhefter war ein Pachtvertrag auf den Namen Wolfgang Illmann. Und dort stand auch, wo sich das Gartenhäuschen befand.

Heides Hände wurden feucht, begannen ganz leise zu flattern wie die Flügel eines Schmetterlings, der sich nicht entscheiden konnte, ob er gleich für einen größeren Flug starten wollte.

Der zweite Schnellhefter. Nur ein Blatt. Handgeschrieben wie die losen Blätter. Heide las wieder. Ihre Furcht stieg!

Er hatte keinen Anspruch auf Gnade. Hatte keine Reue gezeigt. Hatte nichts unternommen, um seine Tat zu sühnen. Hatte sein altes Lügenleben gegen ein neues Lügenleben eingetauscht. Verleugnete seine Schuld bis tief in sein Herz hinein.

Nein, er hatte keinen Anspruch auf Gnade. Der Turm sollte die letzte Station seines verwirkten Lebens werden.

Heide spürte, dass dies keine Fortsetzung der Hatto-Sage war.

Er sollte so sterben, wie SIE gestorben war.

Heide zitterte jetzt am ganzen Körper.

Aber er sollte wissen, warum. Er hatte alles verdrängt. Es musste ihm klar werden, dass er sich seine Ende selbst geschaffen hatte. Damals, vor vielen Jahren, in einem Land, das es nicht mehr gab.

Heide starrte auf die Zeilen, als hätte sie ihr eigenes Todesurteil gelesen. Alle furchtbaren Ahnungen schienen sich zu einer einzigen entsetzlichen Gewissheit zu verdichten.

Ein passenderes Symbol für seine Tat und für sein Ende als den Turm konnte es nicht geben. Es war nur bedauerlich, dass seinem Henker die Mäuse die Arbeit nicht abnehmen würden wie seinerzeit bei Hatto. Aber das wäre auch nicht richtig gewesen. SIE war ja nicht von Mäusen gefressen worden. Sie hatte sich selbst getötet. Wegen ihm. Also musste er sich ebenfalls selbst umbringen. Der Henker würde ihm dabei helfen ...

Heide konnte nicht mehr weiterlesen.

Sie riss beide Schnellhefter an sich. Blickte sich mit hektischen Bewegungen sinnlos um, denn nichts, was sie in dem Raum sah, nahm sie wirklich wahr. Panik, ja, so musste sich Panik anfühlen. Aber war es nicht doch etwas anderes? Es ging doch nicht um sie, die Panik betraf ihren Vater. Nur ... was ihren Vater anging, ging auch sie an. Weil es ja nicht nur um seine Geliebte ging, sondern auch um ihre Mutter.

Heide rannte aus der Wohnung, ohne irgendetwas zu unternehmen, das ihren Besuch verschleiern könnte.

Sie stolperte über die Treppen vom zweiten Stockwerk ins Erdgeschoss. Schloss automatisch den Jetta auf. Warf die grauen Schnellhefter auf den Beifahrersitz. Drehte den Zündschlüssel.

Fuhr los, lenkte den Wagen wie ein Roboter. Nichts, was sie im Augenblick tat, war ihr bewusst. Ihre Gedanken hatten nichts mit dem Straßenverkehr im nächtlichen Bingerbrück und Bingen zu tun.

Sie hatte sich selbst getötet. Wegen ihm. Also musste er sich ebenfalls selbst umbringen. Der Henker würde ihm dabei helfen.

Heide raste zu ihrer Wohnung. Nachdenken, überlegen. Eventuell Hilfe in Anspruch nehmen. Aber wer konnte ihr in dieser Lage helfen?

* * *

Als Heide Illmanns Jetta gerade seit einer halben Minute vor dem Mehrfamilienhaus verschwunden war, bremste Wolfgang Illmann seinen Golf vor dem Hauseingang. Es hatte keinen Zweck, ihn in die Tiefgarage zu fahren. Er würde bald zum Garten zurückkehren.

Illmann stieg aus, schloss die Haustür auf. Stieg die Treppe hoch. Je näher er dem zweiten Stock kam, desto schneller ging er. Da lag ein weiblicher Duft im Treppenhaus, den er kannte.

Er öffnete die Wohnungstür. Der Geruch wurde stärker. Mit wenigen Schritten war er im Arbeitszimmer. Die Schnellhefter waren weg.

Jetzt fluchte Wolfgang Illmann laut. Er benutzte alle Worte, die ihm dazu einfielen. Und er fluchte auf sächsisch!

* * *

Seit einer Viertelstunde war Heide in ihrer Wohnung am Speisemarkt. Die Gedanken wollten sich nicht in eine vernünftige Reihenfolge bringen lassen. Sie hockte in Jeans und Pullover auf ihrem Sofa, stützte den Kopf mit beiden Händen, ließ sich dann zurückfallen, richtete sich wieder auf. Sie wünschte sich, sie wäre ein PC, brauchte nur ein paar Mausklicks und ein paar Knöpfe zu drücken und alles wäre säuberlich und tabellarisch sortiert.

Die Schnellhefter lagen vor ihr auf dem Glastisch. Sie wagte es nicht, sie anzufassen, geschweige denn, sie aufzublättern. Einige der Sätze hatten sich ohnehin in ihrem Hirn festgesaugt.

Was war zu tun?

Sie stand auf, ging zum Flur. Nahm das Telefon des Festnetzanschlusses. Ging zurück zum Sofa. Setzte sich. Wählte die Nummer, die sie schon vor ihrer Fahrt zur Wohnung ihres Vaters gewählt hatte.

Geh ran!

Sie ließ es läuten, bis auf dem Display die Nachricht erschien, dass der Anruf nicht erfolgreich sei.

Das merke ich selbst, blödes Ding!

Heide wählte die Handynummer.

Wieder nichts.

Sie warf den Hörer etwas härter, als sie es beabsichtigt hatte, auf den Glastisch. In diesem Augenblick läutete der Festnetzanschluss.

Heide zuckte zusammen, dann glomm Hoffnung in ihr auf. Er rief zurück. War vielleicht mal eine Minute aus dem Raum gewesen, hatte gesehen, dass sie angerufen hatte und meldete sich jetzt.

Sie riss den Hörer ans Ohr.

Noch bevor sie etwas sagen konnte, hörte sie die Stimme des Anrufers.

»Heide, schön, dass du noch nicht schläfst!«

»Vater!« Sie konnte nicht mehr sagen.

»Ich glaube, ich war etwas kurz angebunden heute Abend. Aber es ist eine besondere Zeit. Ich glaube, ich habe dich nicht mal richtig umarmt zum Abschied.«

»Ach, Vater, du musst dich doch nicht entschuldigen ...«

»Warum sollen sich immer nur Kinder bei ihren Eltern entschuldigen? Wir stellen genug an, um mal etwas einsichtig zu sein.«

»Wenn du das so siehst. Ich freue mich natürlich ...« Er konnte unmöglich von seiner Wohnung aus anrufen. Er hatte es noch nicht entdeckt.

Jetzt sprach er weiter. »Ich würde dir gern ein paar Dinge erklären. Denn ich möchte, dass du mich verstehst.«

»Können wir uns nicht doch morgen treffen, wie ich vorgeschlagen habe?«

Von wo aus rief er an? Von diesem Gartenhäuschen beim Mäuseturm?

Illmann sagte: »Warum nicht jetzt, gemütlich am Telefon? Aber sei ehrlich. Wenn du schon im Bett bist, lass ich dich für heute Nacht in Frieden.«

War er in dem Häuschen oder vielleicht davor? Ging er spazieren?

Sein Atem klang, als würde er sich bewegen.

»Ja, ich liege schon, aber ...«

Blödsinn, warum musste sie das jetzt sagen? Dumme Nuss! Vielleicht würde er ihr halb freiwillig etwas verraten, was ihr eine Möglichkeit eröffnete, das zu verhindern, von dem sie inzwischen felsenfest glaubte, dass er es geplant hatte.

»Nun, du brauchst deinen Schlaf, Heidelein!« Mein Gott, wie lange hat er nicht mehr Heidelein gesagt?

»Nein, nein, ich bin wieder glockenwach. Ich finde es schön, dass du anrufst.«

»Hm, weißt du, sie ist deine Mutter, und ich glaube manchmal, du müsstest die gleiche feste Bindung zu ihr haben wie ich. Aber ich verlange zu viel. Das wird mir immer deutlicher. Ich kannte sie über viele Jahre. Als erwachsener Mensch. Aber du hast sie nur ein knappes Jahr gehabt. Als ganz kleines Kind. Du kannst nicht annähernd die Erinnerung an sie haben wie ich.«

Sie hat mich genauso verlassen wie dich, dachte Heide. Aber sie sagte es nicht.

Auch ihr Vater schwieg.

Er atmete schwer.

Erwartete er eine Reaktion? Oder war das nur eine zufällige Pause?

»Ich kann von dir keine Unterstützung erwarten, Heidelein.« Das klang traurig.

»Vater ...«

»Nein, lass nur. Ich kann dich nicht belasten ...«

Heide hielt den Atem an. Würde er gleich etwas mehr sagen?

»Ich kann keine Unterstützung von dir erwarten,« wiederholte er, »aber was ich erwarten kann ...«

Heide hörte ein Geräusch. Sie konnte den Ursprung nicht sofort realisieren.

»... ist, dass du dich nicht gegen mich stellst!«

Der Wohnungsschlüssel!

Gleich darauf stand Wolfgang Illmann in der Tür. In der einen Hand einen Schlüsselbund, in der anderen das Handy.

»Trägst du immer Jeans und Pullover, wenn du ins Bett gehst?«

Heide hatte schon oft Angst um ihren Vater gehabt. Aber als sie jetzt sein Gesicht sah, hatte sie ein vollkommen neues Gefühl.
Sie hatte Angst *vor* ihm.

5
Die Reise II

Fischer hielt die Augen halb geschlossen, wie die meiste Zeit, seit sie auf der A 61 fuhren. Als sie an Alzey vorbeigekommen waren, hatte er an Edgar, Susanne und Edgar Junior denken müssen. Und an Susannes Mutmaßung über Anneroses Schwangerschaft. Er war beinahe froh, dass sein Kopf nicht frei war für weitere diesbezügliche Überlegungen. Wenn je einem Mann die perfekte Ablenkung von Vaterschaftserwägungen gegönnt worden war, dann ihm, hier und heute.

Vor wenigen Minuten hatte ihn ein neuer Schreck durchflutet, als er aus Pavels blauer Sporttasche Mozarts kleine Nachtmusik hörte. Alle hatten es mitbekommen. Der bandagierte Gerhard und seine Estelle hatten verstohlen zu ihm hingesehen. Auch Pavel. Weniger verstohlen. Wie Annerose und Oberwald reagiert hatten, wusste Fischer nicht.

Aber natürlich hatte Boris ihn beobachtet. Mit diesen Augen, die alles zu sehen schienen, obwohl sie selten frontal auf ihr Gegenüber gerichtet waren.

Fischer war sich sicher, dass er alle überzeugt hatte mit seiner kleinen Bundesbahn-Reinigungs-Komödie, außer Boris. Der saß seitlich auf dem ersten Sitz direkt hinter Heinz, dem Fahrer, leicht nach vorn gebeugt und scheinbar ruhig. Nur ab und zu fuhr er sich mit der rechten Hand über Schläfen und Stirn.

Fischer glaubte, richtig reagiert zu haben, als sein Handy läutete. Er war aus seiner Halbschlafhaltung aufgetaucht, hatte zu der Sporttasche geblickt, dann scheinbar hilflos gegrinst, die Schultern resignierend hochgezogen und war wieder in seinen Sitz gesunken.

Seitdem hatte er über den Anrufer nachgegrübelt. Wieder Susanne? Nein, das glaubte er nun doch nicht. Sie war stur, aber so spät, nachdem er sie einfach abgewürgt hatte, nein! Da sie nicht wusste, warum er das Gespräch so rüde unterbrochen hatte, musste sie annehmen, dass er heute nichts mehr von Schwangrschaftsprognosen und Entschuldigungen dafür hören wollte. Wer konnte es sonst sein? Magdalena Gorwin war naheliegend. Wenn die wüsste, dass er hier mit ihrem geliebten Sven im Bus saß und dass diese groteske Busentführung entscheidend mit ihm zu tun hatte ...

Nun war alles ruhig. Außer dem Prasseln des wieder stärker gewordenen Regens, durch den der Bus rauschte wie ein Küstenboot durch die Dünung, herrschte eine dumpfe, unheimliche Ruhe.

»Nach Norden«, hatte Boris gesagt. Wie weit nach Norden? Wie viel Benzin hatte Heinz übrigens in seinem Tank? Wie weit nach Norden kam man mit der Tankfüllung? Und, konnte ein solcher Bus an jeder x-beliebigen Autobahntankstelle neuen Treibstoff aufnehmen?

Wann würde er in Worms vermisst werden? Und wann fiel irgendeinem der anderen Autobahnbenutzer auf, dass es seltsam war, nachts einem Schulbus zu begegnen, der offensichtlich kein Reise-, sondern ein Linienbus war?

Fischer versuchte, durch seine halb geschlossenen Lider so viel wie möglich mitzubekommen.

Ein Schild zeigte einen Parkplatz mit WC an.

Boris sprach leise ein paar Worte mit dem Fahrer, dann griff er zu dem Mikro und drehte es zu sich hin.

»Liebe Fahrgäste, diejenigen unter Ihnen, die unter gesteigertem Harndrang leiden, erhalten hiermit die letzte Möglichkeit, vor der letzten Etappe unserer Reise auszutreten.« Er machte eine Pause und blickte kurz und scharf jeden der Passagiere an. »Falls Sie diese Pause dazu nutzen möchten, unsere kleine Gesellschaft für immer zu verlassen, können Sie sicher sein, dass es tatsächlich für immer wäre. Ich werde die Entleerungswilligen unter Ihnen persönlich begleiten. Einzeln.« Er unterbrach sich. »Auch die Damen! Pavel wird inzwischen hier drinnen den charmanten Reiseleiter geben. Also, diejenigen, die austreten wollen, mögen sich melden.«

Schon erschien hinter der regennassen Frontscheibe des Busses das Schild zur Abfahrt auf den Parkplatz.

Der Fahrer lenkte den Bus von der Autobahn hinunter. Fischer behielt seine Haltung bei, hatte aber die Augen nun weit geöffnet. Er fühlte zum ersten Mal, seit er seine Lederjacke beinahe Pavel ausgehändigt hätte, seine Pistole in der Jackentasche. Dort steckten auch sein Personal- und sein Detektivausweis. Nur nicht übermütig werden. Nicht die wenigen, mühsam erkämpften Chancen verspielen.

Auf dem Parkplatz stand ein einziger Wagen. Ein Caravan. Unmittelbar neben dem weißen WC-Häuschen. Er war leer. Der Bus hielt. Vor Fischer meldete sich niemand. Weder Estelle noch Gerhard. Auch Heinz, der Fahrer, schien den Wagen nicht verlassen zu wollen. Ob er selbst ... ?

Boris blickte an ihm vorbei. Fischer hoffte inständig, dass sich Annerose nicht melden würde. Er hatte plötzlich Angst, dass sie ihm beim Vorbeigehen den Sender zustecken würde, weil sie vielleicht annahm, dass er nicht mehr durchsucht würde. Bei Boris scharfer Beobachtungsgabe könnte das ein tödlicher Fehler sein.

Boris stand jetzt vor den beiden Pendelschranken neben der Fahrerkonsole und blickte immer noch an Fischer vorbei.

»Sven«, sagte er jetzt ohne das Mikro, »so jung und schon inkontinent? Na schön, kommen Sie!«

Es raschelte hinter Fischer. Die braune Lederjacke Sven Oberwalds schob sich in sein Blickfeld. Als der junge Mann vorbeiging, fiel plötzlich eine winzige Papierkugel in Fischers Schoß. Fischer blieb vollkommen still sitzen. Als Oberwald schon vorn bei Boris stand, sah Fischer, dass die schwarzhaarige Estelle ihn über die Schulter Gerhards hinweg anstarrte.

* * *

Boris wunderte sich über die Unzuverlässigkeit der Menschen und die seiner Kopfschmerzen. Er hätte gedacht, dass eine der Frauen das WC aufsuchen würde und wenn es ein Mann war, dann Gerhard, um eine Möglichkeit zur Flucht wahrzunehmen.

Und was die Schmerzen betraf, sie waren zu einem dumpfen, nicht sehr starken Druck abgesunken.

Bevor er ausstieg, wandte er sich noch einmal an die Businsassen. »Sonst niemand?«

Keiner rührte sich. »Nun ja, wenn später ein Malheur passiert, kann Ludwig ja den Bus reinigen.«

Er nickte Pavel zu, der aufstand und seine Waffe mit ausgestreckten Armen in das Businnere richtete. »Setz dich hin«, befahl Boris, »da draußen könnten Autos vorbeifahren, und es muss noch jemand auf der Toilette sein, der gleich rauskommt. Der muss dich nicht hier in Rambo-Manier rumstehen sehen.«

Pavel setzte sich.

Dann schnallte Boris seinen Waffengurt ab, legte ihn auf seinen Platz hinter dem Fahrer und versenkte die rechte Hand mit der Pistole in der Hosentasche des Jogging-Anzuges. Er stieg aus und gab Oberwald mit dem Kopf den Wink, ebenfalls auszusteigen.

* * *

Estelle konnte ihren Blick nicht von dem Mann in der schwarzen Lederjacke lösen. Gerhard fiel schon auf, dass sie den Kopf so lange gedreht hielt. Er schielte zu ihr, über seine verbundene Nase. Der andere, dieser Sven, um den sich hier alles zu drehen schien, der hatte etwas in den Schoß dieses Ludwig fallen lassen. Oder hatte sie sich getäuscht? Hingen die beiden zusammen? Aber Ludwig war doch erst viel später zugestiegen?

»He, junge Frau«! Das war Pavels Stimme. »Es gibt schönere Männer im Bus als diesen Kloreiniger.«

Estelle erschrak, drehte ihren Kopf nach vorn zu Pavel, stieß dabei an Gerhards Nase, der ihr seinen Kopf zugewandt hatte. Wieder wimmerte der leise auf. Memme.

* * *

Während Pavel sich voll auf Estelle konzentrierte, schaffte es Fischer blitzschnell, den winzigen gelblichen Fetzen Papier zu entfalten und schnell zu lesen, was darauf stand. Genauso schnell knüllte er ihn wieder zusammen und ließ ihn einfach fallen. Er war so winzig, dass ihn keiner bemerken würde. Das, was er gelesen hatte, alarmierte ihn, aber dennoch konnte er nicht sofort etwas damit anfangen: *Alfons Hegelmann (Hegelmann-Backwaren) wird entführt. Ehemalige Agenten der Stasi verwickelt. Und Wolfgang Illmann, Journalist aus Bingen. Rache für Magdalena Gorwin.*

Erst klärte er die Logik ab. Oberwald wusste, wer er war. Das konnte er nur von Annerose erfahren haben. Nun gut, damit musste er leben. Aber der junge Mann hatte mit Sicherheit seit der Entführung keine Gelegenheit gehabt, diesen Zettel zu schreiben. Also schleppte er den schon etwas länger mit sich herum. Kleine Handschrift, sehr sauber und leserlich geschrieben. Aber zu welchem Zweck hatte er diese offensichtlich brisante Nachricht niedergeschrieben? Um sie irgendwann irgenwem zustecken zu können?

Und dann der Name Magdalena Gorwins. Rache für sie. Wofür übt jemand Rache? Sie war seine, Fischers, Auftraggeberin. Sie lebte also. War ihr zu einem früheren Zeitpunkt etwas zugestoßen, das einen Racheakt rechtfertigte? Vergewaltigung? Ein Unfall? Ein ärztlicher Kunstfehler oder eine verschmähte Liebe? Hatte sie selbst etwas mit der Hegelmann-Entführung zu tun? Er erinnerte sich daran, dass Magdalena Gorwin am Telefon vor wenigen Stunden gesagt hatte, wie sehr sie Sven Oberwald liebe. Fischer beschloss, es sich erst mal nicht unnötig schwer zu machen mit seinen Mutmaßungen. Nein, sie war keine Ausführende. Sie war eine Auftraggeberin oder ein Opfer.

Fischer kramte nach seinem Wissen über Hegelmann-Backwaren und ihren Besitzer.

* * *

Annerose Neuwirth musste gegen den Impuls ankämpfen, einfach aufzustehen und zu Lui zu laufen. Jetzt an ihn kuscheln, die Augen schließen und beim Aufwachen zu Hause bei sich auf dem Sofa sitzen und im TV einen Film über eine Busentführung sehen. Natürlich würde es nicht um einen einfachen Wormser Linienbus gehen, sondern um eine doppelstöckige Superkarosse, die einem Multimillionär gehörte, der eine Gästeriege aus hochkarätigen Politikern und Showleuten an Bord hätte, die von einer internationalen Terroristenbande gekidnappt werden sollte. Kidnapping! War das überhaupt der richtige Ausdruck? Müsste es hier nicht Busnapping heißen? Oder in Anlehnung an Flugzeugentführungen, Down-Jacking? Annerose merkte, dass sie versuchte, sich in Albernheiten zu retten. Oder mit einer Denkweise, die sie aus Filmen kannte und die dort als coole Sprüche daherkam. Am besten du verabschiedest dich von dem Gedanken, dich an Lui zu kuscheln, Baby. Wahrscheinlich wird dich Pavel ganz locker aus der Hüfte mitten im Lauf abknallen.

Während sie das dachte, wurde ihr bewusst, wie wenig cool dies hier alles war. »Locker aus der Hüfte abknallen« bedeutete nicht, dass sie nach dem GAME OVER den Platz vor dem Bildschirm verlassen und sich einen Martini genehmigen würde, sondern dass sie schwer verletzt oder tot sein würde. Mit verrenkten Gliedern und mit Blutspritzern auf dem hellen Stoff des leichten Übergangsmantels. In einem Linienbus! Nicht einmal in der Stadt, in der er normalerweise verkehrte. Sie war so lange nicht Bus gefahren. Es durfte nicht sein, dass ihre erste Fahrt seit 10 Jahren ihre letzte wurde.

* * *

Boris stand seitlich von Sven Oberwald in dem Toilettenhäuschen. Er hielt die ungarische Pistole mit der Rechten in der Hosentasche des Jogging-Anzuges. Die Faust, die sich um die Waffe schloss, war nicht verkrampft, die Finger lagen vollkommen locker um den hölzernen Knauf. Die Pistole war sein Handwerkszeug. Wie der Schraubenzieher eines Mechanikers oder die Kelle eines Maurers. Boris war sich bewusst, dass sie auf die Leute im Bus anders wirkte. Ein technisches Gerät, das den Tod bringen konnte. Etwas, das Angst verursachte. Ein Symbol der Macht. Natürlich konnte man auch einen Schraubenzieher als tödliche Waffe benutzen. Boris wusste das aus eigener Erfahrung. Wenn keine Pistole zur Hand war, musste man improvisieren. Aber so war es besser.

Schusswaffen übten eine eigenartige Faszination auf Menschen aus.

Ein handliches Gerät. Die Möglichkeit, mittels eines einzigen Fingerdrucks eine Kugel auf einen zerstörerischen Weg zu schicken. Der Einschlag dieser kleinen Kugel in die lebendige Haut und das Fleisch eines Menschen.

Macht! Macht! Macht!

Sven Oberwald stand vor dem mittleren von sechs Pissoirs. Boris hörte kein Geräusch. »Geht's nicht?«, fragte er leise.

Oberwald schüttelte den Kopf. Seine Schultern zuckten. »Tief atmen«, empfahl Boris. »Ganz ruhig!«

Er sah sich um. Vier Türen, die zu den abschließbaren Kabinen führten. Unter den Griffen dreier dieser Türen war hinter schmalen, halbkreisförmig gebogenen Schlitzen ein frisches Gelbgrün zu sehen. Die äußerste rechte Tür, nahe dem Ausgang zum Vorraum, zeigte rot.

»Warum lassen Sie die anderen nicht laufen?« Oberwalds Stimme war sehr leise. Es klang, als würde er dabei schluchzen.

Boris ließ die Waffe in der Tasche los, packte mit beiden Händen Oberwalds Kopf und drehte ihn grob nach hinten, sodass der junge Mann die Kabinentüren sehen konnte.

»Keinen Ton«, zischte Boris. »Okay?« Oberwald nickte heftig, »Okay!« Der Kidnapper ließ ihn los, griff wieder in seine Tasche.

Der junge Mann in der braunen Lederjacke versuchte es wieder. Er fummelte an sich herum, als müsse er sich melken.

Boris seufzte. Das wurde nichts. Die Angst war zu stark. Möglich, dass man sich unkontrolliert in die Hose machte, wenn man in Panik geriet, aber jetzt hier, unter dem Zwang unbedingt pinkeln zu müssen, klappte es nicht. Er musste die Aktion abbrechen, ehe der Mann, der die Kabine besetzte, fertig war.

Von dort kamen jetzt Geräusche. Papier wurde abgerissen. Mehrfach. Ein Grunzen.

Oberwald stöhnte leise auf. Boris überlegte. Wenn sie den Mann hinausgehen ließen, bevor Sven fertig war, würde er den Bus sehen. Das musste nichts bedeuten. Einzelne Fahrer, die so spät nachts unterwegs waren, kümmerten sich selten um ungewöhnliche Dinge, die ihnen am Rande ihrer Fahrtroute begegneten. Aber war er überhaupt allein? Hockte nicht vielleicht drüben, bei den Damentoiletten, seine Frau oder seine kleine Freundin? Bei zwei Leuten, die etwas Ungewöhnliches wahrnahmen, kam es zu Gesprächen. »Hast du den Bus gesehen?« »Ja, Liebling, komisch, ein Schulbus. Da saßen nur ganz wenig Leute drin.« »Eine Wormser Nummer. Komisch.«

Es war besser, wenn sie gleich gingen. Und sofort abfuhren.

Boris nutzte ein erneutes Grunzen aus der Kabine zu einer Anweisung an Oberwald: »Hose zu, Abmarsch.« Wieder nickte Sven diensteifrig. »Ja, ja!«

Der Reißverschluss.

»Los!«

Boris dirigierte ihn aus dem Toilettenraum, durch den kleinen Vorraum mit den Waschbecken und dem Kondomautomaten.

Die Tür zu den Damentoiletten. Sie war angelehnt. Boris stieß sie mit dem Fuß auf. Zwei Schritte an den Becken vorbei, ein Blick auf die Kabinentüren. Überall grün.

Gut!

Zurück zum Eingang.

Die Spülung aus den Herrentoiletten!

Boris atmete tief ein. Eine Hand in der Tasche, die andere an Svens rechtem Oberarm.

Der junge Mann zitterte.

»Zum Bus«, zischte Boris.

Die Tür zum Vorraum der Herrntoiletten stand noch halb offen. Oberwald war verwirrt, zögerte. Boris zog die Hand mit der Pistole halb aus der Tasche, um Svens Reaktion zu beschleunigen.

Zu spät!

Der Mann aus der Kabine war sehr schnell. Noch während die Spülung rauschte, war er bereits an ein Waschbecken getreten. Ein großer, massiger Bursche mit rötlichen Haaren und vielen Sommersprossen. Er trug einen blauen Arbeitsanzug. Während er aus dem Spender Seifengel in seine Handflächen laufen ließ, blickte er direkt nach draußen, Richtung Ausgang. Erst grinste er, dann veränderte sich sein Gesichtsausdruck. Er hatte die Waffe gesehen, kein Zweifel.

Boris stieß Oberwald in den Raum, sodass der an dem Rothaarigen vorbeitaumelte und gegen den Kondomautomaten prallte. Blitzschnell stand Boris hinter dem Fremden, presste seinen linken Arm um den breiten Hals des Mannes und drückte ihm mit der Rechten die Pistole an die Schläfe. Ein Röcheln, kein Wort.

Boris' Blick nagelte Oberwald vor dem Automaten so fest, als würde er ihn genauso umklammern wie den Rothaarigen. »Zwei Möglichkeiten«, stieß der Kidnapper hervor, »Mitnehmen, hierlassen!« Oberwald war ein einziges Bündel ausgelebter Verzweiflung. »Sie wollen doch nicht noch jemand mit hineinziehen?«

Boris nickte. »Sie haben recht, Sven!«

Er steckte in einer Geschwindigkeit die Waffe ein, der keiner der beiden anderen folgen konnte. Die freie Hand fuhr nach oben, vereinigte sich mit dem linken Arm, der noch um den Hals des Mannes in der Monteurkluft gepresst war, und bildete einen Hebel. Die Hände des Opfers, voll mit Seifenlotion, pendelten nach hinten, berührten Boris' Jogginghose.

Das Knacken war leiser, als Boris es von früheren Gelegenheiten im Gedächtnis hatte.

Oberwalds herausgestoßenes »Nein« kam viel zu spät.

Boris zog die Leiche scheinbar mühelos in den Kabinenraum zurück. Er öffnete die Tür der Kabine, in der der Rothaarige gesessen hatte. Schnell wuchtete er ihn auf die Toilettenschüssel. Dabei hatte er Oberwald keine Sekunde aus den Augen gelassen.

»Gehen Sie rein zu ihm!«

»Wollen Sie mich jetzt doch ...«

»Sie schließen von innen ab!«

»Wie?« Oberwald schien nichts mehr zu begreifen.

»Los, rein, abschließen und dann oben rausklettern.« Zwischen den Oberkanten der Türen und der Decke war genug Platz.

Boris behielt die Waffe in der Tasche. Oberwald genügte sein Blick, um sich wie ein Roboter in die enge Kabine zu dem Toten zu zwängen. Boris stieß die Tür zu. »Verriegeln!«, befahl er. Sofort klackte es und die rote Farbe verdrängte das Grün.

»Rauskommen!«

Eine Weile blieb es still hinter der Tür. Dann sagte Oberwald leise: »Er hat ein Schild. H. Kerzer. TV-Reparaturen.«

»Klettern Sie über ihn und kommen Sie sofort raus.«

»Knallen Sie mich doch durch die Tür ab!« Oberwalds Stimme klang, als würde er weinen. Gleichzeitig lag ein wilder, kindlicher Trotz in ihrem Ton.

»Letzte Chance, rauskommen!« Die Kopfschmerzen wurden wieder stärker.

Oberwald schluchzte: »Sie wollten doch von Anfang an mich, verdammt noch mal. Obwohl Ihnen das doch gar nichts mehr bringt. Heute früh um sechs ist alles vorbei. Na, los, erschießen Sie mich und lassen Sie die anderen heimfahren.« Jetzt zog Boris doch die Waffe wieder hervor. Er ließ den Sicherungshebel klacken. So etwas wirkte auf Laien. »Bleiben Sie drin, wenn Sie wollen. Ich gehe zum Bus und erschieße die blonde Frau!«

»Das machen Sie nicht!« »Ich gehe zum Bus!«

Ein gequälter Aufschrei. Ein Ächzen. Hände an der Oberkante der Tür. Eine halbe Minute später ließ sich Oberwald schwer auf den Boden fallen.

Da hatte Boris die Waffe bereits wieder gesichert. Aber er behielt sie in der Rechten. Mit der Linken fischte er sich ein Papierhandtuch aus dem Spender und wischte sich die Teile seiner Hose sauber, die mit der Seife an den Händen des Toten in Berührung gekommen waren.

* * *

Annerose sah die Köpfe von Boris und Sven Oberwald draußen vor der Tür. Zwei Empfindungen. Einmal: Warum bin ich nicht gegangen? Ich kenne doch meine Blase, in spätestens fünf Minuten drückt es mich. Ob ich mich jetzt noch melde? Aber Boris wird auch mich begleiten. Was wird er tun? Die Tür halb offen lassen? Ganz offen? Wird er hinsehen? Nein, ich melde mich nicht! Die zweite Empfindung betraf Oberwald. Sie mochte ihn. Es lag ihr etwas daran, dass er dies hier überlebte. Während die beiden Männer draußen waren, hatte sie unwillkürlich auf den Knall eines Schusses gewartet.

Sie atmete auf, als sie jetzt einstiegen. Aber etwas stimmte nicht. Sie sah Oberwalds Zittern bis auf die Rückbank. Sein Gesicht war kalkweiß. Im Halbdunkel der dürftigen Innenbeleuchtung glaubte sie, einen dunklen Fleck im Schritt seiner Hose zu sehen. Aber er war doch gerade auf dem WC gewesen. Hatte er sich zu spät entschlossen? Mit schwankenden Schritten ging er am Fahrer und an Pavel vorbei durch den Mittelgang.

Aber er kam nicht weit.

Boris' Stimme stoppte ihn: »Sven, Sie werden auf die tröstliche Nähe Ihrer Freundin verzichten müssen.« Sofort hielt Oberwald an, sein Oberkörper pendelte weiterhin so, als wären seine Beine noch in Bewegung. Seine Augen waren groß und starrten in Anneroses Richtung. Sie glaubte allerdings nicht, dass er sie wirklich ansah.

Fischer lümmelte sich nach wie vor in seinem Sitz, als ginge ihn das alles hier nichts an. Hoffentlich hatte er die Pläne B bis Unendlich abrufbar.

»Gerhard«, sagte Boris, »Damentausch! Gehen Sie nach hinten zu unserer Loreley. Und nehmen Sie den Notfallkasten mit. Ich bin überzeugt, dass die Dame genügend Mutter-Theresa-Gene besitzt, um Ihnen beim Wechseln zu helfen, wenn es nötig wird.«

Es gab eine Verzögerung. Gerhard blickte zuerst an Oberwald vorbei, der in Armlänge vor ihm im Mittelgang stand, zu Boris, dann zu Estelle, die ihn fragend ansah, und schließlich drehte er den Kopf halb zu Annerose um. Sie sah nur sein linkes Auge, das zu einem Drittel von dem Verband beschattet wurde, der seine Nase bedeckte. Sie hatte das seltsame Gefühl, als würde er abschätzen, ob sich der Tausch lohnen könnte.

»Gerhard«, sagte Boris in seiner üblichen Sanftheit, »das war keine Bitte. Ich möchte Pavel nicht auffordern müssen, Sie nach hinten zu tragen.«

Estelle schubste Gerhard an der Schulter. Erst das schien ihn zu aktivieren. Er stand auf. Estelle drückte ihm den Notfallkoffer in die Hand. Den Blick, mit dem sie ihn ansah, konnte Annerose nicht einschätzen. Sie hatte die beiden bisher nicht als das Liebespaar des Jahres erlebt.

»Bitte!« Boris machte eine einladende Armbewegung. Gerhard blickte noch einmal zu ihm, als wolle er sich vergewissern, dass er sicher
sein konnte, nicht von hinten angegriffen zu werden. Dann kam er
auf Annerose zu. Sie zwang sich, nicht in das malträtierte Gesicht
zu sehen. Gleichzeitig forderte Boris, wieder mit einer eleganten Armbewegung, Sven Oberwald auf, sich neben Estelle zu setzen. Der
stolperte etwas, ließ sich dann vorsichtig neben die junge, schwarzhaarige Frau auf den bräunlichen Sitz sinken. Die sah ihn an, schien
leise etwas zu ihm zu sagen. Er zeigte keine Reaktion darauf, darum
blickte sie gleich wieder nach vorn.

* * *

Heinz Werber hatte sich damit abgefunden, sich auf seine Aufgabe
zu konzentrieren, um die Situation verkraften zu können. Er war
Busfahrer, nichts anderes sollte er auch hier sein, also würde er seinen Job so gut wie möglich machen. Diese Pausen ... wie die an der
Haltestelle beim Kieswerk bei Worms-Abenheim oder hier auf dem
Rastplatz auf der A 61, in der Nähe der Ausfahrt nach Bad Kreuz-
nach ... diese Pausen gefielen ihm nicht. Sie zwangen ihn zur Defen-
sive. Und sie zeigten ihm, dass er nichts tun konnte, um etwas zu-
gunsten der unschuldigen Fahrgäste zu drehen. Es gab keine Möglichkeit, Kontakt zur Außenwelt aufzunehmen. Dieser Fuchs mit Namen Boris würde es merken. Und wenn er irgendeine Krankheit vor-
täuschte oder einen technischen Defekt, dann gab es diesen schrecklich nervösen jungen Tschechen, der den Bus fahren konnte.
Werber saß äußerlich vollkommen ruhig hinter seinem Lenkrad. Wie
gern wäre er mal aufgestanden und hätte sich die Füße vertreten.
Aber er wagte nicht zu fragen. Sein Ansehen bei Boris schien halbwegs stabil zu sein, das durfte er nicht für seine Bequemlichkeit aufs
Spiel setzen.
Gott, wie hatte er sich getäuscht. Diesen Lederjackentyp, der am
Friedhof eingestiegen war, hatte er für gefährlich gehalten. Einen
von der Putzkolonne. Lächerlich. Und er war reingefallen auf die ru-
hige, sichere Art dieses Boris.
Na ja, mit der Menschenkenntnis hatte er es noch nie so gehabt.

Als ihm seine Tochter damals mit einem Italiener angekommen war, hatte er nicht mal nachgefragt, was der beruflich machte. Sogar mit Gertrud hatte er sich angelegt. Engstirnigkeit hatte sie ihm vorgeworfen. Es war mehr als eine mittlere Ehekrise daraus geworden. Wenn er sich damals durchgesetzt hätte, wäre Marianne jetzt nicht in Freiburg mit Dr. Enrico Caballe, dem Leiter der Chirurgie im dortigen Krankenhaus, verheiratet und es gäbe Claudio und Francisco nicht.

Aber er war lernfähig. So eng konnte seine Stirn nun doch nicht sein. Auch jetzt war er am Lernen. Nun, immerhin fuhr er einen Schulbus. Wenn auch unfreiwillig.

Heinz Werber begriff diese Umsetzungsaktion nicht. Warum musste der junge Mann von der Rückbank jetzt neben die hübsche Schwarzhaarige? Sie erinnerte ihn ein wenig an seine Tochter Marianne. Ein südländischer Typ. Der Name Estelle passte auch. Der Idiot, der mit ihr eingestiegen war und dessen Verband schon stark durchgeblutet war, der musste nach hinten zu der ebenfalls hübschen Blonden.

Sein Blick streifte den Caravan, der schon an dem Toilettenhäuschen gestanden hatte, als sie auf den Rastplatz eingebogen waren. Der Insasse hätte doch nun allmählich fertig sein müssen.

Boris, der knapp hinter Heinz Werbers Rücken stand, sprach wieder. Faszinierend. Egal, was immer er sagte, er klang nicht wie ein Gangster, er klang wie ein Reiseleiter.

»Die Chance auszutreten, bevor wir unser Ziel erreichen, haben die meisten von Ihnen verstreichen lassen. Sven hat sie genutzt!«

Heinz Werber hörte ein würgendes Geräusch von rechts hinten. Von dort hatte er bisher immer nur das Wimmern dieses Gerhard gehört.

»Wir werden gleich weiterfahren. Aber zuvor müssen wir dem gerecht werden, was vorn auf unserem Bus geschrieben steht. Wir sind ein Schulbus, also sollten wir auch etwas lernen.«

»Meister«, das war der mit der schwarzen Lederjacke. Er klang wie immer müde. »Wie wär's denn, wenn wir erstmal da hin fahren, wo wir Ihrer Meinung nach hin sollen? Dann hätten wir schon genug gelernt.«

Boris lachte ganz leise auf. »Oh, bisher sind Sie mir nicht durch übertriebenen Aktionismus aufgefallen. Aber wer lehren will, muss auch lernen können. Also benutze ich Sie für meine erste Frage an unsere kleine Schülerschar.« Heinz Werber spürte, dass Boris sich hinunter zu ihm beugte, roch den undefinierbaren Geruch dieses Mannes, hörte seine Stimme dicht an seinem Ohr: »Es geht um das Erinnerungsvermögen, Heinz. Wie heißt unser Freund, der so gern weiterfahren möchte?«

Der Fahrer musste nicht lange überlegen. DEN Namen hatte er sich sofort gemerkt. »Ludwig, oder Lui«, sagte er schnell.

Boris Hand tätschelte seine rechte Schulter. »Bravo, Heinz!« Jetzt wusste Werber, wonach Boris roch. Klar, er war auf der Toilette gewesen. Das war diese Seife, wie sie auf öffentlichen Klos oft benutzt wurde. Flieder?

»Nächstes Fach: Beobachtungsgabe! Loreley!«

Die blonde Frau von der Rückbank ließ sich Zeit. Dann sagte sie leise: »Ich weiß, dass Sie mich meinen, Boris. Aber mein Name ist Annerose.«

»Entschuldigen Sie, Annerose, aber wir sind so nahe am alten Vater Rhein und unser Ziel hat auch damit zu tun, dass ich annahm, ich täte Ihnen einen Gefallen, wenn ich Sie so nenne. Außerdem entsprechen Sie rein optisch meiner Vorstellung der legendären Frau auf dem Felsen.«

»Danke, aber ich nenne Sie auch nicht Satan, obwohl Sie meiner Vorstellung von ihm entsprechen. Ich sage weiterhin Boris.«

Heinz Werber hörte eine Art Hüsteln von dem Mann mit der schwarzen Lederjacke, dann schüttelte ein kurzes Lachen den Körper des älteren Kidnappers. »Eins zu null für Sie, Annerose. Aber wenn wir schon bei der Ehrlichkeit sind: Ich heiße gar nicht Boris. Das ist mein Deckname aus meiner Zeit im Geheimdienst der guten alten Tante DDR.«

Jetzt meldete sich nach langer Zeit wieder Pavel. »Bist Du wahnsinnig?«

Boris ließ sich nicht beirren. »Mein sogenannter Klarname, also mein stinknormaler bürgerlicher Name ist Klaus. Klaus Schulze.

Ich möchte Sie aber bitten, mich weiterhin Boris zu nennen. Es klingt einfach besser.«

Pavel zischte: »Du gibst alles preis. Warum, zum Teufel? Willst du sie alle plattmachen?«

»Letzteres liegt an jedem Einzelnen,« sagte Boris leise, dann lauter: »Meine Damen und Herrn, Pavel heißt tatsächlich Pavel. Da gibt's nichts zu verraten. Er war nur ein wenig beschriebenes Blatt in damaligen Zeiten. Er war einfach zu jung. Jetzt will er ein richtiger Outlaw werden, nach amerikanischem Muster. Er hat sich in Prag jeden alten Gangsterfilm aus Hollywood angesehen. Mit Untertiteln. – Aber zurück zum Unterricht. Also, wenn Sie sich erinnern, ging es um ... was, Annerose?« Er dehnte ihren Namen.

»Beobachtungsgabe!«

»Sehr schön. Welche Form hat Gerhards Nase?«

Heinz Werber hoffte, dass er nicht direkt gefragt würde. Er hatte sich den Mann erst dann richtig angesehen, als der schon den Verband auf der Nase hatte.

»Pavel?«, fragte Boris.

»Äh, keine Ahnung. Ich achte mehr auf die Frauen.«

»Oh, unbeschwerte Jugendzeit. Na, Ludwig?«

Der müde Mann brummelte: »Meister, ich wüsste nicht mal die Form Ihrer Nase, obwohl Sie keinen Fetzen drumgebunden haben. Nee, keine Chance!«

»Sven!«

»Ich ... ich ... mir ist schlecht!«

»Annerose?«

»Nein!«

»Verweigern Sie sich nur oder erinnern Sie sich wirklich nicht?«

Die Blonde antwortete mit gefasst klingender Stimme: »Ich habe mir Gerhard vorher nicht genug angesehen.«

»Heinz?« Der Fahrer zuckte zusammen. Also doch. Er wusste es nicht. Verdammt, er wusste es nicht!

»Tut mir leid. Ich achte nicht auf Nasen! Ich sehe jeden Tag so viele ...«

Boris atmete durch. »Klar, verständlich. Und Sie kennen Gerhard ja auch nicht. Aber eine Person gibt es hier an Bord, die seine Nase kennen müsste.«

Heinz Werber spürte, wie sich Boris von ihm weg nach hinten entfernte. Im Innenspiegel sah er, dass sich der Kidnapper dem Doppelsitz näherte, auf dem Sven und Estelle saßen.

»Wer neben diesem Mann morgens aufwacht, müsste sich eigentlich an seine Nase erinnern. Stimmt's, Estelle?«

Die Stimme der jungen Frau hatte ihre frühere Festigkeit verloren.

»Sie ist ... eher klein, na ja, nicht richtig klein, aber ...«

»Die Form, Estelle. Die Form! Schmal, adlerhaft, dick und knubbelig? Eher breit? Bullig?«

»Himmel, sie ist schon mehr ... wuchtig!«

»Wuchtig, also nicht eher klein, oder?«

»Ich weiß es nicht.«

»Ein Armutszeugnis für eine liebende Frau. Ihr seid doch ein Paar, oder?«

Estelle schwieg. Heinz Werber sah im Innenspiegel einen verzweifelt-trotzigen Ausdruck in ihrem Gesicht.

»Sie setzen einen so unter Druck. Ich kann ja keinen klaren Gedanken fassen.« Sie schien jedes einzelne Wort auszuspucken.

Boris war reines, zerfließendes Mitleid: »Prüfungsangst? Wie war das bei der Kosmetikerprüfung? Konnten Sie sich erinnern, wo man einen Lidstrich anbringt?«

»Das ist doch was ganz anderes!«

»Ich kenne die Form der Nasen aller Frauen, mit denen ich mehr als einmal geschlafen habe«, sagte Boris nüchtern. »Und ihre Augenfarbe. Die Form ihrer Münder. Ihr habt doch schon miteinander geschlafen?«

»Herrgott, Boris! Lassen Sie sie doch zufrieden!!!« Sven hatte das mit überschnappender Stimme herausgebrüllt. Dabei war er aufgesprungen.

»Setzen Sie sich, Sven«, sagte Boris. »Sonst erzähle ich den Leuten, zu was Sie mir im WC-Häuschen geraten haben.«

Heinz Werber fragte sich, was das gewesen sein könnte.

Sven setzte sich sofort.

Jetzt stand aber plötzlich Estelle auf. Ihre dunklen Augen funkelten.

105

Ihr Kopf ruckte zu Boris herum. »Ich kenne Gerhard seit vier Wochen. Ich erinnere mich an einiges, aber nicht an seine verdammte Nase. Und er selbst wird sich auch nicht mehr dran erinnern, nachdem Sie sie kaputt geschlagen haben.«

»Ich mag Frauen mit südländischem Temperament nicht sonderlich«, sagte Boris. »Setzen Sie sich wieder hin und ersparen Sie uns Ihre Emotionen, Kindchen!«

»Er steht mehr auf kühle, nordische Blonde.« Heinz Werber hörte die klare Stimme von Annerose. Sie sprach sofort weiter: »Er nennt sie Loreley oder so ähnlich. Er verpasst seinem Frauentyp genau solche Decknamen, wie er selbst einen hat, der Herr Schulze.«

»Genau!« Estelle suchte den Blickkontakt zu Annerose. Boris drückte die Schwarzhaarige mit einer fast beiläufigen Bewegung in ihren Sitz neben Sven. Sie schrie leise auf. Mit wenigen Schritten war Boris an der Rückbank. Heinz Werber sah Pavel, der erst zu Estelle blickte und dann zwei zögernde Schritte hinter seinem Boss herlief. In der Höhe von Ludwig blieb er stehen.

* * *

Fischer hatte sich halb aufgerichtet. Jeder Muskel war angespannt. Wenn Boris Annerose etwas antat, dann würde er alles unternehmen, was nötig war. Pavel stand neben ihm. Seine Waffe hielt er in der Rechten, leicht gesenkt. Wenn es je eine Chance gegeben hatte, dann war es diese.

»Annerose«, hörte er Boris Stimme sagen, »ich werde mich nicht erniedrigen, Sie zu bedrohen. Im Gegensatz zu unserem dunklen Vulkan da vorn wissen Sie genau, was Sie tun. Sie provozieren mit voller Absicht. Ich weiß Zivilcourage zu schätzen. Ihre Gene sind wertvoller als die von unserem Gerhard hier. Ich würde Ihnen nach Möglichkeit kein Haar krümmen. Beachten Sie die Einschränkung! Aber um Sie zu disziplinieren, würde ich mir einen anderen aussuchen. Ich überlege mir gerade, wen!«

Vor Fischers Augen pendelte der Arm Pavels. Sehr, sehr nahe. Eine Versuchung!

Nur ein beherzter Griff ...

Er traute sich zu, die Pistole des Tschechen blitzschnell an sich zu bringen. Seine Reaktionen waren wieder besser geworden, seit er regelmäßig trainierte. Seit er seinen Job wieder mit etwas mehr innerem Antrieb ausübte. Das hatte er eindeutig Annerose zu verdanken. Annerose, die möglicherweise schwanger war.

So nah war Pavels Waffe. Als wolle sie Fischer auffordern: Greif zu, nimm mich. Beende dieses unwürdige Schauspiel, jetzt, sofort!

Er hörte Boris' Stimme wie durch einen Vorhang: »An wem, außer vielleicht an dem armen Sven, könnte Ihnen soviel liegen, dass Sie sich etwas kooperativer verhalten, Annerose? Mal davon abgesehen, dass Sie ein mitfühlendes Wesen besitzen und am liebsten jeden hier vor einem schrecklichen Schicksal retten würden, mich eingeschlossen. Gibt es hier einen Menschen, an dem Ihnen mehr liegt als an Sven?«

Der imaginäre Vorhang hob sich, Fischer hörte Annerose glockenklar antworten: »Wenn ich einen oder eine nennen würde, wären Sie in ein paar Schritten bei ihm oder ihr und würden Nasen einschlagen oder Finger brechen oder etwas anderes anstellen, das Ihrem miesen Charakter entspricht.«

Pavels Arm sackte immer mehr nach unten. Er schien sich nur noch auf das Geschehen bei der Rückbank zu konzentrieren. Er ließ offensichtlich den Fahrer, Sven Oberwald und Estelle Adler unbeobachtet.

Die Versuchung tanzte vor Fischers innerem Auge wie Mata Hari bei ihren verführerischsten Auftritten.

»Schätzen Sie mich tatsächlich so ein, Annerose?« Boris klang kühl.

»Ich glaube nicht. Sie wollen nur ausloten, wie weit Sie gehen können. Ein für alle Mal! Ich bin Profi. Mein gesamtes Denken und Handeln ist einem speziellen Ziel untergeordnet.«

»Welchem Ziel?«, rief Pavel plötzlich sehr laut. »Was hast du vor? Wo willst du hin?«

»Hast du es noch immer nicht kapiert, Pavel? Die Reise geht nach Bingen. Da gibt es heute früh ein Event, das werden wir uns nicht entgehen lassen.«

Pavel ging einen Schritt auf Boris zu. Damit verließ sein Arm die unmittelbare Nähe von Fischer. Die Chance zum Eingreifen war vertan. Aber wäre es klug gewesen, jetzt einzugreifen? Solange Boris so nahe bei Annerose stand?

Der Mann war weder dumm noch langsam.

Plötzlich merkte Fischer, wie sich da eine Empfindung in ihm breitzumachen begann, die sich schon lange vorbereitet hatte. Vielleicht aus Enttäuschung über sein eigenes Zögern schlich sich jetzt etwas ein, das er als äußerst kontraproduktiv erkannte.

Es handelte sich um eine Art von Bewunderung für Boris! Fischer wurde übel. Sicherlich musste man einen Gegner richtig einzuschätzen lernen, und dazu gehörte das Studium seiner Schwächen und vor allem seiner Stärken. Aber das durfte nicht dazu führen, dass man im Laufe des Studiums den Gegner zum vorzeitigen Sieger erklärte, weil man sich von seinen Fähigkeiten blenden ließ.

Es hatte eine Weile gedauert, bis sich Pavel wieder zu Wort meldete. Als er es tat, war er immer noch sehr laut: »Gut, okay, fahren wir nach Bingen. Keine Ahnung, warum. Du scheinst es ja nicht für nötig zu halten, mich über irgendetwas zu informieren, aber schön. Fahren wir in das gottverdammte Bingen. Aber warum stehen wir dann immer noch auf diesem Scheißparkplatz? Der Typ, dem die Karre da draußen gehört, der kann jeden Moment rauskommen ...« Boris' Stimme schnitt ihm den Satz ab. »Kann er nicht!«

»Wie? Wieso nicht?«

»Sven?!«

Ein erstickter Laut des jungen Mannes in der braunen Lederjacke. Boris mit gnadenlos neutraler Stimme: »Erzählen Sie es ihm!«

Fischer sah rechts vor sich die Schultern von Oberwald und Estelle. Die junge Frau sah ihren neuen Sitznachbarn neugierig an. Ihre hübsche Nase war etwas gekräuselt, als müsse sie einen Geruch aushalten, der ihr nicht behagte. Oberwalds Schultern zuckten wieder einmal. Dann sprang er plötzlich auf, rannte schwankend nach vorn zur Tür neben dem Fahrer. Die Tür war geschlossen.

Heinz schien sie öffnen zu wollen. Seine Finger zuckten auf sein Schaltbrett los.

Wieder war es Boris' Stimme, die eine begonnene Aktion stoppte.

108

»Zulassen!«

Heinz versuchte eine Entgegnung: »Ich glaube, er muss sich übergeben ...«

»Dann lassen Sie uns doch daran teilhaben, Heinz, und schicken Sie den armen Kerl nicht in den Regen!«

»Aber ...«

»Zulassen, oder Pavel wird den Bus übernehmen müssen.«

Sven Oberwalds Magen schien zu explodieren. Er hatte es gerade noch neben den Fahrer geschafft und seinen Kopf der Einstiegstür zugewandt.

Estelle und Heinz sprangen auf. Pavel rannte nach vorn, blieb aber einen Sitz weit vor der Tür hilflos stehen, blickte über die Schulter zurück. Fischer hatte sich entschlossen, seine Rolle weiterzuspielen. Es wurde immer schwerer, den Entspannten zu mimen, aber das erschien ihm wieder der gangbarste Weg zu sein.

Neben ihm erschien Boris Körper.

Von hinten war Annerose zu hören. »Ich möchte ihm helfen!«

»Sie bleiben, wo Sie sind.« Dann beugte sich Boris zu Fischer hinunter. Er legte ihm eine Hand auf die Schulter. Fischer nahm einen leichten Fliedergeruch wahr.

»Ludwig, warten wir, bis sich Sven entleert hat. Sie sehen, er hat seine Jacke benetzt. Ich schlage vor, Sie helfen ihm ein wenig beim Saubermachen, dann geben Sie ihm Ihre Jacke.«

Fischer sah sich bestätigt. Also hatte ihm Boris tatsächlich nie getraut. Er hatte ihm vorhin die Jacke wahrscheinlich nur gelassen, um ihm vorzugaukeln, er habe noch Chancen.

Dennoch, bis er eine Bestätigung für diese Vermutung erhielt, musste Fischer weiterspielen.

Die Glastür beim Fahrer wurde von zwei Seiten benässt. Von außen war es der Regen.

Fischer sagte zu Boris: »Ehrlich, Meister, Sie hätten ihn rausgehen lassen sollen. Um nur mal eben zu sehen, wie ich einen Bus saubermache, müssen Sie ihn nicht vorher vollkotzen lassen. Das ist doch kein schöner Anblick, besonders für die Mädels.«

Die Hand des Kidnappers lag noch immer auf Fischers Schulter.

Doch jetzt bemerkte der Detektiv, dass Boris zwischen zweien seiner Finger eine ganz dünne Schnur hielt. Eher eine Art Kette mit einem winzigen Amulett daran. Anneroses Mikro-Kette!

»Ja, ja, die Mädels«, murmelte Boris, beinahe genießerisch, »wir beide haben was übrig für das schöne Geschlecht, das haben wir mit Sven gemein. Und wenn Männer wie wir besonderes Glück im Leben haben, dann wird diese Zuneigung von der weiblichen Hälfte der Gesellschaft erwidert.« Er rief nach hinten: »Ist Ludwig die Person, an der Ihnen mehr liegt als am Rest Ihrer Mitreisenden, Annerose?«

Bitte, zieh eine Show ab, flehten Fischers Gedanken.

Annerose schien ihn prompt zu erhören. »Brechen Sie ihm die Nase, Boris«, sagte sie mit kalter Wut in der Stimme, »wenn ich dann zu ihm laufe und hauche ›Hat er dir weh getan‹, Schatz?, dann hatten Sie recht.«

Boris beugte sich ganz plötzlich zu Fischer. Die Gesichter der Männer waren dicht voreinander. Boris' zweite Hand lag jetzt auf Fischers anderer Schulter. »Hat einer von uns eine solche Frau verdient, Ludwig?«

In Fischer schrie alles danach, in dieses beherrschte Gesicht zu schlagen, diese unglaubliche Selbstsicherheit wegzuwischen und damit auch jeden Anflug von Bewunderung zu zerstören.

»Ich weiß nicht, wie das bei Ihnen ist, Meister«, sagte er und es gelang ihm, ein verschwörerisches, männerbündisches Grinsen um seinen Mund zu zaubern. »Ich glaube, ich hätte so 'ne Frau wie Loreley schon verdient! Obwohl ich Estelle auch nicht von der Bettkante ... wenn Sie wissen, was ich meine.« Er grinste so schmierig, wie es ihm möglich war.

»Sie überziehen«, sagte Boris.

»Hä?

»Zu dick, zu viel. Sie versuchen einfach zu sehr, unter Ihr Niveau zu gelangen, Ludwig. Gut gemeint, aber Sie sind nicht der Prolet, den Sie mir da vorspielen. Da ist zu wenig Authentizität, zu viel Komödie.«

»Ach, Theaterfachmann sind Sie auch?«

»Wollen wir doch mal sehen, ob sich in Ihrer Jacke das Gegenstück

zu Anneroses Sender versteckt. Ziehen Sie sie bitte jetzt aus.«
Während er das sagte, verzog sich unvermittelt sein Gesicht und beide Hände ließen Fischers Schulter los. Er rieb sich heftig, beinahe wütend, beide Schläfen.

»Ist Ihnen nicht gut, Meister?«

Die Hände sanken hinunter, das Gesicht glättete sich und der Ausdruck in Boris Augen zeigte tödliche Entschlossenheit. Ein Augenblick der Ruhe.

Nur Regenrauschen und Sven Oberwalds ganz allmählich abebbendes Würgen.

Boris musste nichts mehr sagen. Fischer zog die schwarze Lederjacke aus. Boris nahm sie und reckte den Arm mit der Jacke in den Gang hinein. Ohne den Blick von Fischer zu nehmen, sage er: »Pavel, durchsuchen!«

Pavel tat es sofort.

Fischer und Boris starrten sich an. Der Detektiv merkte gar nicht, wie sich sein Ausdruck vom müden, coolen Dummschwätzer zum ertappten, aber kämpferischen Mann wandelte.

»Oh«, sagte Pavel im Hintergrund. »Eine Knarre. Walther PPK. Geil! Ein Personalausweis. Ludwig Fischer. Und, Boris, halt dich fest, ein Detektivausweis. Der Kerl hat 'ne eigene Agentur. Und einen Sender. Kenn' ich von früher. He, der Mann ist der reinrassigste Schnüffler, den ich je erlebt habe.«

»Fein«, sagte Boris, »steck die Sachen in deine Tasche.«

»Willst du den Ausweis nicht sehen?«

»Du hast alles gesagt, was ich wissen wollte. Den Rest erzählt mir Ludwig selbst.«

»Was wollen Sie wissen?« Fischer ließ ab sofort die Anrede »Meister« weg. Seine Rolle war abgespielt.

Boris wandte sich ab. Seine Bewegungen waren langsam. Er ging nach vorn zu dem Sitz, vor dem seine Tasche stand. Pavel hatte die Beute aus Fischers Lederjacke in seine eigene Sporttasche geleert. Die Jacke selbst hatte er über den linken Unterarm gelegt. In der Rechten hielt er seine Waffe.

Oberwald war auf die Einstiegsstufen gesunken. Er stierte vor sich hin. Seine Jacke war nass, seine Hose war noch nasser als vorher und um ihn herum gitzerte es verräterisch.

Boris wandte dem Rest der Insassen den Rücken zu, während er sich das Schulterhalfter wieder umschnallte. Er holte die Pistole aus der Hosentasche, steckte sie ein.

Dann griff er zum Mikrofon: »Wir hatten ein Intermezzo auf der Toilette, Sven und ich. Dieser Mann, der den Caravan fährt, hat uns gesehen. Ich habe Sven gefragt, ob wir ihn dalassen oder mitnehmen sollen. Sven meinte, wir wären schon genug. Daraufhin habe ich den Mann dortgelassen.«

»Ich habe keinen Schuss gehört!«, sagte Pavel.

»Genickbruch!«

Beide Frauen gaben Laute von sich. Fischer kämpfte gegen seine Wut an. Wieder war es ruhig.

Doch dann kam ganz leise, aber sehr deutlich Sven Oberwalds Stimme von vorn, unten: »H. Kerzer, TV-Reparaturen!«

»Was hat er gesagt?«, fragte Pavel.

»Das war der Name des Caravan-Fahrers. Er hatte ein Schild«, erklärte Boris durch das Mikro.

»Sie sind Profi. Ihr Tun und Handeln ist einem bestimmten Ziel untergeordnet, nicht wahr?« Anneroses Stimme war tief, dunkel und rauchig geworden. Keine Spur von Angst schwang mit.

Boris drückte Heinz, dem Fahrer, das Mikro in die Hand, drehte sich langsam um. Ein wenig schien es Fischer, als habe der Kidnapper seine Rolle des schläfrigen Mannes übernommen. Aber nicht aufgesetzt, sondern sehr authentisch.

»Er hätte meine Pläne gestört.«

Fischer wurde hellhörig. Boris rechtfertigte sich vor Annerose. Sie musste dem Killer mehr imponiert haben, als er geglaubt hatte.

Sie sprach weiter: »Und warum haben Sie Sven gefragt? Ich dachte immer, Profis leisten sich keinen Sadismus.«

Fischer fror in seinem schwarzen T-Shirt. Annerose war mutig. Schon die ganze Zeit über. Aber Fischer gönnte es sich nicht, stolz auf sie zu sein, denn sie legte für seinen Geschmack schon zu lange etwas zu viel Mut an den Tag. Und da musste er wieder an ihre mögliche Schwangerschaft denken. Und etwas rumorte ihn ihm, das sagte: Wahrscheinlich ist es dein Kind. Höchstwahrscheinlich. Denn trotz gegenseitig zugesicherter sexueller Freiheit war sich Fischer fast sicher, dass sie ihm treu war. Treue passte zu ihr. Sie gehörte einer aussterbenden Spezies an.

Boris sah sie von vorn durch den Bus hinweg lange an, ohne zu antworten.

»Er sollte Verantwortung übernehmen«, sagte er dann gedehnt. »Wenn wir unser Ziel erreicht haben, werden Sie wissen, warum.«

Du gehst mir auf den Sack mit Deiner Lehrerattitüde, Herr Schulze, dachte Fischer. Gott sei Dank, die Bewunderung kippte.

Er stand auf. »Soll ich saubermachen?«, fragte er laut. »Sven wird es allein nicht schaffen.«

Pavel, der in Boris' Nähe stand, schnappte nach Luft und sah seinen Boss an. »Ich hätte ihn gleich zusammenschlagen sollen, als er behauptet hat, dass er seinen Ausweis nicht findet.«

Boris würdigte Pavel keines Blickes. Er sprach Fischer direkt an: »Sie haben einen falschen Beruf angegeben, Ludwig. Für einen Detektiv habe ich im Augenblick keine Verwendung.«

»Aber er kann doch nicht da sitzen bleiben.«

»An welchem Auftrag haben Sie gearbeitet?«

»Sie erwarten darauf keine Antwort, oder?«

»Doch, aber ich mache es Ihnen leicht. Sie waren zusammen mit Annerose auf der Suche nach Sven. So viel ist mir inzwischen klar. Aber wer ist Ihr Auftraggeber?«

Fischer schwieg.

Boris nahm die schwarze Lederjacke von Pavels Unterarm. Er durchsuchte sie akribisch. Nach einer Weile hielt er ein kleines, schwarzes Notizbuch in der Hand.

»Du musst in Zukunft gründlicher sein«, sagte er mit mildem Tadel zu Pavel. Der wollte etwas erwidern, aber ein Blick brachte ihn zum Schweigen.

Boris blätterte in dem Buch. Und wieder verzog sich sein Gesicht. Diesmal wirkte er, als habe ihn etwas sehr erschreckt. Diese Regung war neu an ihm.

»Haben Sie Kopfschmerzen?«, frage Fischer.

Boris sah noch einmal in das Buch, dann starrte er den Detektiv an. »Ich neige dazu. Aber es ist etwas anderes. Der Name, der zum Schluss in Ihren Notizen auftaucht. Ist das Ihre Auftrageberin?«

»Ich werde das nicht bestätigen.«

Boris Lippen bewegten sich, als würde er etwas kauen. Dann sagte er: »Magdalena Gorwin!«

Sven Oberwald riss den Kopf hoch. »Magdalena Gorwin?« Er schrie es fast.

Boris rief nach hinten: »Ist das der Name Ihrer Auftraggeberin, Annerose?«

Fischer knurrte: »Sie ist nur eine Mitarbeiterin. Sie kennt den Namen nicht. Lassen Sie sie da raus.« Das war zwar gelogen, aber es wurde Zeit, Annerose aus der Schusslinie zu nehmen, ehe sie etwas von sich gab, das ihr der Kidnapper nicht mehr verzeihen würde.

»Sie kann es nicht sein«, brüllte Sven.

»Wieso nicht?«, fragte Fischer.

Statt Oberwald antwortete Boris: »Weil sie seit vielen Jahren tot ist!«

* * *

Estelle verstand nur Bahnhof. Sie war nicht dumm und ganz grob erkannte sie durchaus ein paar der Zusammenhänge, soweit es etwas zu erkennen gab. Aber mit dem Namen hier konnte sie gar nichts anfangen. Sie musste erst mal verdauen, dass Ludwig und Annerose Detektive waren. In was, um Himmels willen, waren sie hier hineingeraten?

Sie? Ja, sie waren zu zweit. Gerhard kam ihr wieder in den Sinn. Sie wusste nicht, ob sie einmal an ihn gedacht hatte, seit er auf die Rückbank geschickt worden war. Er musste starke Schmerzen haben. Gott sei Dank wimmerte er nicht mehr. Komisch, dass sie sich jetzt fragen musste, ob sie ihn liebte. Nein, sicher nicht. War sie wenigstens in ihn verliebt? Nicht wirklich. Da war zwar in den ersten zwei Wochen so ein Kribbeln gewesen, so ein Gefühl, das ihr gesagt hatte: Mit dem kannst du es mal ein Weilchen versuchen.

Ein Schulhausmeister ist zwar kein Anwalt und auch kein Innenarchitekt, und ein Mann, der stolz darauf ist, eine Monatskarte für die Wormser Busse zu besitzen, ist kaum mit einem Porsche- oder Rover-Fahrer zu vergleichen, aber er hatte eine Art ... Estelle hatte es am Anfang Charme genannt. Im Bett hatte sie bereits Schlechtere mit besseren Berufen gehabt. Aber sein Geiz hatte sie schon sehr bald abgeschreckt. Sie hatte von ihm keine teuren Geschenke erwartet, und sie legte nicht einmal Wert darauf, in teure Lokale geschleppt zu werden. Aber bei jedem Ausflug vorher Brote zu schmieren, um ja nicht in die Versuchung zu geraten, in einem Ausflugslokal Kaffee und Kuchen zu sich nehmen zu wollen, ging entschieden zu weit.

Estelle war verwirrt. Musste sie ein schlechtes Gewissen haben, weil sie gerade jetzt keine wärmeren Gefühle für ihren Freund entwickeln konnte? Immerhin war er verletzt. Wieso hatte sie eine Art Erleichterung empfunden, als Gerhard von dem großen Kidnapper zu Annerose geschickt worden war? Und wieso hatte sie anfänglich diesen gemeinen Kerl mit den Glupschaugen angestiert, als sei er der Prinz ihrer Kleinmädchenträume? Das wäre nicht geschehen, wenn sie mehr für Gerhard empfinden würde. Es war ihr sogar etwas widerlich gewesen, als sie ihm geholfen hatte, den Verband anzulegen. Ja, sie hatte sich vor seinem Blut geekelt. Dabei war sie es gewohnt, an Gesichtern zu arbeiten. Nicht jedes der Gesichter, mit denen sie sich beruflich abgab, erfüllte ästhetische Ansprüche. Meistens steckte sie das professionell weg. Professionell. Das Wort gefiel ihr nicht mehr, seit Boris es für sich in Anspruch genommen hatte. Was mit dem Schlag auf Gerhards Nase nicht gelungen war, schaffte der Hinweis darauf, dass er den Fahrer des Caravan umgebracht hatte. Nein, sie würde ihn nicht mehr anglupschen. Und seinen hektischen Jungspund sowieso nicht. Sven könnte ihr gefallen. Allerdings nicht so wie jetzt. Er hatte nach Urin gerochen, als er sich neben sie fallen ließ. Und jetzt ... Gott, er tat ihr leid ...
Boris sah sie an!
Sie spürte seinen Blick, obwohl sie gerade durch das große Fenster in den Regen gestarrt hatte.

»Estelle!«

»Jjja?!«

»Haben Sie Kleenex-Tücher dabei?«

»Äh, jjja!«

»Irgendetwas, das gut riecht?«

»Haarspray, Parfüm ... warum?«

»Sie wissen, warum.«

»Äh!«

»Ludwig ist kein Reiniger. Und Annerose brauche ich für andere Aufgaben. Sie sind beruflich am nächsten an dem, was ich will. Also, lassen Sie sich nicht lange bitten.«

Sie sah an Boris vorbei zu Sven. Er hatte sich an der Tür halb aufgerichtet. Hinter ihm sah sie den Feuerlöscher des Busses. Sven sah sie an mit seinen großen, irgendwie zerstörten Augen. Der Dreitagebart machte seine jetzt kreideweiße Haut keineswegs attraktiver. Sie sah die Spritzer auf der Jacke, die Reste von Erbrochenem an seinen Mundwinkeln und am Kinn.

Wo war der Ekel geblieben?

Plötzlich merkte sie, wie sie aufstand. Kerzengerade. Sie fühlte, wie sie sich umdrehte und zu der blonden Frau hinsah. Gerhards Augen trafen ihren Blick. Sie spendete ihm ein winziges Lächeln. Ihr Unterbewusstsein nahm etwas wahr, das ihr schon vorhin aufgefallen war: Gerhards rechte Hand, zur Faust geballt in seiner Manteltasche.

Aber sie konzentrierte sich auf Annerose. »Haben Sie etwas dabei, das ich gebrauchen könnte, Annerose?«

Annerose zog ihren Mantel aus. »Nehmen Sie den. Ich mag ihn nicht. Er hält die Kälte nicht ab.«

»Sind Sie sicher?«

»Nehmen Sie ihn. Er ist besser als gar nichts. Das Innenfutter ist leicht, aber saugfähig.«

Annerose stand auf, nahm ihre Handtasche und kam Estelle entgegen.

Niemand stoppte sie.

Estelle nahm ihr den Mantel ab. »Danke!«

»Wir schaffen das hier!«, sagte Annerose und strich ihr unvermittelt flüchtig mit der rechten Hand über die Wange.

Estelle drehte sich um und ging an Ludwig vorbei zu den Männern im Bug des Busses. Boris und Pavel standen ihr im Weg. Sven hatte sich voll aufgerichtet.

Etwas in Estelle drehte ihren Kopf zu Boris, als sie dicht vor ihm stehen blieb. »Würden Sie mich bitte vorbeilassen?« Keiner rührte sich. »Oder soll ich Sie abwischen?«

Boris setzte sich und gab Pavel einen Wink, es ihm gleich zu tun. Sie trat auf Sven zu. Er stank entsetzlich. Estelle nahm Anneroses Mantel, legte ihn auf dem Einzelsitz rechts hinter der Tür ab und holte Papiertücher aus ihrer Handtasche.

»Schaffen Sie es?«, fragte Boris sanft.

Und wieder wurde Estelle ferngesteuert. Sie sah ihn an: »Natürlich. Wir zwei sind doch Profis, oder?«

6
Bingen

Sie waren zu zweit. Beide maskiert. Beide klein. Der falsche, groß gewachsene Ützel war nicht dabei. Also war die Bande doch größer, als Hegelmann zunächst angenommen hatte. Die neue Person schien nervös zu sein. Ihre Beine zappelten ein wenig hin und her.

Sie trug wie der erste Maskierte, den Hegelmann schon kannte, eine Strickmütze und darüber eine Sonnenbrille. Der Erste hatte seine Hand um ihr linkes Handgelenk geschlossen.

Es musste eine Frau sein. Eine noch junge Frau.

Es gab diesmal nichts zu essen und nichts zu trinken.

Hegelmann schlug den Schnellhefter auf.

Sein Mund war trocken, aber er zwang sich, laut zu lesen. Inzwischen hatte er ja Übung.

Hatto lag in seinem Bett und vermochte nicht einzuschlafen. Er hatte Angst, dass er im Traum die Bilder schreiender Männer, Frauen und Kinder sehen würde, die verzweifelt versuchten, einen Weg aus der Flammenhölle der Scheune zu finden. Sein Gewissen regte sich zum ersten Mal seit der Tat. Er sah das Gesicht des kleinen Mönchs vor sich, der ihn gefragt hatte, ob er diejenigen der Eingeschossenen, die noch lebten, nicht laufen lassen wolle, und den er dann zu Fuß auf den langen Weg nach Mainz geschickt hatte. Und er hörte die Stimme des Anführers der Bauern, Bodo, als der zornbebend fragte: »Ihr wollt ein Mann Gottes sein? Ist unser Herr nicht ein Gott der Gnade?« Und er sah die verschlossenen Gesichter seiner eigenen Soldaten vor sich, die stumm, brutal aber dennoch unwillig ihrem tödlichen Geschäft nachgegangen waren.

»... ein Gott der Gnade!?«

Die erste Maus glitt durch eine Ritze im Gestein, dicht am Fußboden, in den Schlafraum des Erzbischofs. Ihre Bewegungen waren ruckartig, abgehackt, aber dennoch auf seltsame Weise elegant. Sie blickte sich um, hob dann den Kopf. Sie suchte den Erzbischof von Mainz. Der lag in seinem an Ketten aufgehängten Bett und gewahrte sie sofort. Ein dünner, hoher Schrei entfuhr seiner Kehle.

Die Maus schien zu antworten, mit einem Piepsen, wie er es nun schon oft gehört hatte.

»Hört Ihr die Kornmäuse pfeifen?«

Die Maus rannte nun durch den Raum. Hin und her. Es sah planlos aus. Aber Hatto wusste, was sie suchte. Eine Möglichkeit, zu ihm zu gelangen. Obwohl das Bett so hoch war, obwohl es von Ketten gehalten wurde und nicht von Stoff, den man hätte zernagen können. Und Hatto war sich plötzlich in diesem einen Moment vollkommen im Klaren darüber, dass die Maus ihr Ziel erreichen würde.

Er war in seinem Bett eingesperrt wie die Bauern in der Scheune. Er begann zu schreien. Versuchte, die vier Männer zu alarmieren, die seiner Meinung nach unten im Turm wachten.

Doch die lagen bereits tot auf dem kalten Steinboden im unteren Raum, über und über bedeckt von Mäusen, die ihnen das Fleisch von den Knochen rissen.

Im oberen Turmzimmer bekam die einsame Maus allmählich Verstärkung. Aus der gleichen Ritze, aus der sie geschlüpft war, kamen weitere der hellgrauen Nager. Aber auch aus anderen Öffnungen kamen sie, einige wenige waren sogar an der Decke, über Hattos Bett.

»Ihr wollt ein Mann Gottes sein?«

Oh, ja, er war ein Mann Gottes. Dass ihm das so spät aufgefallen war.

»Ist unser Herr nicht ein Gott der Gnade?«

Ja, ja, Gott ließ oft Gnade walten. Wenn man nur genug bereute. Und wie zeigte man das? Indem man ihm Gebete sandte. Aufrichtige Gebete der Reue.

Hatto faltete die Hände, reckte den Kopf nach oben. Wollte beten. Aber als er sah, wie viele Mäuse inzwischen über die Decke wuselten und sich auf den Weg zu den vier Ketten machten, die sein Bett hielten, erstarben ihm die Worte auf den Lippen.

Viele der kleinen Tiere hangelten sich wie im Palast an den Stofftapeten hoch, in die überall der Name des Erzbischofs eingewirkt worden war. Und da, sie zerbissen auf dem Weg nach oben seinen Namen, wo sie auf ihn stießen. Er hörte die nagenden Geräusche, sah die winzigen Zähne ...

Winzige Gebisse, die aber zu Hunderten. Oder waren es gar Tausende? Auf jeden Fall wuchs die Zahl ständig an. Schließlich bedeckten sie den Boden, alle vier Wände und auch an der Decke wurden es immer mehr. Nur einige fielen hinunter zwischen die anderen zuckenden und wieselnden Leiber ihrer Gefährten.

Hatto brüllte, als die Ersten über die Ketten zu ihm kletterten.

Vier Wände, vier Ketten! Es waren vier Ecken an der Scheune gewesen, die Hattos Soldaten angezündet hatten.

Als sie ihn erreichten, versuchte er auszuweichen. Aber sie waren überall. Das Bett schwankte. »Herr, vergib mir, ich habe gesündigt!« Dieser letzte Ruf kam nur noch krächzend aus seiner Kehle. Und niemand konnte ihn hören, denn das Pfeifen der Kornmäuse war so angeschwollen, dass kein anderer Laut mehr Platz finden konnte in Hattos Turm.

Dann rutschte der Erzbischof von Mainz über die Bettkante. Er sah dabei so hilflos und komisch aus, dass er selbst laut gelacht hätte, würde er einen anderen in der selben Lage gesehen haben.

Er versuchte, sich zu halten, aber die Mäuse kletterten auf seine Hände, begannen, ihn zu beißen.

Und da ließ er los, stürzte in ein Meer von grauen Tierleibern und verschwand unter ihnen. Sie taten das mit ihm, was er mit dem Brot gemacht hatte, dass er den Bauern verweigerte: Sie fraßen ihn auf!

Als es gänzlich hell geworden war, kam ein Boot mit Soldaten vom Ufer her angefahren. Viele Kirchenmänner und städtische Bedienstete waren alarmiert worden und harrten am Ufer auf eine Nachricht.

Als die Soldaten den Turm betraten, fanden sie in einem der unteren Räume, gleich neben dem Eingang, vier Knochengerüste, die in unnatürlichen Verrenkungen dort lagen. Die Männer mussten sich bis zum Schluss gewehrt haben.

Oben in seinen Gemächern, unter dem an Ketten aufgehängtem Bett lag Hattos Skelett. Es war nicht verrenkt. Es sah so aus, als habe sich Hatto zum Schlafen hingelegt. Vielleicht hatte er sich genauso gewehrt wie die anderen. Aber der Druck der unglaublich vielen kleinen Tierkörper mochte ihn gezwungen haben, so zu liegen. Aber wo waren sie?

Keiner der Soldaten fand auch nur einen Mausekötel, geschweige denn eines der Tiere selbst.

Als der kleine Mönch, der mit ans Ufer des Rheins gekommen war, die Nachricht hörte, bekreuzigte er sich. Später, als ihn seine Glaubensbrüder auf einem Wagen mit zurück nach Mainz nehmen wollten, lehne er ab und ging den langen Weg zu Fuß. Diesmal aus freien Stücken!

Der männliche Maskierte riss den Hefter an sich, schob die maskierte Frau aus dem Raum, schraubte die Birne aus der Fassung und griff sich die Blechmaus. Sekunden später saß Hegelmann wieder im Dunkeln. Die Anwesenheit der zweiten Person hatte ihm seltsamerweise viel von der aufkeimenden Hoffnung genommen. Obwohl er den Eindruck gewonnen hatte, dass die weibliche Maskierte nicht so gegen ihn war wie der Mann. Hegelmann begann zu verzweifeln.

7
Bingen
Ende der Reise

Fischer schielte hinüber zu Sven und Estelle. Der junge Mann trug jetzt Fischers Lederjacke. Die Mischung aus Urin, getrocknetem Erbrochenen und süßlichem Parfüm war geradezu unerträglich. Boris hatte ihnen verboten, Oberwalds Lederjacke draußen zu entsorgen. Sie lag zusammengerollt auf dem ersten Sitz hinter dem Eingang, dort, wohin Estelle zunächst Anneroses Mantel gelegt hatte. Diese trug das Kleidungsstück wieder, nachdem Estelle es nicht benutzt hatte.

Ein Blick zwischen Fischer und Annerose war möglich gewesen. Ein sehr intensiver Blick. Jetzt, wo die Fronten mit Boris geklärt waren. Aber der ließ sie räumlich nicht zusammenkommen. Er gab ihnen keine Möglichkeit, miteinander zu sprechen. Er selbst sprach auch nicht mehr. Boris wehrte alle Fragen mit herrischen Handbewegungen ab, auch die von Pavel. Auch über den Namen Magdalena Gorwin gab es keine weitere Erklärung.

Fischer blickte nach vorn. Heinz steuerte den großen Kasten gerade am Ortsschild von Bingen vorbei. Ob der Wormser Linienbus hier in der Stadt am Eingang zum weltberühmten Rheintal mehr auffallen würde als auf der Autobahn?

Er musste an den Fahrer des Caravan denken, den er nie gesehen hatte, und dessen Name sich in Sven Oberwald für den Rest seines Lebens eingebrannt zu haben schien. Auch Fischer würde ihn nicht vergessen, obwohl ihn Sven nur ein einziges Mal genannt hatte:

H. Kerzer, TV-Reparaturen. Wofür stand das H? Hartmut, Heinz, Harald, Helmut, Horst? Fischer nahm sich vor, das irgendwann herauszubekommen, wenn das alles hier vorüber war. Er musste wissen, wer der Mann war, der nach dem Besuch einer Toilette so unnötig durch die Hand eines anderen gestorben war.

Der letzte Rest von Achtung für Boris war verschwunden. Da war nur noch Wut. Aber gab es Schlimmeres als Wut, die man nicht kanalisieren konnte? Der Mann mit dem wahren Namen Schulze saß immer noch am längeren Hebel. Boris blickte auf seine Uhr und beugte sich dann zu Heinz hinunter, flüsterte mit ihm. Der nickte, drückte auf einen Knopf und plötzlich war das Innere des Busses mit Musik erfüllt. Ein Oldie, »Paint it Black« von den Rolling Stones. Pavel blickte seinen Boss mal wieder irritiert an. Ein anderer Gesichtsausdruck schien ihm nicht mehr möglich zu sein. Boris flüsterte auch ihm etwas zu. Pavel nickte ergeben, schwieg dann.

Boris beobachtete die Uhr. Das Lied wurde ausgeblendet. Ein Jingle ertönte. Dann die Stimme einer Sprecherin: »*3 Uhr, SWR 1 Nachtradio, die Nachrichten. Seit Freitagabend gilt der Binger Backwarenfabrikant Alfons Hegelmann als vermisst. Der Anwalt der Familie Hegelmann, Horst Ewald, teilte der Kriminalpolizei mit, dass Hegelmann am Mittwochabend eine Verabredung mit einer Werbefirma in Frankfurt/Höchst nicht eingehalten habe und seitdem unauffindbar sei. Er war mit seinem Dienstwagen allein, ohne seinen Chauffeur, von Bingen aus aufgebrochen. Ein glaubwürdiger Zeuge sah ihn zuletzt auf der Fähre zwischen Bingen und Rüdesheim. Die Kriminalpolizei erklärte, dass es seither kein Lebenszeichen des Fabrikanten gäbe und dass keinerlei Lösegeldforderungen gestellt worden seien. Ein Verbrechen wird dennoch nicht ausgeschlossen, aber seitens der ermittelnden Behörden geht man auch von der Möglichkeit eines Unfalls aus. Zweckdienliche Hinweise nehmen alle Polizeidienststellen in Hessen und Rheinland-Pfalz entgegen oder ...*«

Boris bedeutete Heinz, das Radio auszuschalten. Dann wandte er sich wieder an die Insassen seines fahrenden Gefängnisses. Er verzichtete wieder einmal auf das Mikrofon: »Ich hatte mich schon gewundert, dass sich seine Familie noch nicht an die Öffentlichkeit ge-

123

wandt hat. Nun, meine Herrschaften, darum geht es also. Um die Entführung dieses Mannes. Wir sind recht pünktlich. Wir sind eher zu früh und werden es mit Sicherheit bis zur Hinrichtung schaffen. Ich bitte Sie nun, nicht mehr miteinander zu sprechen, bis wir unser Ziel erreicht haben.« Dann holte er einen Stadtplan von Bingen aus seiner Sporttasche, studierte ihn kurz und gab Heinz gemurmelte Anweisungen.

Fischer fing einen Blick Estelles auf. Ihr Mund formte tonlos das Wort »Hinrichtung«. Ihre Augen waren dabei weit aufgerissen.

Der Detektiv versuchte sich in die Lage von Menschen wie Estelle, Gerhard und Heinz zu versetzen. Für ihn war das hier zwar auch alles andere als Routine, aber er war als ehemaliger Polizist und nun schon seit einigen Jahren als Privatdetektiv des Öfteren mit Gewalt konfrontiert worden. Er kannte viele der hässlichen Seiten des Lebens. Er würde diese Seiten zwar nie akzeptieren können, aber er kannte Wege, um damit umzugehen, ohne als seelisches Wrack zurückzubleiben. Selbst Annerose hatte bereits einmal die harte Seite der Detektivarbeit erlebt. Seinerzeit in Mainz, als sie glaubte, mit Susanne zusammen Schnüffler spielen zu müssen. Damals, als er sich in Stephanie verliebt hatte, die nun lebenslänglich im Gefängnis saß und die er nie vergessen konnte. Ein Mörder hatte vom Balkon eines Hauses auf die beiden blonden Frauen geschossen, die ihm gefolgt waren. Susanne war am linken Oberschenkel getroffen worden. Sie hatte sich mit Hilfe der Ärzte, ihres Mannes Edgar, Fischers und Anneroses inzwischen gut erholt. Edgar Junior hatte sein Übriges dazu beigetragen. Die Narbe verunzierte ihren Schenkel nicht einmal gravierend. Sie konnte ins Freibad gehen, wie früher.

Der zweite Schuss, der Annerose treffen sollte, war fehlgegangen. Aber seitdem wusste sie, was in manchen Menschenköpfen los war. Die anderen hier im Bus, die nur vom Fernsehen und Kino her wussten, wie Gewalt aussah, die bekamen hier eine Lehre, die ihnen Fischer gern erspart hätte. Aber vorhin, als er die Hand Pavels mit der Waffe vor sich sah, hatte er nicht rechtzeitig reagiert. Musste er das als Versagen abbuchen? Oder war es richtig gewesen, nicht den starken Mann zu spielen? Er wusste, dass ihn letzlich der Gedanke an

Annerose davon abgehalten hatte. Boris stand bei ihr. Er hätte sie als Schutzschild benutzen können. Die Frau, die möglicherweise ein Kind von ihm erwartete. Ein Kind von mir. Die Möglichkeit barg etwas äußerst Groteskes in sich. Er hatte sich selten Gedanken darüber gemacht, dass es normal war, neues Leben in die Welt zu setzen. Früher nicht, auch nicht bei seiner ersten großen Liebe Gerhild, später nicht, und bei Stephanie war es zu einer einzigen hitzigen Begegnung gekommen, bei der Nachwuchs hätte entstehen können. Noch in der gleichen Nacht hatte sie sich als Killerin der Polizei gestellt. Und bei Annerose? Nie! Lediglich bei der Geburt von Susannes und Edgars Sohn hatte er sich gefragt, ob ihm nicht etwas in seinem Leben fehlen würde, wenn er kinderlos bliebe.

Und jetzt, wo sich eine vage Möglichkeit bot, Vater zu werden, jetzt wuchsen Tentakeln gleich Fortpflanzungsstolz und Mutterbeschützerinstinkte in ihm heran, dass ihm Angst und Bange wurde.

Nur gut, dass keine Zeit war, das zu vertiefen. Sonst hätte er womöglich völlig unromantisch einfach so drauflos gefragt: »Annerose, bist du schwanger von mir?« Das hätte er sich weder im positiven noch im negativen Fall verziehen. Jetzt aber ging es um anderes. Da war Estelles Gesicht, deren Lippen das Wort »Hinrichtung« formten.

Oberwald, der Estelles Blick gefolgt war, sah ebenfalls zu Fischer. Der nickte leicht, um ihm zu signalisieren, dass er den Zettel gelesen hatte. Seit der Abfahrt von der Autobahn hatte es nicht mehr geregnet. Nun fing es wieder an. Die Scheibenwischer nahmen erneut schwerfällig ihren Dienst auf und die Busreifen verdrängten mit aggressivem Rauschen das Wasser auf der Straße.

Es herrschte kaum Verkehr auf den Straßen von Bingen kurz nach 3 Uhr nachts.

Fischer kannte sich hier nicht besonders aus. Er war zwar ein paarmal hier gewesen, aber er hatte kein besonderes Verhältnis zu der Stadt entwickelt. Die Ehrfurcht, die manchen überkam, wenn der Begriff UNESCO-Weltkulturerbe fiel, war Fischer fremd. Gewiss, hier begann das Obere Mittelrheintal mit all seinen Burgen und Sagen, mit seinen Felsen und Tunnels, mit Mäuseturm und Loreley, mit seinen

Liedern und Gedichten, nicht zu vergessen mit seiner Schifffahrt, aber Fischer ließ sich eher von der Nordsee beeindrucken. Schade, dass er seit Jahrzehnten nicht mehr dort war, nicht mal, als er damals Gerhild im Sanatorium in Husum besucht hatte ... aber das war wieder eine andere Geschichte für einen anderen Zeitpunkt.

Draußen zogen Laternen vorüber, wie in jeder Nacht in jeder Stadt. Sie spiegelten sich auf den regennassen Scheiben, wie sie sich auch an einem anderen Ort auf den Scheiben des Busses gespiegelt hätten.

Hinrichtung!

Mit welcher Selbstverständlichkeit Boris dieses Wort ausgesprochen hatte.

Fischer konzentrierte sich nun auf Pavel. Der stand an den Pendelschranken vorn an der Tür und behielt die Businsassen im Auge. Seine Waffe hatte er jetzt auch wie Boris in ein Schulterhalfter gesteckt. Der Aktionismus der ersten Stunden war von ihm abgefallen. Er stierte fast apathisch in den großen Fahrgastraum.

Da schien einiges nicht so zu laufen, wie es wahrscheinlich abgesprochen worden war.

Boris zog ihn am Ärmel. Der junge Tscheche drehte sich zu seinem Boss um, der die Karte las. Beide standen dicht beim Fahrer, wandten den Übrigen ihre Rücken zu. Einen Sekundenbruchteil schossen Fischer wieder Befreiungsgedanken durch den Kopf. Sowas kam vollautomatisch. Aber was hätte er denn wirklich tun können? Wild mit den Armen fuchteln und seine geplagten Leidensgenossen mit den Worten »Auf sie mit Gebrüll« zu einem siegreichen Ausbruchsversuch hochpeitschen?

Er konnte aber etwas anderes tun. Er konnte erneut Anneroses Blick suchen. Blitzschnell drehte er sich um.

* * *

Annerose sah Lui, wie er sich zu ihr umwandte. Sie vermochte im Halbdämmer der Busbeleuchtung seine Augen nicht zu sehen. Nur vorn beim Fahrer war das Licht heller, weil Boris seine Karte lesen musste. Sie hätte so gern etwas in Luis Augen gesehen, das ihr Mut machen konnte. Aber sie war realistisch genug, um zu wissen, dass

ihm die Hände genauso gebunden waren wie ihr selbst, seit sie ent-
tarnt worden waren. Gerhard neben ihr hatte Probleme mit seiner Nase.
Er schnaubte schwer.

Was, um Himmels willen, hielt der so krampfhaft in seiner Manteltasche fest? Das hatte sie sich die ganze Zeit gefragt.

Schade, sie konnte nicht einmal Luis Gesichtszüge richtig sehen. So
blieb sein Umdrehen eine Geste, nichts weiter.

Sie bogen nach links ab, fuhren über eine Brücke. Ein Fluss, rechts
ein weiterer, viel breiterer Fluss. Die Mündung der Nahe in den Rhein.
Hier war sie einmal auf einem Kosmetikerinnentreffen im Rheintal-
Kongresszentrum gewesen. Von hier hatte man einen herrlichen Blick
auf den Mäuseturm und Burg Ehrenfels auf der anderen Rheinseite.
Am Tag. Jetzt war es eine regnerische Nacht. Der Mäuseturm schimmerte dennoch in einem diffusen Grünton zwischen den Regen-
schleiern hindurch. Er sah aus wie der mahnende Finger eines orien-
talischen Geistes auf einer Kinderbuchillustration.

Wo ging diese Reise hin? Hatte Boris nicht von Bingen gesprochen?
Wenn sie hier weiterfuhren, kamen sie am ehemaligen Bahnhof Bingerbrück vorbei, der jetzt als Hauptbahnhof Bingen firmierte. Nicht
weit dahinter wären sie schon im Rheintal auf dem Weg Richtung
Trechtingshausen. Annerose, als begeisterte Videofilmerin, hatte die
Gegend während des mehrtägigen Kongresses seinerzeit mit Unterstützung zweier resoluter Bingerinnen erkundet. Sie mochte diese
Landschaft. Sie hatte sich nur geärgert, dass man den Mäuseturm
nicht besichtigen durfte. Die Sage von Hatto übte auf Annerose eine
beinahe magische Wirkung aus.

Sie passierten den Bahnhof. Weit hinter ihm kamen sie an einen be-
schrankten Bahnübergang. Heinz bremste ab.

Und in diesem Augenblick hörte Annerose Gerhard neben sich laut
sagen: »Da kommt er nicht rum!«

Sie sah ihn an. Alle sahen ihn an. »Ich war schon mal hier! Mit dem
PKW kommst du gerade so um die Ecke, aber da ist eine Mauer, da
ist es so eng, da passt der Bus nicht durch. Er kann nicht abbiegen.«
Gerhard sprach, als habe er Schnupfen. Es klang beinahe lustig.

Boris befahl Heinz, die Tür zu öffnen. Die Luft, die hereinströmte,

127

war kalt, aber willkommen. Sven Oberwalds Gerüche wurden neutralisiert.

»Pavel, du bist Busfahrer«, sagte Boris, »sieh nach.«

Pavel sah ihn an, als wolle er sagen: Geh doch selber raus in den Regen. Aber er kletterte doch nach draußen.

Nach einer knappen Minute kam er nass zurück und schüttelte sich wie ein Hund.

»Na?«, fragte Boris.

»Der da hat recht. Da kommen wir nie rum. Wo willst du eigentlich hin? Doch nicht direkt zum Mäuseturm?«

»Du kannst so weitblickend sein.«

Boris blickte durch die Tür nach draußen. Dann umfasste er die Passagiere mit einem Blick.

»Wir brauchen alle Schirme und Lampen, die wir haben.«

»Was soll das werden?«, fragte Pavel.

»Genug Theorie. Fertig machen zum Klassenausflug!«

8
Nahe am Turm

Heide Illmann war ruhig. Sie verspürte keine Angst. Nicht einmal mehr Spannung.

Die Frage kam eher gleichgültig aus ihrem Mund, der sich ein wenig pelzig anfühlte: »Was hast du mir gegeben, Vater?«

Wolfgang Illmann setzte sich ihr gegenüber an den schmalen Tisch in der Laube. Er blickte seine Tochter über die beiden Kaffeetassen hinweg liebevoll an. Er sprach leise und zärtlich: »Nichts, das dir schaden könnte. Du glaubst doch nicht, dass ich dir irgendetwas antun würde. Du stellst mich zwar vor einige Probleme, aber damit werde ich fertig, ohne dass du zu Schaden kommst.«

»Zu Schaden kommst! Zu Schaden kommst! Zu Schaden kommst.« Heides Stimme war ein reinrassiges Echo. Ihr kamen diese kurzen Sätze sinnlos vor, so wie ihr simple Worte wie *ist* oder *und* als Kind sinnlos erschienen waren, wenn sie sie oft hintereinander gesagt hatte. Jedes Wort konnte sinnlos werden, wenn man es wiederholte. *Mutter, Mutter, Mutter, Mutter, Liebe ...*

»Bald wirst du schlafen«, sagte Illmann. »Aber verrat mir vorher noch eins: Wie kommst du an Sven Oberwald? Ich habe seinen Namen in deinem Notizbuch gefunden. Und den Namen eines Wormser Detektivs, der ihn suchen soll. Fischer.«

»Jesus sagt zu Petrus: Ab heute sollst du Menschenfischer sein.« Heide lallte, als hätte sie zu tief in ein Rheinweinglas geschaut.

»Versuche, dich zu konzentrieren, Heide. Es ist wichtig.«

»Konzentrieren, konzentrieren, konzentrieren. Der Menschenfischer ist das Konzentrat aus einem Gottesgläubigen und einem Arbeiter. Wie hat uns doch der nette Mann im Keller vorgelesen: ›Ist unser Herr nicht ein Gott der Gnade?‹

»Heide, bitte ...«

Ihre Stimme verlor etwas von dem trunkenen Singsang und wurde fordernder: »Vater, warum hast du mich eigentlich Heide genannt?«

»Das war ein Wunsch deiner Mutter.«

»Sooo, wo sie doch selbst einen so schönen, biblischen hatte: Magdalena, Magdalena, Magda...«

»Sei still!« Er rief so laut, dass er befürchten musste, dass es Hegelmann in seinem Verlies hören könnte.

»Sorry, Vater, entschuldige, Vater. Und heute früh wird der nette Herr aus dem Keller aufgehängt?«

»Wer hat vom Aufhängen gesprochen? Oberwald?«

Heide seufzte und sah ihren Vater an wie eine Lehrerin einen besonders begriffsstutzigen Schüler. »Meine Mutter Magdalena hat sich wegen dieses Herrn die Schlinge um den Hals gelegt, ergo muss er auf die gleiche Weise sterben. Auge um Auge, Hals um Hals.« Sie klang heiter. »Diese Art Logik ist nicht nur alttestamentarisch, sondern auch typisch du. Deshalb wundere ich mich ja, dass du dich bei meiner Mutter nicht gegen den Namen Heide gewehrt hast.«

»Wir hatten damals andere Ideale.«

Heide sang leise und leiernd: »Auferstanden aus Ruinen und der Zukunft zugewandt. Danach lasst uns alle streben, brüderlich mit Herz und Hand.«

Wolfgang Illmann bekämpfte seine aufsteigende Wut. Sie sah ihm das an. Wie schön, dass sie keine Angst mehr vor ihm empfand. Den Zustand hatte sie nicht ertragen können. Als er vorhin in ihre Wohnung gekommen war, mit Handy und seinem Zweitschlüssel, da war Angst das beherrschende Gefühl gewesen. Auch dann, als er ihr die Maskerade aufgezwungen hatte und sie sich geschämt hatte, weil sie das mitmachte. Und erst recht der Anblick des armen Kerls, der diese seltsame Neufassung der Hatto-Sage lesen musste, all das hatte ihre Furcht, ihre Scham und eine Art von Ekel wachsen lassen. Aber das war jetzt alles verschwunden, hatte sich in Luft aufgelöst,

130

war vom Winde verweht. Pfffff! Das musste ein wahres Wundermittelchen sein, das ihr Daddy, Daddy, Daddy ihr da in den Kaffee gemixt hatte.

»Du wirst gleich schlafen«, sagt Illmann und es klang jetzt nicht wie eine Beruhigung für seine Tochter, sondern für ihn selbst.

»Schlafen, schlafen, schlafen«, echote Heide. »Dreimal werden wir noch wach, heißa, dann ist Hinrichtungstag ... nee, dreimal werden wir nicht wach. Wir brauchen überhaupt gar nicht mehr wach zu werden. Noch besser, wir müssen gar nicht mehr schlafen, denn schon heute morgen um sechs, klopft die kleine Hex und knacks, ist das Genick gebrochen. Das geht ratz-fatz, schnurrediburr ...« Heides Stimme war immer leiser und lallender geworden. Jetzt lächelte sie apathisch. Illmann stand hinter dem Tisch auf, um sie aufzufangen, wenn sie von dem einfachen Holzstuhl kippen würde. Ihre beiden schmalgliedrigen Hände beschrieben fahrige Bewegungen auf der Tischplatte. Dann richtete sich ihr Oberkörper plötzlich auf. Ihre Finger krallten sich in die Kante der Tischplatte, wischten dabei ihre Kaffeetasse beiseite, sodass sie zu Boden fiel und Heide brüllte: »Der Delinquent wird solange am Halse aufgehängt, bis dass der Tod eintritt.« Die letzten drei Worte wurden immer leiser, erstarben am Ende und Heide rutschte vom Stuhl, ehe ihr Vater sie halten konnte.

* * *

»Der Delinquent wird solange am Halse aufgehängt, bis dass ...« Den Rest vermochte Hegelmann nicht zu verstehen. Die Stimme einer jungen Frau. Sicherlich war es dieselbe, die vorhin mit seinem Peiniger zusammen im Verlies gewesen war.

»Der Delinquent«, damit war ja wohl er gemeint.

Ein Delinquent ist einer der bereits verurteilt wurde, dachte Hegelmann. Aber hier war nicht einmal die Anklage erfolgt.

Er starrte in das Dunkel, dorthin, wo die Tür sein musste. Sie konnten nicht weit weg sein. Sie würden ihn hören müssen. Und dann schrie er, so laut er konnte: »Was habe ich denn verbrochen?«

* * *

Wolfgang Illmann hatte seine Tochter auf die Matratze gebettet, die direkt neben dem Tisch lag. Sie schlief mit einem seltsamen Lächeln. Es war beinahe etwas diabolisch.

Als der Ruf Hegelmanns an Illmanns Ohr drang, war er gerade dabei, sich aufzurichten. Der Schrei bremste diese Bewegung. Gewiss, es lag Verzweiflung in den Worten, aber auch ein Aufbäumen und ... alles andere als Schuldbewusstsein.

Wieso kapierte der Kerl nicht allmählich, warum er hier war?

Illmann dachte nicht daran, ihm jetzt zu antworten. Er griff zu der Blechmaus, die er mitgenommen hatte. Hegelmann hatte die Feder überdreht. Er hatte sie kaputt gemacht. Nicht das Erste, was er kaputt machte und was eigentlich ihm, Wolfgang Illmann, gehörte.

Es kam kein weiterer Ruf aus dem Verlies. Illmann wollte auch keinen mehr abwarten. Er musste raus. Brauchte frische Luft.

Erst als er die Tür aufriss, die in den kleinen Garten führte, gewahrte er den Regen, der sehr heftig geworden war. Er ging rasch zurück in die Laube, warf einen kurzen Kontrollblick auf Heide und griff dann zu einer Regenjacke, die in dem kleinen Schrank hing.

Wieder war er draußen, schlug die Kapuze hoch. Der Regen prasselte senkrecht vom Nachthimmel, trommelte mit treibendem Rhythmus auf die glänzende, gelbe Oberfläche des Kleidungsstückes, als wolle er die finale Schlussmelodie einleiten.

Illmann ging zum Zaun, öffnete die Türe, stellte sich neben sein Auto. Er sah hinüber zum Binger Hauptbahnhof, über die weite Fläche, die man bereits planiert hatte in Vorbereitung auf die Landesgartenschau. Und er sah den dschungelähnlichen Waldstreifen, der sich vom Weg an der freien Fläche nach rechts bis zum Rhein zog. Hier würde sich in den nächsten Jahren vieles ändern. Auch die Gärten, zu denen seiner gehörte, würden verschwinden. Auch der Keller mit dem Verlies. Das einzige Bauwerk, das von der heutigen Tat für immer künden würde, war der Mäuseturm auf seiner kleinen Insel im Strom.

Der Regen war extrem laut. Und dennoch drang auch etwas anderes an Illmanns Ohren. Das Klingeln der Bahnschranke, weit weg. Dort, wo vorhin der Güterzug mit den Hegelmann-Wagen vorbei gefahren war.

Es war normal, dass die Klingel ertönte. Vollkommen normal!
Aber dennoch war es Illmann, als verkündeten die Klingeln dieses
eine Mal nicht nur einen Zug.
Da kam etwas, das er hier nicht gebrauchen konnte und das er nicht
erwartet hatte.
Es war nur ein Gefühl, aber es wurde übermächtig.
Er erschauerte.

9
Im Dschungel

So frei von jedem Schmerz war Boris Kopf schon seit langem nicht mehr gewesen. Hätte ihn ein Arzt gebeten, ihm in diesem Augenblick seine üblichen Symptome zu schildern, er hätte seine Fantasie zu Hilfe nehmen müssen.

Er koordinierte das Verlassen des Busses mit der Attitüde eines Feldherrn. Er befahl, wer die Lampen tragen sollte, und er bestimmte, dass die beiden Frauen sich den einzigen Schirm teilen durften, den von Gerhard. Er und Pavel trugen ihre Sporttaschen selbst.

Boris hatte nach seinem ersten Abmarschbefehl noch eine gute halbe Stunde gewartet, bis sie den Wagen endgültig verließen. Dreimal waren Züge vorbei gekommen, dreimal hatte das Signal an der Schranke geklingelt. Auf einigen der Wagen des letzten Zuges von Bingen Richtung Koblenz hatte der Name Hegelmann geprangt. Ludwig hatte geglaubt, eine witzige Bemerkung machen zu müssen, und Boris hatte ihn auch gewähren lassen. Aber er konnte sich jetzt schon nicht mehr daran erinnern, was der Privatdetektiv von sich gegeben hatte. Heinz wollte sich wehren. Er meinte, er müsse doch nicht mitkommen, man könne ihn doch hierlassen. Er habe ja keine Möglichkeit, Hilfe zu holen. Und um ganz sicher zu gehen, würde er sich sogar freiwillig fesseln lassen. »Ein Kapitän bleibt bis zum Untergang auf seinem Schiff.«

Boris hatte geantwortet: »Ein Kapitän geht mit seiner Mannschaft unter. Und die verlässt das Schiff. Also auch ihr Kapitän.«

Nun war es also soweit. Der Regen pladderte nicht mehr so gnadenlos wie beim Eintreffen in Bingen, er schickte sich an, in schrägen Bindfäden vom Himmel zu kommen. Nass würden sie alle werden. Diejenigen, die über Jacken oder Mäntel verfügten, konnten diese natürlich um die Köpfe binden. Das waren Gerhard, Heinz und Sven. Die beiden Frauen besaßen sowieso den Schirm. Nur Ludwig hatte lediglich sein schwarzes T-Shirt an. Boris schlug ihm vor, Svens braune Lederjacke im Regen etwas durchzuspülen und sie dann über den Kopf zu ziehen, aber der Detektiv lehnte dankend ab. Pavel und Boris selbst besaßen auch keinen Schutz für die Köpfe. Sie behielten die Waffenhalfter umgeschnallt. Boris wusste, dass die Pistolen einiges aushielten.

Nun stand die kleine Truppe auf dem Parkplatz hinter dem Bahn-übergang. Außer Pavel und Sven wusste keiner, was ihnen bevor-stand. Von den Gekidnappten kannte sich nur Gerhard etwas aus, er war ja schon mal hier gewesen. Der konnte es sich vielleicht den-ken.

Alle blickten auf den Weg, der vom Parkplatz aus an dem dschun-gelähnlichen Waldstück zur Linken vorbei führte. Er war breit ge-nug für einen normalen PKW. Wahrscheinlich hätte er auch Platz für den Bus gehabt, wenn der um die Kurve gepasst hätte. Rechts wurde der Weg begrenzt von hohen Zäunen, hinter denen ehemaliges Bahngelände lag, das inzwischen planiert worden war. Bei der Lan-desgartenschau würde dieser Boden viele Pflanzen beherbergen. Der Weg war stabil angelegt, und zu Fuß trotz der Wasserpfützen gut begehbar. In größeren Abständen gab es sogar Laternen.

Boris hatte die Truppe vor dem Bus Aufstellung nehmen lassen. Von links nach rechts standen da Heinz, mit einer großen Taschenlampe aus dem Bus, Annerose und Estelle unter dem Schirm, Ludwig und Oberwald mit kleinen Taschenlampen aus Pavels Bestand und Ger-hard mit einer winzigen Funzel, die er dabei gehabt hatte, und mit dem Verbandskasten unter dem Arm. Die beiden großen Stablam-pen hatten sich Boris und Pavel reserviert. Pavel würde an seiner Sporttasche am meisten zu schleppen haben. Dort befanden sich schließlich alle eingesammelten Handys und das, was er ohnehin drinnen gehabt hatte.

Er stand zusammen mit Boris in Front zu den anderen. Sie wirkten wie ein General und sein Adjudant vor einer verschüchterten Rekrutentruppe. Boris bemerkte, dass ihn Pavel ständig von der Seite her ansah. Auf Befehle wartend. Boris genoss es, dass keiner so recht wusste, um was es hier ging, und am meisten genoss er Pavels Halbwissen. Er würde sich einiges zusammenreimen können, aber mehr auch nicht.

Boris ließ den Kegel seiner Lampe über die regennassen Gesichter der Menschen schwenken, die in seiner Gewalt waren. Sie sahen nicht kampfbereit aus, eher wie Leute, die auf das Erschießungskommando warten.

Die Männer blinzelten ständig mit den Augen, weil ihnen das Regenwasser hineinzutröpfeln drohte.

Heinz rechter Mundwinkel zuckte ständig, er presste die Lippen fest zusammen.

Der Lichtkegel der Lampe schwenkte von den Menschen weg zu einem Pfahl am Parkplatz, an dem drei Schilder angebracht waren.

Boris las laut vor, was auf den beiden unteren stand, die schwarz eingerahmt waren: »Frei für Anlieger auf eigene Gefahr! Kein Winterdienst«

Er musste einen Schritt zur Seite tun, um das lesen zu können, was auf dem oberen, letzten, rot umrandeten Schild geschrieben stand.

»Betriebsgelände der Wasser- und Schiffahrtsverwaltung des Bundes. Benutzen strompolizeilich verboten. Wasser- und Schiffahrtsamt Bingen«

Boris straffte sich: »Strompolizeilich! Damit ist uns Normalsterblichen klar geworden, dass es sich beim deutschesten aller Wasserläufe keineswegs um einen simplen Fluss handelt, sondern um einen Strom. Wir werden ihn bald sehen. Als wir die Nahemündung passierten, fiel mir auf, dass der Regen der letzten Tage unserem Strom geholfen hat, tüchtig anzuschwellen. Normalerweise ist er im September nicht so großspurig. Aber das passt.«

Das Licht seiner Lampe zeigte jetzt seinen Zuhörern einige mit Wasser gefüllte Stellen zwischen den Bäumen in dem dschungelartigen Gelände. »Urwald«, sagte er mit Genuss, »Regenwald, im wahrsten Sinne des Wortes.«

Wieder schwenkte das Licht auf den Weg. »Hier wäre es bequemer.« Er ließ dieses *wäre* eine Weile wirken. Er sah in die Gesichter. Estelles Augen waren so groß wie noch nie, seit die Reise begonnen hatte. Boris sah sie sich genau an, in ihrem kurzen Jäckchen, dem knöchellangen Rock aus Jeansstoff und den zierlichen Stiefeletten mit den spitzen Absätzen. Du wirst als Erste zuammenklappen, Schönheit, dachte er.

* * *

»Hier wäre es bequemer«, hatte er gesagt. Na, schön, dachte Estelle, wenn es bequemer wäre, dann könnten wir ja losmarschieren. Wohin auch immer. Hauptsache in Bewegung kommen. Regnen wird es beim Gehen genauso wie hier, aber man kommt sich nicht so geduscht vor. Hier rumstehen und klitschnass werden ist blöd! Obwohl ihr klar war, dass sie privilegiert war den meisten anderen gegenüber. Es freute sie nur, dass Boris und Pavel genauso nass wurden wie die übrigen Männer. Ludwig tat ihr leid, denn der musste in seinem T-Shirt höllisch frieren.

Sie schielte zu Annerose, die wie selbstverständlich den Schirm an sich genommen hatte und nun über sie beide hielt. Tolle Frau, irgendwie. Wie die mit Boris umgesprungen ist. Ihr Mut war ansteckend. Deshalb war Estelle auch nicht auf den Gedanken gekommen, ihren Mantel zu benutzen, als sie Sven sauber gemacht hatte.

»Wenn der Mensch immer den bequemen Weg gegangen wäre,« sagte Boris nun, »hätte es viele Entdeckungen nie gegeben. Ohne den Willen, sich in unbekanntes Terrain vorzuwagen, wären wir nicht so weit gekommen, wie wir heute sind. Der Mensch ist ein Entdecker und Erfinder.«

»Ja, wir haben das Rad erfunden«, sprach Ludwig plötzlich dazwischen, »und das haben wir unter Wagen montiert, zum Beispiel unter Busse. In denen kann man nun bei jedem Wetter herumfahren. Jedenfalls so lange, bis es nicht mehr weitergeht. Und dann steht man auf einmal im Regen und muss sich das pseudophilosophische Geschwätz eines durchgeknallten Stasi-Killers anhören.

Mann, Sie gehen mir dermaßen auf den Zeiger ...«

Estelle hielt den Atem an. Oh, Gott! Sie blickte nach links neben sich auf Ludwig. So offen hatte er sich bisher nicht gegen den großen Mann mit der Hakennase gestellt. Das konnte der nicht unbeantwortet lassen.

Und richtig, der zog sofort seine Pistole aus dem Halfter. Er fasste sie so wie vorhin, als er Gerhard auf die Nase geschlagen hatte und machte einen schnellen Schritt auf Ludwig zu. Aber Estelle hatte den Eindruck, als seien die Bewegungen nicht ganz so schnell wie sonst. Jedenfalls war Annerose schneller. Sie hatte sogar noch Zeit, Estelle den Schirm in die Hand zu drücken. Dann stellte sie sich mit zwei kurzen Schritten vor Ludwig. »Schlagen Sie doch zur Abwechslung mal eine Frau«, zischte sie.

* * *

Fischer konnte nicht anders. Er legte Annerose von hinten beide Hände auf die Schultern. Ganz locker, nicht verkrampft. Er wollte sie weder beschützen noch von ihrem Tun abhalten, er tat es einfach automatisch. Er glaubte ein leichtes Zucken in ihrer rechten Schulter wahrzunehmen. Es war interessant, was man alles tat und auch registrierte, wenn man eigentlich auf viel Wichtigeres achten sollte.

Boris stand dicht vor den Detektiven. Fischer sah an Anneroses Kopf vorbei in die blauen Huskyaugen des Kidnappers. Sie schienen ausdruckslos wie immer zu sein, aber da war etwas, das sich schon angedeutet hatte. Eine gewisse Müdigkeit.

»Glauben Sie, ich würde keine Frauen schlagen? Hoffen Sie, dass ich genug Gentleman bin, um Sie zu schonen und anschließend auch Ihren ... tja, was ist er ... Arbeitgeber, Liebhaber ... beides?«

Annerose sagte nichts. Fischer spürte nur, wie sie heftig atmete.

Boris sagte: »Loreley, Sie sind dabei, Ihr Gütekonto bei mir zu überziehen.«

Obwohl kaum noch Platz zwischen ihm und Annerose war, löste die sich aus Fischers losem Griff und trat noch näher an Boris heran. Sie sprach so leise, dass Fischer sicher war, dass es außer ihm und dem Ex-Agenten niemand verstehen würde. »Sie müssten sich hören können. Sie schlagen und ermorden Menschen. Sie entführen uns und schleppen uns hierher. Sie lassen uns hier im Regen antreten wie Verurteilte, die gleich erschossen werden sollen, und dann erzählen Sie mir etwas von Gütekonto?! Ich habe selten einen solchen Scheiß gehört!«

Sie sahen sich sehr lange schweigend an. Fischer warf einen Blick auf Pavel, der weiter hinten stand, sich wie alle vollregnen ließ und gespannt zu sein schien, wie sein Boss reagieren würde.

Und dann hauchte Boris etwas so nahe an Anneroses Ohr, dass es Fischer nicht mitbekam.

* * *

Annerose glaubte nicht, was sie da hörte. »Sie sind die beste Frau seit Jahren!«, sagte Boris, dann drehte er sich um, stellte sich neben Pavel und rief laut: »So, Herrschaften, genug gescherzt. Abmarsch! Aber nicht auf diesem netten Weg da am Zaun entlang.«

Annerose drehte sich ganz kurz zu Lui um und sah ihm in die Augen. Was sie dort sah, hatte sie vermisst, seit sie sich damals in Worms auf dem Marktplatz kennengelernt hatten. Sie stellte sich an ihren Platz neben Estelle. Als sie den Schirm wieder an sich nehmen wollte, schüttelte die junge Frau ihre schwarze Mähne.

* * *

Heinz Werber hatte Hunger. Er dachte an die Reste von Gertruds Salamistullen, die in der Blechbüchse in seiner Aktentasche lagen. Nur einige Meter entfernt im Bus, aber unerreichbar.

Was hatte Boris eben gesagt? »Nicht auf dem netten Weg am Zaun entlang?« Ja, wo denn sonst? Und wohin ging es eigentlich? Zum Mäuseturm? Davon hatten sie gesprochen. Heinz Werber wusste nicht einmal mehr genau, wer davon gesprochen hatte. Boris, Pavel, einer der anderen?

Seit sie ausgestiegen waren, summte es nur noch in seinem Kopf. Alles war aus dem Ruder gelaufen. Im wahrsten Sinne des Wortes. Er saß nicht länger am Steuer. Hier draußen war er ein Opfer wie Gerhard, Ludwig und der Rest. Vor seinen Augen tanzte der Regen und sein inneres Auge gaukelte ihm Bilder seiner Frau, seiner Tochter und seiner Enkel vor. Würde er die jemals wiedersehen?

»Heinz!«, rief Boris.

»Ja!«

»Pavel kennt sich hier aus. Er wird vorangehen. Sie schließen sich an. Dann laufen alle in der Reihenfolge, wie sie hier stehen, hinter Ihnen her. Annerose, Estelle, Ludwig, Sven und Gerhard. Ich bilde die Nachhut. Jeder Ausbruchsversuch wird mit dem Tod bestraft. Zunächst können diejenigen, die Lampen haben, diese noch benutzen. Später werde ich sagen, wann die auszuschalten sind. Dann orientieren sich alle an Pavels Lampe.«

Er sprach leise mit Pavel, der schüttelte zuerst den Kopf, dann nickte er und winkte Heinz zu sich. Langsam ging der Fahrer los.

»Wir werden eine direkte Abkürzung durch die Aue zum Rhein nehmen und uns dann am Ufer weiter vorarbeiten.« Boris sprach laut. »Der Boden ist uneben, wir werden es mit Ästen, Tümpeln, Matsch und glitschigen Steinen zutun bekommen. Wenn einer stolpert und stürzt, hilft ihm sein Hintermann sofort wieder auf. Wer liegen bleibt oder zurückwill, signalisiert damit, dass er ausbrechen will und wird getötet. So, los jetzt!«

Pavel ging los. Weg von dem beleuchteten Parkplatz, weg von dem verführerisch bequemen Weg, weg vom Bus. Pavels Lampe zuckte auf. Auch Heinz schaltete seine an. Ihr Strahl war ebenso kräftig wie der von Pavels Lampe.

Es ging mitten hinein ins Dunkel. Zunächst ein Stück über einen sumpfigen Weg, dann kletterte Pavel auf etwas Gemauertes.

* * *

Sie waren etwa seit einer Viertelstunde unterwegs. Dennoch hatte Fischer das Gefühl, nicht vorwärtszukommen. Vom Parkplatz aus hatte er durch die Bäume das Glitzern des Rheins sehen können und geglaubt, die paar Meter wären rasch zu schaffen. Aber das war ein Trugschluss.

Halbrund, Pflastersteine, erhöht. Ca. 1,50 Meter breit. Einen Weg konnte man das nicht nennen. Fischer fühlte sich eher an die Buhnen an der Nordsee erinnert. Gestrüpp auf beiden Seiten. Bäume, Äste, die teilweise komplett über den Buhnenweg ragten und die erst zur Seite geschafft werden mussten. Pavel, als Erster, schien das härteste Stück Arbeit damit zu haben. Estelle, die vor Fischer lief, murmelte ständig fluchend vor sich hin. Es konnte nur eine Frage der Zeit sein, bis einer ihrer Absätze von einem feuchten Stein abglitt und sich verhakte.

Die beiden Frauen hatten sich längst von ihrem Schirm verabschiedet. Er hatte sich mehrfach in Ästen verheddert, die sich heimtückisch in verschiedenen Höhen über den Weg wölbten. Annerose benutzte ihn nun als Stock beim Vorwärtskommen. Hoffentlich würde sie nicht irgendwann auf die Idee kommen, ihn als Waffe verwenden zu wollen.

Fischer hatte schon länger seine kleine Taschenlampe ausgeschaltet, ebenso Oberwald, der hinter ihm ging. Denn das Herumgeflacker der vielen Lichtkegel verwirrte mehr, als dass es bei der Orientierung half. Pavels starke Lampe reichte völlig. Aber das hätte der Oberstratege wissen müssen, dachte Fischer, oder haben die Genossen bei der NVA keine Nachtausbildung genossen? Boris selbst schaltete seine Lampe von hinten nur manchmal an und dann hielt er sie sehr tief, was allerdings hilfreich war.

»Vorsicht«, rief Annerose, »hier sind die Steine unterbrochen. Es kommt eine riesige Pfütze, danach geht es auf den Steinen weiter.« Der Ruf war für Estelle zu spät gekommen. Sie stieß einen kurzen, spitzen Schrei aus, dann verschwand sie vor Fischers Augen nach unten. Es platschte sehr laut. Fischer blieb stehen und Oberwald lief in ihn hinein. Hinter dem war Gerhards Stimme zu hören. »Estelle! Estelle!«

»Klappe, Widerstandskämpfer«, donnerte Boris. »Was ist da los?« Fischer war vorsichtig von den Steinen in die Pfütze geklettert. Annerose hatte inzwischen Estelle geholfen, sich aufzurichten.

»Ich gehe keinen Schritt mehr! Keinen einzigen!« Estelle klang hysterisch. Gerhard drängte sich an Oberwald und Fischer vorbei. Seine lächerlich kleine Handtaschenlampe spendete dabei so wenig Licht, dass er sich fast an die gleiche Stelle gelegt hätte, an der sich seine

141

Freundin eben noch befunden hatte.

Von vorn rief Pavel: »Boris, was ist los dahinten?«

»Estelle will erschossen werden.«

»Ja«, kreischte die junge Frau in grenzenloser Wut. »Das ist alles, was ihr könnt. Drohen, schlagen und schießen. Ihr habt so große Pistolen, weil eure wichtigen Teile sooo klein sind.« Im dünnen Licht von Gerhards Lampe sah Fischer Estelles Zeichen, das sie mit Daumen und Zeigefinger ihrer rechten Hand machte.

Gerhard raunte ihr zu: »Geh weiter, der macht Ernst.« Erst jetzt sah Fischer, dass der Verband von Gerhards Nase verschwunden war. Irgendein überhängender Ast musste ihn abgerissen haben.

Boris Kopf schob sich neben Fischer. Der Kegel seiner starken Lampe flammte auf und beleuchtete die Szenerie. Estelle, Annerose, Gerhard und Oberwald bildeten eine Gruppe. Nur Fischer stand etwas abseits. Heinz und Pavel warteten vorn in einiger Entfernung, da, wo der Steinweg weiterging.

»Los, weiter!« Boris hatte seine Pistole aus dem Halfter geholt. Da er jetzt die Waffe und die Lampe halten musste, hatte er seine Tasche auf den Steinen hinter sich abgestellt.

Estelle stierte ihn an. »Haben Sie das nicht kapiert, Meister?!« Fischer war fast ein wenig stolz, dass sie seine Art der Anrede benutzte. »Ich gehe nicht weiter. Ich KANN nicht weiter. Ich habe mir den Fuß verknackst.«

Boris hob die Waffe, zielte auf die junge Frau. Die Haare klebten wie schwarze Tinte vor ihrem Gesicht. Fischer wurde es Angst und Bange. Er versuchte, sich in Boris zu versetzen. Von dessen Warte aus konnte er es sich nicht leisten, nur noch mit Drohgebärden zu operieren. Er hatte in letzter Zeit schon zu oft einen Rückzieher gemacht. Hauptsächlich Anneroses wegen.

Pavel rief: »He, versuchen Sie es doch. Wir sind gleich am Rhein. Da gibt es einen richtigen Weg. Er ist sehr schmal, aber da kann man besser laufen als hier. Ehrenwort.«

Fischer war erstaunt. In Pavels Stimme war so etwas wie Panik aufgetaucht. Und Mitleid.

Boris zielte noch immer.

»Ich helfe dir«, sagte Gerhard.

»Wir helfen Ihnen alle«, sagte Annerose.

Pavel setzte sich in Bewegung, um auch zu Estelle zu gehen.

»Du bleibst, wo du bist!« Boris Stimme war nur noch hart.

»Und wenn ich doch komme?« Trotz!

»Dann kannst du dich neben sie legen.«

Annerose machte in der Pfütze einen kleinen Schritt auf Boris zu. Das ist keine gute Idee, Mädchen, dachte Fischer, diesmal nicht. Er hat ein Gesicht zu verlieren.

»Sie sollten ...«, begann Annerose, aber sie brach ab.

Fischer sah die breite, rote Wunde auf Gerhards Nase. Sie sah aus, als ob sie bereits eitern würde. Aber war das nicht noch zu früh?

»Loreley! Kein Wort!« Boris visierte sie an. »Diesmal nicht.«

Annerose erkannte, dass es ihm Ernst war.

Fischer bückte sich und griff Estelle unter dem rechten Arm. »Kommen Sie, wir schaffen das. Notfalls trage ich Sie. Dann wird mir auch wärmer.«

»Meine Handtasche!« Estelle klang wie ein kleines Mädchen.

»Was ist mit Ihrer Handtasche?«, fragte Fischer.

»Sie liegt hier irgendwo in der Pfütze.«

Gerhard bückte sich sofort, wühlte im Wasser, spritzte.

»Ich hab sie.«

Er tauchte aus den Fluten wie Neptun und hielt die Tasche triumphierend hoch. Er reichte sie Estelle. Ihr »Danke« war leise und aufrichtig.

»Weiter«, sagte Boris genauso leise, »beim nächsten Vorfall gibt's keinen Aufschub mehr. Das gilt für jeden.«

Fischer nahm Estelle rechts, Gerhard fasste ihren linken Arm. Als sie ihren ersten Schritt versuchte, stieß sie einen wimmernden Klagelaut aus. Es klang fast so wie vorhin bei Gerhard.

»Geht es?«, fragte Annerose.

Von Estelle kam etwas, das wie der Versuch eines Lachens klang: »Muss ja wohl, oder?« »Ja«, sagte Fischer, »muss!«

Estelle blickte von ihm zu Gerhard. »He, wo ist denn dein Verband?«

»Unwichtig, jetzt müssen wir erst mal sehen, wie wir dich weiter-
kriegen.«

Pavel und Heinz wandten sich um, gingen wieder voran. Nach ein
paar Metern begann der zweite Teil des Buhnenweges. Annerose
ging als Nächste. Gerhard, Estelle und Fischer versuchten, nebeneinander zu gehen. Beide Männer mussten aufpassen, nicht abzurut-
schen. Estelle wimmerte noch eine Weile, dann ging sie wieder zum
Fluchen über.

Fischer dachte darüber nach, was wohl in Boris vorging und wie er
bei der nächsten ähnlichen Situation reagiere würde.

Denn dass es eine weitere Schwierigkeit dieser Art geben würde,
stand fest.

10
Nahe am Turm

Hegelmann wachte auf. Er hatte Hunger. Und Durst. Und Angst. Die Schürfwunden an seinen Handgelenken brannten.

Er dachte das Gleiche, was er gedacht hatte, bevor er in diesen ohnmachtsähnlichen Schlaf gefallen war: Was habe ich verbrochen?

Er konnte nur noch diesen einen Satz denken.

Was habe ich verbrochen?

Natürlich hatte er seine sprichwörtlichen Leichen im Keller. Er war Geschäftsmann. Einen Geschäftsmann ohne dunkle Punkte in der Biografie gab es nicht. Existierte überhaupt ein Mensch auf Marx' und Lenins und Gottes weiter Welt ohne dunkle Punkte?

Marx! Da war sie wieder, die DDR. Der Dialekt des Maskierten. Und dieser falsche Ützel, der ihm so bekannt vorgekommen war. Es musste irgendetwas mit seiner DDR-Vergangenheit zu tun haben, das war jetzt absolut sicher.

Wie war das damals, als er sich noch einen strammen Kommunisten und begeisterten Werktätigen nennen durfte?

Er war zunächst Bäcker mit Leib und Seele. Und er hielt lange Jahre keinen Kontakt zu seiner Familie in Bingen. Obwohl sein Vater schon in dritter Generation die Hegelmann-Bäckereien leitete und allmählich zum Konzern auszubauen begann. Am Ende der Siebziger des vorigen Jahrhunderts, als noch nicht abzusehen war, dass es den Arbeiter- und Bauernstaat nur noch knapp zehn Jahre geben würde, hatte er begonnen, sich besuchen zu lassen. Da war er schon ein wichtiger Mann in der Nahrungsmittelherstellung in Leipzig. Sein Vater war tot und sein Bruder, der den Hegelmann-Konzern leitete, kam, sooft er eine Besuchererlaubnis erhielt. Der malte ihm in den schönsten Farben das Leben im Westen aus, erzählte von der Hegelmann-Villa, vom Fuhrpark und von den vielen Freunden in Politik und Show-Geschäft.

Und er erzählte von dem, was er *Heimat* nannte. Von Bingen. Hegelmann las daraufhin Bücher über die Stadt, über das Binger Loch und über den Mäuseturm.

Sein Bruder erzählte ihm auch von seinem Vater, der im Eiswinter 1955/1956 mit seiner Mutter über das Eis zum anderen Rheinufer gelaufen war. Damals war sie bereits mit Alfons schwanger gewesen. Nun, er war noch in Bingen geboren worden. Als seine Mutter den damals noch jungen Bäcker Hegelmann verließ und mit ihrem kleinen Sohn den Traum von einer gerechteren Gesellschaft im zweiten deutschen Staat zu leben versuchte, waren seine Brücken zum Westen erst mal abgebrochen.

Hegelmann stoppte seine Gedanken. Etwas zwang ihn, sich wieder zwischen Bett und Wand zu quetschen und durch das winzige Loch zum Mäuseturm hinüberzusehen.

Grünlich leuchtete er im Dunkel. Er war nahe. Viel näher als beim ersten Mal. Er war bedrohlich.

Hegelmann erinnerte sich daran, wie friedlich und hell der Turm am Tag wirkte. Ohne die düstere Sage zu kennen, brachte der in Auto Zug oder Schiff Vorrüberfahrende diesen Turm mit nichts Bösem in Verbindung. Er war von freundlichem Gelb, die Zinnen auf den vier Ecktürmchen und auf dem fünfeckigen Treppenturm waren braun, ebenso der stromaufwärts vorgelagerte Eisbrecher. Hegelmann hatte mal gelesen, dass der Turm nur etwa 24 Meter hoch war.

Er war nicht mehr identisch mit dem Turm, in dem Hatto von den Mäusen gefressen worden sein sollte. Nachdem er einmal umgebaut worden war, hatten ihn die Franzosen im 17. Jahrhundert niedergebrannt. Die Ruine wurde im 19. Jahrhundert neugotisch renoviert. Er hatte als Mautturm gedient.

Das war alles, was Hegelmann in seinem Gedächtnis zusammenkramen konnte.

Er kletterte wieder aufs Bett zurück.

Also, es ging um seine Zeit in Leipzig. Wahrscheinlich die Sache mit der Lebensmittelverschiebung nach Berlin. Getreide. Ja, das war eine Verbindung zum Mäuseturm. Nur hatte er weder die Werktätigen verhungern noch in Scheunen zusammenpferchen und verbrennen lassen.

Nein, das konnte es nicht sein. Das war nicht so gravierend gewesen, dass sich jetzt im satten, wiedervereinigten Deutschland jemand dafür rächen würde.

Ützel, der falsche Ützel, an den er sich erinnern konnte. Der musste ein greifbarer Schlüssel sein.

Der hatte mit Leipzig zu tun.

Ja, den kannte er aus Leipzig.

Natürlich war der damals viel jünger gewesen. Aber die große Statur, die blauen Augen, die Hakennase, doch, den kannte er tatsächlich. Und wenn der an der Entführung beteiligt war, dann hatte das unmittelbar mit dem zu tun, woran sich Hegelmann schuldig gemacht haben sollte.

Hegelmann zermarterte sein Hirn, bis er Kopfschmerzen bekam.

Und diese Schmerzen brachten ihn darauf.

Ützel hatte damals in Leipzig über Kopfschmerzen geklagt.

Natürlich hieß er nicht Ützel.

Er war ... er war ... einer vom MfS. Ein PS, ein Personenschützer. Sie hatten ihn Boris genannt. Ja, ja, ja. Boris. Natürlich war auch das mit Sicherheit nicht sein richtiger Name, aber das war egal. Wichtig war, dass er jetzt wusste, wer ihn im Auto betäubt hatte. Wie das mit dem Maskierten und der jungen Frau zusammen hing, lag zwar noch immer im Dunkeln, aber es war ein Fortschritt.

Hegelmann war so aufgeregt, dass er unwillkürlich neben sich griff. Aber die Blechmaus war ja nicht mehr da. Seine Hände hätten sie jetzt gebraucht.

* * *

Wolfgang Illmann war in die Laube zurückgekehrt, hatte halbherzig versucht, die Blechmaus zu reparieren und nach Heide gesehen.

Seine Unruhe wuchs. Das seltsame Gefühl, dass da etwas in das Gelände um den Mäuseturm eingedrungen war, wurde er nicht mehr los. Er hatte nichts Greifbares, keine Stimmen, Lichter oder Autogeräusche, aber da war etwas ...

Auch Heides Anwesenheit irritierte ihn zunehmend.

Was ihn besonders nervte, war die Tatsache, dass Hegelmann nichts zu kapieren schien.

Es wurde Zeit für die vierte Lesestunde.

Aber zuerst musste er noch mal nach draußen.

Ein letzter Blick auf die schlafende Heide, dann raus in den Garten, weiter zum Auto. Es regnete nicht mehr.

Rechts der alte Lokschuppen mit den riesigen Toren. Wenn die plötzlich aufgesprungen wären und alle Heerscharen der Hölle ausgespuckt hätten, hätte sich Illmann nicht gewundert.

Er musste seine Fantasie bremsen. Solche Gedanken passten nicht zu ihm. Heide, ja, die neigte zu Spinnereien dieser Art. Das hatte sie von ihrer Mutter. Der real existierende Sozialismus hatte deren Wunder- und Märchenglaube nicht besiegen können. Merlin hatte seinen selbstverständlichen Platz neben Lenin. Aber ihre Romantik hatte sie letzlich das Leben gekostet.

Illmann blickte am Lokschuppen vorbei zu dem verwitterten Haus, das im rechten Winkel dazu stand. Er ging hin, kletterte über Bretter und stolperte über Steine und zersplitterte Flaschen. In der vergangenen Woche hatte Bingen sein Winzerfest gefeiert. Hier hatten die Randgestalten gefeiert, die jedes Fest zu bieten hat. Die Obdachlosen und die Jugendlichen aus Familien, die sich einen Dreck darum scherten, ob ihre Sprößlinge kifften, soffen oder drückten.

Hier an diesem verlotterten Haus passten sich die letzten Spuren dieser Nebenfeier der Umgebung an. Nun, bald würde das alles weg sein. Einschließlich der Laubenkolonie. Die Landesgartenschau würde alles planieren, aufschütten, neu bepflanzen und die Nachtgestalten in andere Gettos vertreiben.

Er ging am Haus vorbei zu der Treppe, die zum Rhein führte. Dort lagen zwei Boote. Eines davon ein Schlauchboot mit Außenbordmotor.

Direkt gegenüber stand der Mäuseturm, als ginge ihn alles nichts an. Doch er würde in etwas mehr als einer Stunde eine Hauptrolle spielen.

Illmann wunderte sich wieder, wie hoch der Wasserstand des Rheins war. Normalerweise war der Strom in dieser Jahreszeit viel flacher. Illmann kletterte hinunter zum Boot. Überprüfte die Schnüre, die Riemen, den Motor. Irgendetwas hielt ihn davon ab, den Motor zur Probe anzulassen. Als er die hohen Stufen wieder emporging, streifte sein Blick das Rheinufer. Einen Augenblick lang hatte er den Eindruck, dass in einiger Entfernung etwas flackerte. Ein unruhiges Licht schien sich kurz über die Bäume zu erheben und gleich wieder zu verschwinden.

Einbildung! Verdammte Einbildung!

Illmann stolperte wieder am Haus vorbei, hinüber zu seiner Laube. Lesestunde!

* * *

Heide blieb liegen. Versuchte gar nicht erst aufzustehen. Sie wusste ja nicht wo ER war. Er, ihr Vater. Sie dachte an ihn wie an ein Monster mit Hörnern und Drachengesicht. Aber das war nicht das, was sie wollte. Er war ihr Vater und er war immer gut zu ihr gewesen. Jedenfalls innerhalb seiner Möglichkeiten.

Der pelzige Geschmack war noch auf ihrer Zunge. Und sie hatte auch tatsächlich kurz geschlafen. Ein paar Minuten, wie sie nach einem Blick auf ihre Armbanduhr feststellte.

Aber sie hatte nur ein paar Schlucke von dem Kaffee getrunken, den ihr Vater ihr aufgenötigt hatte. Den Rest hatte sie zurück in die Kanne gekippt, als er kurz in seinen Schnellheftern gewühlt hatte. Ein ablenkender Husten und er hatte nichts gemerkt. Sie war enthemmt genug gewesen, um ihrem Vater Dinge an den Kopf zu werfen, die sie ihm sonst nicht gewagt hätte zu sagen.

Jetzt aber war sie wieder die Alte. Einerseits fit, andererseits voller Furcht um und vor ihrem Vater. Sie wusste nur noch nicht, was sie mit ihrer Fitness anfangen sollte. Eines stand fest: Dieser Mann im Keller, Hegelmann, durfte nicht durch die Hand ihres Vaters sterben.

Auf gar keinen Fall.

Als sie sich gerade vorsichtig aufrichten wollte, kam ihr Vater in den Raum. Sie schloss rasch die Augen, hatte den Eindruck, dass er sie ansah. Dann raschelten Textilien, danach Papier. Er hatte sich also wieder maskiert. Das hieß, dass er wieder in den Keller ging.

Die Tür klappte, sie hörte seine Tritte auf den wenigen Stufen zum Keller. Jetzt richtete sie sich auf. Es ging. Kaum Benommenheit. Heide stand auf. Blickte sich im Raum um, ohne zu wissen, wonach sie eigentlich suchte. Da hing eine große Jacke am Haken. Aus der rechten Tasche schaute etwas heraus.

* * *

Klatsch! Der Schnellhefter landete auf Hegelmanns Schoß.

»Lesen!«

»Die Geschichte ist doch vorbei. Hatto ist aufgefressen worden.«

»Aktuelle Fortsetzung!«

»Die Rückkehr der Mäuse?« Hegelmann wusste nicht, warum er versuchte, Witze zu machen. Aber es kam aus ihm heraus. Trotz der Angst.

»Lesen!«

Hegelmann saß bereits am Bettrand. Er schlug den Schnellhefter auf. Er hatte schon Routine. Die Schmerzen hielten sich in Grenzen. Aber vielleicht begannen seine entzündeten Gelenke abzusterben. War das nicht so? Konnten Gelenke nicht einfach absterben? Er blickte auf die Seiten. Die Handschrift war anders als sonst. Härter! Als seien die Zeilen in großer Wut geschrieben worden.

»Ist unser Herr nicht ein Gott der Gnade?« Diese Worte hatte Bodo zu Hatto gesagt, bevor er von den Soldaten des Erzbischofs verbrannt worden war. Aber sein Flehen um Gnade kam zu spät. Die Mäuse fraßen ihn.

Und auch ein anderer Mann hatte sich, viele Jahrhunderte später, an einem Geschöpf versündigt.

Er hatte keinen Anspruch auf Gnade. Hatte keine Reue gezeigt. Hatte nichts unternommen, um seine Tat zu sühnen. Hatte sein altes Lügenleben gegen ein neues Lügenleben eingetauscht. Verleugnete seine

Schuld bis tief in sein Herz hinein.

Nein, er hatte keinen Anspruch auf Gnade. Der Turm sollte die End-station seines verwirkten Lebens werden.

Er sollte so sterben, wie SIE gestorben war. Aber er sollte wissen, wa-rum. Er hatte alles verdrängt. Es musste ihm klar werden, dass er sich sein Ende selbst geschaffen hatte. Damals, vor vielen Jahren, in ei-nem Land, das es nicht mehr gab.

Ein passenderes Symbol für seine Tat und für sein Ende als den Turm konnte es nicht geben. Es war nur bedauerlich, dass seinem Henker die Mäuse die Arbeit nicht abnehmen würden wie seinerzeit bei Hat-to. Aber das wäre auch nicht richtig gewesen. SIE war ja nicht von Mäusen gefressen worden. Sie hatte sich selbst getötet. Wegen ihm. Also musste er sich ebenfalls selbst umbringen. Der Henker würde ihm dabei helfen.«

Hegelmann konnte nicht mehr. Er blickte hoch. »Das ist nicht ... das wollen Sie nicht wirklich ... das ist ein ...« Er hasste sein Gestammel.

»Weiterlesen, sofort!«

»Ich kann nicht!«

»Weiterlesen!«

»Mein Mund ist trocken ... ich habe keinen Speichel ...«

Da riss ihm der Maskierte den Schnellhefter aus der Hand. »Legen Sie sich aufs Bett. Ich lese!«

»Aber ...«

»Hinlegen!«

Hegelmann legte sich mühsam ächzend auf die Matratze. Wieder schabten die Handschellen bei der kleinsten Bewegung.

Er sah den Maskierten nicht an. Starrte auf die trübe Birne an der Decke.

Sein Peiniger schickte sich an, ihn noch mehr zu peinigen. Mit kla-rer Stimme las er: »*Aber was war eigentlich geschehen? Womit hatte er sein Leben verwirkt? In den gar nicht fernen Zeiten, in jenem Land, das sich angeschickt hatte, eine Philosophie zu leben, in der alle gleichgestellt sein sollten, da hatte er eine Position inne, die es ihm erlaubte, über vielen der anderen zu stehen. Er besaß eine Macht, die größer war, als viele damals ahnten. In einer Stadt namens Leipzig hatte er die Gewalt über die Nahrungsvorräte. Er verteilte, verschob, entzog, wie es ihm passte. Und auch, wenn er teilweise nach den Befehlen von denen handelte, die noch über ihm standen, holte er für sich selbst immer einen Vorteil aus allem, was er tat. Aber es gab eine Gruppe von Werktätigen, die ihm auf die Schliche kamen. Innerhalb dieser Gruppe wagte es aber zunächst niemand, damit an die Öffentlichkeit oder an seine Vorgesetzten zu treten. Aber da gab es in diesem Kader eine junge Frau, die gerade Mutter geworden war. Ihr Name lautete Magdalena Gorwin.«*

Der Maskierte machte eine Pause. Hegelmann erschien es, als könne er im Augenblick nicht weiterlesen. Als würde ihn das emotional zu sehr berühren, was da geschrieben stand. Ihm selbst sagte der Name nichts, auch wenn das eben Gehörte auf ihn hinwies. Auch war ihm klar, dass seine Überlegungen vorhin in die richtige Richtung gegangen waren. Leipzig. Lebensmittel. Aber weil er immer noch nicht wirklich wusste, was der Maskierte wollte, hielt er seinen Mund.

Die Stimme war belegt, als der Entführer weiter las: *»Sie überwand alle Scheu und stellte den Mann zur Rede. Sie ging zu ihm und überbrachte ihm den Protest ihrer Gruppe. Aber da geschah etwas, womit niemand gerechnet hatte. Magdalena verliebte sich in diesen Mann. Sie gebrauchte ihrer Gruppe gegenüber Ausflüchte, verließ über Nacht ihren Freund, der mit der kleine Tochter zurückblieb, und ging zu diesem Mann.«*

Hegelmann grübelte. Wenn diese Frau sich mit einem Mann abgegeben hatte, der mit Lebensmittelverteilung zutun gehabt hatte, dann konnte er das nicht sein. Auch wenn die zuerst genannten Vorwürfe durchaus stimmten, er hätte sich an eine Frau dieses Namens erinnert. Besonders, wenn sie wegen ihm ihr Kind und ihren Lebensgefährten verlassen hatte.

Nein, nein, nein, diese Geschichte ging ihn nichts an. »Moment mal«, krächzte er, aber der Maskierte las weiter: *»Nach ein paar Wochen bekam ihr Freund einen Brief von ihr, in dem sie schrieb, wie sehr sie dem Mann verfallen sei und wie sehr sie sich schämte, aber sie würde ihr neues Leben nicht aufgeben, auch wenn es schwierig sei* *und auch wenn sie daran zugrunde gehen würde.*

Ihr Freund versuchte, sie daraufhin zu erreichen, aber er fand sie nicht. Als er schließlich in seiner Verzweiflung versuchte, den Mann zur Rede zu stellen, wurde der von seinen Vorgesetzten und von Mitarbeitern des MfS so abgeschirmt, dass er nicht an ihn heran kam. Der Vater von Magdalenas Tochter war Journalist und hatte schon für »Neues Deutschland« und für die »Leipziger Volkszeitung« geschrieben. Aber wenn er gehofft hatte, dass ihm seine Verbindungen helfen könnten, sah er sich getäuscht. Besonders das MfS bemühte sich, die Spuren jenes Mannes zu verwischen. Man verunsicherte den Freund Magdalenas sogar, was den Namen des Mannes betraf.«

Hegelmanns Kopf ruckte zu dem Maskierten herum: »Was, Sie sind sich nicht mal sicher, dass ich ...«

»*Ruhe! In der Gruppe der Arbeiter kursierten zwei Namen. Keiner wusste mehr, zu wem Magdalena gegangen war. Es gab schließich fünf verschiedene Namen, die infrage kamen.*«

»War Hegelmann dabei?«

»*Halten Sie endlich den Mund! Die Staatssicherheit hatte offensichtlich gewichtige Gründe, den Mann aus der Schusslinie zu nehmen. Magdalenas Freund wurde sehr deutlich gemacht, dass er sofort seine Suche nach beiden einzustellen hatte. Im Gegenzug wurde ihm für seine Tochter ein Kinderkrippenplatz und eine Art ›Abendmutter‹ angeboten. Wenn er nicht große berufliche und juristische Probleme bekommen wollte, musste er darauf eingehen. Er tat das auch, aber einige Wochen später bekam er wieder einen Brief von Magdalena. Er empfand ihn als den Abschiedsbrief einer Selbstmörderin. Ich gebe hier den Wortlaut des Briefes wieder ...*«

Der Maskierte hörte auf zu lesen. Die beiden Männer starrten sich an. »Das lesen SIE, und wenn Sie sich den Speichel aus dem Arsch holen müssen.« Das Sächsisch war reinrassig.

Die Hand mit dem Schnellhefter zuckte vor. Die andere griff an ein Handgelenk Hegelmanns. Der Schmerz kam wie ein elektrischer Schock. Hegelmann fühlte sich hochgerissen, zum Bettrand gezerrt. Er versuchte, so rasch wie möglich die Beine nachzuziehen. Dann saß er auf der Kante. Zitterte.

153

»Lesen!«

Vor den Augen des Fabrikanten tanzten wieder die Buchstaben. Es dauerte eine Weile, bis er die Stelle fand, an der das Briefzitat begann.

»Lieber Wolfgang, liebste Heide! Ich spreche bewusst auch Dich an, mein Kind, obwohl es lange dauern wird, bis Du dies lesen kannst. Wenn Du soweit bist, dass Du es auch verstehen kannst, wird Dir mein Schicksal hoffentlich eine Mahnung sein.

Wolfgang, Du musst aufhören, mich zu suchen. Du weißt SEINEN Namen nicht, und das ist gut so. Sie werden Dich nie an ihn heranlassen. Er ist zu wichtig für den Staat. So wichtig wie für mich. Ich habe immer geglaubt, Dich zu lieben, mein Wolfgang. Und alles, was ich Dir jemals gesagt habe, war ganz, ganz ehrlich gemeint. Aber ich habe nicht gewusst, WIE SEHR man WIRKLICH LIEBEN kann. Auch wenn es vergebens ist, weil die Liebe nur zu einem gewissen Teil erwidert wird.«

Hegelmanns Stimme versagte. Der Maskierte griff in seine Tasche und holte etwas heraus. Wickelte es aus Papier. Dann steckte er ein kleines Pfefferminzdrops in Hegelmanns Mund.

Der Geschmack war fast ein weiterer Schmerz. Aber plötzlich bildete sich Flüssigkeit im Mund.

»Weiter!«

»Gleich, Moment noch ...«

»Weiter!«

»Er will mich verlassen. Das heißt, er will mich nach Berlin schicken. Hat mir eine Stellung in einer Bäckerei versprochen. Seine Beziehungen sind gut. Mit Euch soll ich keinen Kontakt mehr aufnehmen. Er aber will mich nicht mehr sehen. Meine Liebe erdrückt ihn, sagt er. Er will sich nicht einmal mehr mit mir aussprechen. Kein letztes Gespräch. Kein Abschied. Als wären wir uns nie begegnet. Ich habe ihm ein Ultimatum gestellt. Das ist nicht meine Art, aber ich sehe keinen anderen Ausweg. Wenn mein Leben in Gefahr ist, MUSS er sich EINMAL zu mir bekennen. Und sei es nur, um mich zu retten und dann für immer zu gehen.«

Hegelmann sah auf. Blickte in die hasserfüllten Augen, die wieder einmal nicht von der Brille verdeckt wurden.

»Ich lese gleich weiter«, sagte er und spürte auf einmal eine unnatürliche Ruhe in sich. »Aber lassen Sie mich vorher etwas sagen.« Der Maskierte unterbrach ihn nicht.

»Sie haben den falschen Mann. Ich habe nie eine Magdalena Gorwin gekannt. In mich hat sich noch nie eine Frau so verliebt, wie hier geschrieben steht.« Hegelmann wunderte sich, wie klar ihm die Worte über die aufgerissenen Lippen kamen. Er empfand sogar so etwas wie Neid auf den unbekannten Liebhaber dieser Magdalena. Er dachte an Illona, seine Frau. Er dachte auch an Gaby im Park. Und an die vielen kleinen Affären im Osten.

»Ich war in Leipzig für die Verteilung von Getreide und anderen Lebensmitteln zuständig, das stimmt. Und da habe ich mir ein paar Sachen geleistet, na ja, die nicht in Ordnung waren. Aber es hat sich deswegen nie eine Magdalena bei mir gemeldet. Das müssen Sie mir glauben!«

Der Maskierte sagte noch immer kein Wort. Ein komischer kleiner Husten kam aus seiner Kehle. Eher ein Räuspern.

»So«, sagte Hegelmann, »jetzt lese ich weiter. *Es gibt auf dem Gelände der LPG ein paar Silos. Ich schreibe nicht, welches ich meine, ich schreibe auch nicht den Tag. Wahrscheinlich ist alles schon geschehen, wenn Du diesen Brief in den Händen hältst. Aber ich nenne die Zeit. Sechs Uhr morgens, denn das erinnert mich an die Stunde, in der er und ich uns zuerst geliebt haben. Ich weiß, wie weh Dir das jetzt tut, aber Du bist der Einzige, der Letzte, mit dem ich noch Kontakt aufnehmen wollte. Auch unserer Tochter wegen.«* Hegelmann machte wieder eine Pause. Die brauchte er für sich, denn er ahnte, wie es weiter gehen würde. Sein Entführer – DER Wolfgang? – schwieg noch immer. Hegelmann las weiter: *»Eines der Silos ist leer. Ich werde ein Seil um einen der oberen Balken winden und mir die Schlinge um den Hals legen. Dann stelle ich mich auf einen anderen Balken darunter, der breiter ist. Ich werde die ganze Zeit meine Uhr im Auge behalten.«* Hegelmann wollte aufhören, aber er tat es nicht. *»Ich werde IHM eine Nachricht zukommen lassen, die ihn erreichen muss. Wenn er vor sechs Uhr kommt, kann er mich retten.*

Wenn nicht, werde ich springen.
Wolfgang, hasse mich bitte nie! Und lasse nicht zu, dass Heide mich je
hasst! Magdalena«
Die wörtliche Rede war vorbei. Jetzt würde der übrige Text weiter gehen. Hegelmann wagte es nicht aufzublicken. Aber er wollte auch nicht weiterlesen.
Er hätte gern etwas gesagt, aber das ging ihm nicht über die Lippen.
Er hätte diesem kleinen Mann mit den gnadenlosen Augen gern gesagt, wie sehr ihn diese Frau verachtet haben musste, wenn sie ihn auf diese Art an ihrem Plan teilhaben ließ.

Der Mann sprach. »Sie hatte es schon getan, als ich den Brief bekam. Und Sie hätten sie retten können!«
Hegelmann hörte ein raschelndes Geräusch. Als er jetzt aufblickte, war es bereits zu spät.
Er sah und fühlte die Spritze am Unterarm gleichzeitig. Sofort war er benommen. Es war wie im Wagen, als ihn der falsche Ützel betäubt hatte. Er hörte noch die Stimme des Maskierten, von dem er jetzt sicher war, dass er Wolfgang hieß. Nur, was nützte ihm dieser Name jetzt noch, wo er in die Ohnmacht hinüberglitt.
»Die letzte Reise beginnt«, sagte Wolfgang.

11
Im Dschungel II

Man konnte es nicht als Weg bezeichnen. Selbst das Wort *Pfad* wertete das verschwindend schmale Stückchen glitschiger Erde unnötig auf. Es war zwischen den riesigen Halmen links und rechts kaum zu sehen. Es nützte der kleinen Gruppe nichts, dass es aufgehört hatte zu regnen. Die Nässe ist so tief in uns eingedrungen, dass sie sogar auf dem Grunde unsrer Seelen schwappt, dachte Fischer. Dieser Gedanke wäre eines Boris würdig gewesen. Er fror trotz seines T-Shirts nicht. Er schwitzte.

Es war beinahe unmöglich, Estelle hier noch zu unterstützen. Er musste dazu rückwärts gehen und sich bei jedem Schritt umdrehen, damit er nicht abrutschte. In der allgemeinen Marschrichtung war der Dschungel nun rechts, links ging es steil zum Rhein hinab. Wenige Meter weiter lag die Mäuseturminsel. Sie zog sich langgestreckt bis zu einer Stelle, an der Fischer den Turm vermutete. Er schätzte die Entfernung dorthin auf einen knappen Kilometer. Boris hatte nun doch befohlen, dass lediglich Pavels Lampe brennen bleiben sollte.

Fischer konnte Estelles Arm nicht richtig fassen. Auch Gerhard, der hinter seiner Freundin ging, hatte mit sich selbst genug zu tun. Immer, wenn irgendeine Lichtquelle das Gesicht des Hausmeisters kurz beleuchtete, erschrak Fischer über den breiten, roten Streifen über der Nase. Es sah aus, als sei sie in der Mitte senkrecht gespalten, als gehörten die beiden Gesichtshälften nicht zusammen.

Und während Gerhard sich schnaufend bemühte, erstens die Balance und zweitens Estelle zu halten, war seine rechte Hand wie eh und je in der Manteltasche, wobei der Verbandskasten unter seinem Arm klemmte. Fischer hatte während der Busfahrt einmal kurz darüber nachgedacht, was das sein könnte, was Gerhard da festhielt. Ob Boris eine prophetische Begabung besaß, als er Pavel erlaubt hatte, Gerhard zu erschießen, falls er eine Handgranate dabei hätte?

Estelle stöhnte nicht mehr, wimmerte nicht mehr und selbst das Fluchen hatte sie aufgegeben.

Aber sie schien zu merken, dass die zwei Männer, die ihr helfen wollten, größte Schwierigkeiten damit hatten.

»Das wird nichts«, keuchte sie. »Lasst mich los, alle beide. Ich komme schon allein zu recht. Nur nicht so schnell.«

»Sie können nicht allein ...«, begann Fischer. Dabei sah er ihr direkt ins Gesicht, weil er gerade wieder rückwärts ging. Und in diesem Moment rutschte er aus. Obwohl es ein natürlicher Impuls gewesen wäre, sich festzuhalten, ließ er Estelle los und glitt zwischen harten, ihn peitschenden Ästen hindurch. Gott sei Dank nicht auf der Rheinseite. Er klatschte zwischen zwei pilzbesetzten Baumstämmen in einen Tümpel.

Boris würde ihn nun entweder erschießen müssen oder warten, bis er sich wieder aufgerappelt hatte.

Annerose hatte aufgeschrien. Fischer aber fand keine Gelegenheit, zum Uferpfad hinzusehen. Er hatte genug mit sich zu tun. Er hörte im Unterbewusstsein ein Stimmengewirr, aber er vermochte keine einzelnen Worte herauszufiltern.

Im ersten Moment nach dem Sturz hatte er geglaubt, festen Grund unter seinen Füßen zu fühlen. Aber das war ein Trugschluss. Wahrscheinlich hatten ihm Äste, die unter Wasser lagen, Halt vorgegaukelt, jedenfalls rutschte er ruckartig weiter in den Tümpel. Es roch faulig, pilzig. Er stand bis über den Bauchansatz in der brackigen Brühe. Dem Eindruck, jetzt sicher zu stehen, traute er nicht.

Er tastete nach einem festen Halt. Als seine rechte Hand etwas umfasste, entpuppte es sich als Flasche. Von der Form, die er erfühlte, schloss er auf ein Behältnis, in dem Bier gewesen sein musste. Prost Zivilisation, dachte er.

Dann bekam er einen Baumstamm zu greifen. Dabei brach er sich zwei Fingernägel ab. Es tat zwar weh, aber jetzt fror er, und das war schlimmer.

»Versuchen Sie nicht zu flüchten, Ludwig.« Boris glaubte, mal wieder drohen zu müssen. Fischer war das im Augenblick gleichgültig. Er wollte erst mal hier rauskommen.

Jetzt blendete ihn der Schein einer Lampe. Wahrscheinlich war es die von Boris. »Da ist er«, sagte dessen Stimme. »Holen Sie ihn da raus, Sven.«

Der Lichtkegel blieb auf ihn gerichtet, er blinzelte, kniff die Augen fast ganz zusammen. In dem schmalen Spalt sah er eine Gestalt ins Wasser steigen und auf sich zukommen.

»Geben Sie mir Ihre Hand!« Es war Svens Stimme.

Jetzt näherte sich eine Hand im Ärmel eines Kleidungsstückes, das Fischer sehr gut kannte. Seine eigene Lederjacke. Zuerst hatte er sie Oberwald gegönnt. Aber jetzt gierte er danach, sie ihm auszuziehen. Er zitterte vor Kälte. Das gab eine Lungenentzündung, mindestens! Oberwald zog ihn mit sich. Fischer knickte noch zweimal ein, ehe er wieder auf den Uferpfad kletterte.

»Ist alles in Ordnung, Lui?«, fragte Annerose sofort.

»Danke, es geht. So ein Bad wirkt Wunder!«

Er sah nach rechts. Dort standen Pavel und Heinz, abwartend. Vor ihm stand Annerose, neben ihm sein Helfer Sven Oberwald. Dann kamen Estelle und Gerhard, schließlich Boris.

»Wann wir Exkurse unternehmen, bestimme in Zukunft ich«, sagte der Kidnapper.

»Kommen Sie zwischen Gerhard und mich«, fuhr er fort. »Und dann weiter.« Letzteres galt Pavel. Der nickte nur.

* * *

Annerose schloss sich Heinz an, auf dessen Füße sie achten wollte, denn er ging so vorsichtig, dass sie sich bei jedem Schritt nach ihm richten konnte. Sie dachte an den Schirm, der irgendwo dahinten an dem Steinweg zurückgeblieben war. Dann fiel ihr wieder der Name Magdalena Gorwin ein. Sie hatten nicht mehr darüber gesprochen,

159

seit Boris verkündet hatte, dass sie nicht mehr lebte. Was hatte sie überhaupt von dem Fall Gorwin/Oberwald gewusst? Nicht mehr, als dass Lui über einen vertrauenswürdigen Wormser Bekannten den Auftrag einer Magdalena Gorwin erhalten hatte, deren Freund Sven Oberwald zu suchen. Der sollte sich ihren Informationen zufolge in Worms aufhalten. Die Kontakte mit Frau Gorwin erfolgten stets telefonisch und sie beteuerte dabei jeweils, wie sehr sie Oberwald liebe. Es habe ein schreckliches Missverständnis zwischen ihnen gegeben, und sie wolle nun alles tun, um das Verhältnis wieder einzurenken. Lui hatte nicht viel Arbeit investieren müssen, denn die Informationsquelle, die Frau Gorwin angegeben hatte, erwies sich als sprudelnd. Es handelte sich um eine Tante Oberwalds, eine mitteilungsfreudige Sächsin, die Lui den Namen eines Freundes nannte, den Oberwald oft zum Übernachten besuchte. Sie selbst wüsste zwar nicht genau, wo »Svennie« zur Zeit wohnte, aber sie hatte ihn schon zweimal an der Bushaltestelle an der John-F.-Kennedy-Straße gesehen. Dieser Freund wohne in Herrnsheim. Und Sven wäre faul, sonst würde er dort zu Fuß hingehen, denn es war nicht weit von der Hochhaussiedlung in der John-F.-Kennedy-Straße bis nach Herrnsheim. Nun, das war der Stand gestern Abend.

Und nun lief sie mit einem Wormser Busfahrer, Lui, einem ungleichen Pärchen, dem Gesuchten, einem jungen wilden und einem abgrundtief gefährlichen älteren Verbrecher in Bingen am Rhein entlang. Das Schlimmste war, dass dieser Ältere etwas für sie übrig zu haben schien.

Die Auftraggeberin gab es nicht mehr und Annerose konnte weder mit dem Gesuchten noch mit Lui darüber sprechen.

Gestern Abend!

War das wirklich erst gestern Abend gewesen?

Nicht mehr als knappe 7 Stunden?

Sie liefen nun seit Luis Unfall schon eine Weile am Ufer entlang. Schweigend, klamm, frierend. Heinz vor ihr hatte schon ein paarmal geniest. Pavels Lampe wies ihnen den Weg. Links vorn, auf der Insel, noch recht weit entfernt, machte sie das Gemäuer des Turmes zwischen Bäumen gegen den Nachthimmel aus, der heller geworden

160

war, seit sich die Regenwolken verzogen hatten.

Wie mochte sich Lui fühlen, hier, wo er nichts gegen diesen Wahnsinn unternehmen konnte?

Ob das vorhin ein Ausbruchsversuch gewesen war? Nein, so dumm war er nicht. Er kannte die Gegend nicht, war nicht bewaffnet und er nahm Rücksicht auf sie ... das hoffte sie zumindest.

Sie zuckte zusammen, als sie Boris' halblaute, aber durchdringende Stimme von hinten hörte. »Stopp!«

Pavel ging noch einen Schritt weiter, dann hielt er an, wandte sich um. Mit einem Seufzen stellte er die schwere Sporttasche ab.

Annerose atmete schwer. Der Nachtmarsch selbst hätte ihr nichts ausgemacht, ihre Kondition war besser als die von Lui, aber es war enervierend, ständig darauf zu achten, nicht auszurutschen.

Sie war froh, verschnaufen zu können. Sie drehte sich um. Hinter ihr stand Estelle und schenkte ihr ein schmerzverzerrtes Lächeln. Dann kam das gespaltende Gesicht Gerhards, dann Sven Oberwald und Lui.

Boris sagte: »Sven und Ludwig, ich gehe jetzt zu Pavel. Sie werden nichts unternehmen, im anderen Fall sind beide Damen tot. Klar?«

»Klar«, sagte Sven.

»Klar«, sagte Lui.

Boris zwängte sich an allen vorbei nach vorn. Als er ganz dicht bei Annerose war, sagte er leise: »Wir sind bald am Ziel!«

Heinz schien etwas sagen zu wollen, aber er überlegte es sich anders. Statt dessen sprach Boris ihn an, als er neben Pavel stand. »Ich benötige Ihre Hilfe, Heinz.«

»Meine Hilfe? Wobei?«

»Wissen Sie, unser Pavel hier muss auf den Rest unserer kleinen Gesellschaft aufpassen, ich brauche aber ein zweites Paar Arme.«

Heinz starrte ihn an, als habe er ihn aufgefordert, die Entführung ab sofort selbst zu übernehmen.

»Ja? Was soll ich denn tun?«

Boris sah jetzt Pavel an. »Behalte sie im Auge.« Er stellte seine rote Sporttasche neben Pavels blaue.

»Und was machst du?«

»Das wirst du gleich sehen.«

Er bückte sich und griff hinter den Baum, neben dem Pavel zum Stehen gekommen war.

»Heinz, ich brauche Sie.«

Annerose beriff nicht, was vor sich ging.

Heinz trat vorsichtig vor. Dann zerrte Boris an einem großen Gegenstand und bedeutete Heinz, mit anzufassen. Pavel beleuchtete sie. Ein Boot. Ein schmales kleines Ruderboot. Boris und Heinz hievten es ganz hinter dem Baum hervor und trugen es zum Rhein. Dort band Boris das Gefährt an einen Pflock, der wahrscheinlich zu diesem Zweck dort aus dem Wasser ragte.

»Danke, Heinz«, sagte Boris.

Keuchend kam der Busfahrer wieder auf dem Pfad an. Boris stellte sich neben Pavel.

Der Blick des jungen Mannes war mehr als misstrauisch. »Spontan, wie?«

»Was meinst du?«

»Du hattest nie geplant, den Bus zu entführen. Das war so eine plötzliche Eingebung. Und dass wir zum Mäuseturm wollten, das war auch spontan. Und ganz spontan hast du beschlossen, Oberwald nicht zu killen. Und du wusstest auch nicht, dass der Bus nicht bis zum Turm fahren kann, ja? Und das Spontanste von allem ist das Boot hier. Das wartet einfach so im Gebüsch. Und du findest es.«

»Hm! Was willst du mir damit sagen?«

»Dass du hier alle verschaukelst. Auch Illmann. Aber das könnte mir egal sein, wenn du mich in irgendetwas eingeweiht hättest.«

Annerose hoffte plötzlich, dass er nicht weitersprechen würde.

* * *

Estelles rechter Knöchel schmerzte. Aber er war wohl doch nur gezerrt oder gedehnt. Es war beim Laufen sogar etwas besser geworden. Nur die blöden Stiefeletten, die knickten immer wieder um. Sie war klatschnass gewesen, Teile ihrer Haut waren trocken, andere nicht. Sie würde morgen einen gewaltigen Schnupfen haben.

Scheiß drauf, da konnte sie auch barfuß laufen.

Während Pavel mit Boris sprach, also zum ungünstigsten Zeitpunkt, zog sie ihre Stiefeletten aus und warf sie mit einer großen Geste in den Rhein.

Alle starrten sie an.

»In denen bin ich dauernd umgeknickt!«, erklärte sie und zuckte die Achseln. Und da hörte sie hinter sich ein leises, nasales Lachen. Sie drehte sich zu Gerhard um. »Du bist unmöglich«, sagte er. Sie lächelte ihn an.

* * *

Keine Kopfschmerzen. Weit und breit keine. Sie fehlten ihm. Müssten sie nicht spätestens jetzt wieder kommen? Bei Stress?
Das hier war doch Stress, oder? Sein junger Begleiter rebellierte. Wenn das kein Stress war. Und warum warf die junge Pute ausgerechnet jetzt ihre Schuhe weg? Das hätte sie viel früher machen sollen. Diese Absätze. Kein Gefühl für Timing.
»Ich muss mich nicht vor dir rechtfertigen, Pavel.« Wie ruhig er doch sein konnte. Immer wieder. Und wenn die Wogen noch so sehr hochgingen. »Doch, das musst du. Wir waren gemeinsam engagiert.« Pavel kannte weder Maß noch Ziel.
»Gut,« sagte Boris, »obwohl ich es nicht muss, werde ich es dir erklären. Das wäre dann auch eine interessante neue Lernstunde für unsere Schüler hier. Es ist so, wie ich sagte. Die Idee war spontan. Aber ich kenne diese Gegend. Du kennst sie auch, aber ich kenne sie besser. Und ich baue immer vor. Ich wusste nicht, wozu ich dieses Boot brauchen könnte, aber ich habe es vor ein paar Wochen entdeckt. Keine Ahnung, wer es hier versteckt hat. Vielleicht ein Liebespaar, das sich regelmäßig auf der Insel trifft. Vielleicht einer vom Wasserwirtschaftsamt. Vielleicht Illmann. Aber ich habe mir genau gemerkt, wo es ist. Und siehe da, ich kann es tatsächlich gebrauchen.«
»Wozu?«, fragte Pavel.
»Um zur Insel zu fahren, natürlich.«
»Aha, als Busersatz. Nur dass wir da nicht alle reinpassen.«
»Das müssen wir auch nicht.«

Pavel fragte lauernd: »Wer soll denn fahren?«

»Ich!«

»Aha, und ich habe die hier am Hals. Was soll ich mit ihnen machen? Polonaise?« Oh, er konnte ja Scherze machen, der kleine Pavel. Er verkannte nur die Tatsache, dass dies hier bereits eine einzige Polonaise war. Polonaise Diaboli. Dieser Gedanke gefiel Boris.

»Führe sie bis zum Lokschuppen. Dann warte auf ein Zeichen von mir.«

»Welches Zeichen?«

»Ein Schuss!«

»Und dann?«

»Gehst du zum Ufer, so nahe es geht an die Insel heran, und wartest darauf, dass ich mich melde.«

»Und was mache ich mit den Leuten hier?«

»Die nimmst du überallhin mit.«

»Und was hast du mit Illmann und Hegelmann vor?«

»Das wirst du dann sehen.«

Das sollte reichen. Pavel war immer dann ein zuverlässiger Helfer, wenn er sich an Anweisungen hielt. Es war ärgerlich, dass er plötzlich glaubte, selbst denken zu müssen.

Doch der Ignorant schien sich genau das in den Kopf gesetzt zu haben. Denn er gab sich nicht mit dem zufrieden, was Boris sagte.

»Ich habe die Schnauze voll, auf das zu warten, was du dir ausgedacht hast. Ich verlange, vorher informiert zu werden.« Er sah aus wie ein kleiner Junge, der sich zum ersten Mal gegen seinen großen Bruder aufbäumt, nachdem er seinen ersten Rambo-Film gesehen hat.

»Du machst ... was?«

»Ich verlange, dass ...«

Boris musste es tun. Er hatte sich zu lange mit Drohungen aufgehalten. Er zog die Pistole aus dem Halfter und schoss Pavel ins rechte Knie. Der schrie auf, knickte ein, fiel auf dem Pfad nach hinten.

Die Frauen kreischten mit Gerhard und Sven um die Wette. Fischer wollte zu Pavel stürzen.

»Zurück!«, befahl Boris. Der Detektiv blieb in halber Bewegung stehen, wie eingefroren.

Heinz blickte zwischen Pavel und Boris' Waffe hin und her. Pavel krallte beide Hände um sein Knie. Wälzte sich zwischen den hohen Halmen hin und her. Er schrie nicht mehr, wimmerte nicht, knirschte nur mit den Zähnen.

Gerhard schrie Boris an: »Sie Schwein, Sie verdammtes Schwein.« Boris wollte sich eigentlich nicht um ihn kümmern. Dieser Mann war so entsetzlich unwichtig.

Aber da war die Hand, die Gerhard plötzlich aus der Manteltasche zog.

Boris erinnerte sich blitzschnell an das, was er vor wenigen Stunden zu Pavel gesagt hatte. »Wenn er eine Handgranate aus seiner Manteltasche zieht, darfst du ihn umbringen, versprochen.«

Er war sich nicht sicher, ob das eine Handgranate war, was Gerhard mit seinen Fingern umklammerte.

Aber es blitzte etwas in seiner Hand auf.

Nachdem ihn die erste Kugel getroffen hatte, entglitt Gerhard der Verbandskasten. Der Kasten klatschte in das Wasser zwischen Ufer und Insel.

Boris feuerte gleich darauf zum zweiten Mal auf den dicklichen Mann im hellen Mantel, dessen Nase er bereits zerstört hatte. Jetzt zerstörte er ihn völig.

* * *

Estelle hatte Gerhard aufhalten wollen. Als er anfing »Sie Schwein« zu brüllen, hatte sie ihm beruhigend die Hand auf die Schulter legen wollen. Er sagte immer das Falsche zur falschen Zeit. Er konnte sich doch nicht schon wieder mit Boris anlegen. Er müsste allmählich gemerkt haben, was man davon hatte. Da lag Pavel und wand sich vor Schmerzen. Himmel, da konnte Gerhard doch nicht den wütenden Mann spielen!

Wieso hatte es noch zwei Mal geknallt? Wieso stürzte er jetzt nach hinten auf den Pfad? Was waren das für zwei rote Flecken auf dem Mantel in Brusthöhe? Warum schrie er nicht? Warum umklammerte seine Hand immer noch das Ding, was zum Teufel auch immer es war?

* * *

Fischer reagierte, ohne nachzudenken. Die Ereignisse waren in Bewegung geraten, also bewegte er sich auch. Vollautomatisch. Das Polizeitraining vor vielen Jahren, die freiwilligen Übungen im Kampfclub, die er in letzter Zeit wieder intensiver betrieb und die plötzliche Erkenntnis, dass die Ereignisse der letzten Sekunden eine Gegenaktion erforderten, trieben ihn vorwärts. Er sprang neben Pavel, riss ihm die Pistole aus dem Schulterhalfter, rollte sich hinter ihm ab, wäre dabei fast wieder in einen der Tümpel gefallen und konnte sich gerade noch halten. Er hörte Boris' Schuss, glaubte den Luftzug des Geschosses an seinem rechten Ohr zu spüren.

Boris stand frei.

Nur wenige Schritte vor ihm.

Heinz, Annerose und Oberwald standen dicht beisammen, vielleicht drei Schritte hinter Boris. Vor ihnen lag Gerhard auf dem Rücken am Boden. Estelle kniete neben ihm. Es war fast unmöglich, dass sich das alles auf einem so engen Pfad abspielte.

Er könnte es schaffen. Es musste mit einem einzigen Schuss möglich sein. Er war Schütze genug, keinen der anderen zu gefährden. Er kannte zwar diese spezielle Waffe nicht, aber er würde mit ihr klarkommen.

Diese Beobachtungen und das Abschätzen der Situation geschah in einer fast nicht messbaren Geschwindigkeit. Fischer hatte es mit einer Kampfmaschine zu tun. Er musste ebenso schnell reagieren wie der ausgebildete Killer.

Also schoss er zurück.

Er traf nicht beim ersten Mal. Er wusste, dass er keine zweite Chance bekommen würde.

Während er sich nach links ins Gestrüpp warf, fühlte er, wie ihm einige harte Äste ins Gesicht peitschten. Unter ihm war wieder Wasser. Dunkelheit. Er wusste nicht, wo er hin sollte. Nur eines war klar, weg vom Rheinufer. Er musste seinem Feind den Rücken zukehren.

Wieder ein Schuss. Geschrei. Er konnte Anneroses Stimme heraus-
hören. Das Flackern einer Lampe. Aber der Lichtkegel erfasste ihn
nicht. Vorwärts!

Ein Platschen hinter ihm. Ob Boris ihm folgte? Nein, der konnte unmöglich die Gruppe unbeaufsichtigt lassen. Oder?

Immer noch Geschrei vom Ufer. Mit jedem Schritt, den er im brackigen Wasser machte, etwas leiser.

Noch ein Schuss!

Dann eine Stimme hinter ihm. »Ich bin's, Sven. Nur weg hier!«

Fischer knickte wieder einmal ein. Der Boden war so tückisch.

Er rappelte sich auf, suchte jeden Halt, den ihm die Sträucher und
Bäume in der Dunkelheit boten.

Nun, es war nicht vollkommen schwarz. Der Himmel, der von tausenden knorrigen Astfingern zersplittert wurde, war heller geworden.
War das der Beginn des Morgengrauens oder kam nur der Mond
durch, weil sich die Regenwolken verzogen hatten?

Eine laute Stimme, nicht die von Oberwald.

»Ludwig Fischer!« Boris klang sogar dann wie ein Lehrer, wenn er
laut einen Namen rief. Dass er ihm nun seinen Nachnamen gönnte,
schien so eine Art Achtungserweis zu sein. Von Profi zu Profi, was?

Du Arschloch, dachte der Detektiv.

»Wir sehen uns am Mäuseturm. Sie, Sven, ich und Loreley!« Er
wollte also Annerose mitnehmen?! Und die anderen?

»Aber seien Sie pünktlich. Noch vor sechs Uhr! Wir wollen doch
gemeinsam ein Menschenleben retten. Nicht wahr?«

Fischer blieb stehen. Annerose! Er konnte sie nicht alleinlassen mit
diesem Monster. Dicht hinter ihm zischte Oberwald: »Er meint, was
er sagt. Vorwärts, beeilen Sie sich. Wir müssen den Weg am Zaun
erreichen. Dann wird der Rest einfacher.«

12
Endstation Mäuseturm

Heide hatte gesehen, was in der Jackentasche war. Ihr Handy! Aber sie hatte es nicht gleich an sich genommen, sie war zuerst in das kurze Treppenhaus gegangen, hatte die Stimme Hegelmanns gehört und die ihres Vaters. Hatte gut verstehen können, was sie sagten. Stand ganz dicht an der Tür zum Kellerraum. Als ihr Vater sagte »Die letzte Reise beginnt«, war sie schnell in den Hauptraum zurückgelaufen, so leise es ging, und hatte sich hingelegt.

Keine Sekunde zu früh, denn schon war ihr Vater aufgetaucht, hatte nach ihr gesehen, allerdings nur oberflächlich, und hatte den Raum wieder verlassen.

Sie hatte sich eine gefühlte halbe Stunde Zeit gelassen, bis sie sich wieder aufrichtete. Aber es waren real nur zehn Minuten gewesen, sie hatte zwischendurch auf ihre Armbanduhr gesehen.

In der Zeit, in der sie lag, hatte sie ihren Vater schnaufen gehört. Erst auf der Treppe zum Keller, dann in dem winzigen Flur, schließlich draußen. Sie ahnte, warum er keuchte.

Als sie dann aufgestanden war und vorsichtig nach draußen schielte, hatte sie im relativ hellen Licht der einzelnen Laterne an der Laubenkolonie zuerst nicht entdecken können, wo ihr Vater war.

Der Golf war leer. Wie von einer unsichtbaren Schnur gezogen, war sie zu dem verfallen Haus neben dem Lokschuppen gegangen. Dann hatte sie das Boot gesehen. Auf dem Wasser. Zwischen dem Ufer und der kleinen Insel, auf der der Mäuseturm stand.

Ein Schlauchboot mit Außenbordmotor. Aber der war nicht angelassen worden. Ihr Vater ruderte.

Hinter ihm, von Heide aus gesehen, lag ein großes Bündel. Heide wusste, was es war ... WER es war.

Sie hatte rufen wollen. Aber das ging nicht. Sie wusste nicht, wie ihr Vater reagieren würde. Er war so voll von dem, was er für seine Pflicht hielt ...

Sie war zurück in die Laube gelaufen, hatte das Handy aus der Jackentasche genommen und war wieder in die Nacht hinausgetreten. Nun stand sie vor dem Zaun, überlegte fieberhaft, was sie unternehmen sollte, da hörte sie die Schüsse.

Es krachte in einiger Entfernung, aber es war gnadenlos laut. Sieben Mal. Erst einer, dann zwei direkt hintereinander, noch zwei, in relativ rascher Reihenfolge. Dann zwei weitere mit etwas mehr Abstand.

Heide war total durcheinander. Diese Schüsse kamen nicht von der Insel, das hatte nichts mit ihrem Vater zu tun. Keine Polizei, die ihn stoppen wollte. Das war ganz woanders. Irgendwo am Ufer, weit hinter dem Lokschuppen.

Oder täuschte sie der Klang im Rheintal hier am Binger Loch? Der Schall trog hier manchmal. Oft konnte man glauben, dass ein Zug auf der anderen Rheinseite viel weiter weg oder viel näher als in Wirklichkeit war. Die Töne in Bingen verkündeten nicht immer die Wahrheit.

Aber Heide war sich so gut wie sicher, dass sie Recht hatte. Das war etwas anderes. Hatte nichts mit ihnen hier zu schaffen. Nur konnte sie dieser Gedanke keineswegs beruhigen. Sieben Schüsse waren sieben Schüsse.

Heide stand neben dem Auto ihres Vaters. Ihre rechte Hand umkrampfte ihr Handy. Sie wusste nicht, was sie unternehmen konnte, um ihre Lähmung zu beenden.

* * *

Das Boot hatte drüben auf der Insel angelegt. Boris hatte Annerose gezwungen zu rudern.

Estelle blickte ihnen nach, wie sie zwischen den Sträuchern verschwanden. Nur kurz sah sie Boris' Lampe aufblitzen.

Sie kniete neben Gerhard, sein Kopf mit der gespaltenen Nase lag, halb auf ihren Oberschenkeln, in ihren Händen.

Alle waren weg. Fast alle. Gewiss, Heinz war noch da. Aber wer war Heinz? Ein Busfahrer. Wenn es den nicht gäbe, wären Gerhard und sie mit dem Taxi gefahren. Er hockte bei diesem jungen Spinner, diesem Pavel, der sich unbedingt mit seinem Boss hatte anlegen müssen. Der blutete. Dem band Heinz das Bein ab oder so. Der hatte erst mit den Zähnen geknirscht, dann leise gestöhnt. Männlich, nicht zu wimmern. Aber auch vollkommen egal. Er war nicht mehr gefährlich. Weder so noch so.

Aber alle anderen hatten sie allein gelassen. Auf Boris konnte sie wahrhaftig verzichten. Dass sie den am Anfang toll gefunden hatte ... Annerose fehlte ihr. Die würde sie gern privat kennen. Boris schien ja einen Narren an ihr gefressen zu haben. Das würde sie schützen. Hoffentlich!

Und Sven war weg. War einfach hinter Ludwig her ins Dickicht gesprungen. Wieso hatte der Idiot überhaupt Boris verfehlt? So was wollte ein Detektiv sein?! Da hechtete er wie James Bond zu Pavel, schnappte sich dessen Knarre, schoss auch, traf nicht und dann hüpfte er wie ein Hase in den Wald. Statt sich um Annerose zu kümmern. Und um die anderen. Und um sie.

Estelle hatte das Gefühl, sie müsse ihre Empörung noch schüren. Alle Gedanken waren besser als der eine Gedanke.

Sie hielt den Kopf gedreht, sah drüben an der Insel das Boot. Sie hatte den Eindruck, dass Boris es nicht festgebunden hatte. Es bewegte sich, schien vom Inselufer wegzudümpeln.

Dann drehte sie den Kopf zu Heinz und Pavel. Der trug jetzt eine Art Verband um das Knie, sein Oberkörper war aufgerichtet, das Gesicht schmerzverzerrt. Heinz hatte seine Jacke für den Verband benutzt. Tja, einige von ihnen hatten Probleme mit ihrer Kleidung. Sven trug Luis Lederjacke, seine eigene Jacke lag vollgekotzt im Bus. Lui selbst musste in seinem T-Shirt höllisch frieren.

Annerose hatte wenigstens ihren Mantel wieder. Und sie? Sie hatte ihre Stiefeletten in den Fluss geworfen.

Gott, wo war sie eigentlich? Sie sah gegen den relativ hellen Himmel überall Sträucher und Bäume, dazwischen Wasser. Die Zivilisation schien Hunderte von Kilometern weit weg zu sein. Heinz hatte eine der Taschenlampen so auf den Boden gelegt, dass sie das Knie von Pavel beleuchtete. Sie sah Pavels Sporttasche. Boris hatte seine mitgenommen. He, waren nicht alle Handys in dieser Tasche? Und auch Luis Pistole?

Der Gedanke, den sie nicht zulassen wollte, kam zurück.

Sie konnte ihren Kopf nicht mehr weiter verdrehen. Weder körperlich noch im übertragenen Sinne. Sie musste jetzt nach unten blicken.

Als sie es tat, war es nicht so schrecklich, wie sie gedacht hatte. Sicher, der breite Streifen getrockneten Blutes, der seine Nase zu spalten schien, war grässlich, und er war tot. Ganz ohne Zweifel. Kein Atem, kein Puls, nichts. Das Blut aus den beiden nebeneinanderliegenden Einschusslöchern hatte sich in alle Richtungen ausgebreitet, wurde vom Mantelstoff aufgesogen.

Seine Augen waren geschlossen. Sein Mund ebenfalls. Da war etwas in Gerhards Gesicht, das friedlich wirkte. Ja, friedlich. Estelle versuchte, sich die Illusion aufzubauen und zu erhalten, dass er nur schliefe. Irgendwie war es ihr möglich, sich die Nasenwunde wegzudenken. Ja, er sah entspannt aus. Sie hatte sich so über ihn geärgert. Und hatte Schluss machen wollen. Und nun war Schluss.

Aber das hatte er nicht verdient. Das hatten sie beide nicht verdient.

»Wir hätten das Taxi nehmen sollen!«, sagte sie plötzlich laut.

Aus den Augenwinkeln sah sie, dass Heinz zu ihr herüber kam. Er hatte ein Papiertaschentuch in der Hand, gab es ihr beinahe schüchtern.

Estelle hatte gar nicht gemerkt, dass sie weinte. Aber sie konnte das Taschentuch nicht nehmen. Sie hätte eine ihrer Hände unter Gerhards Kopf wegziehen müssen.

Das ging nicht. Das konnte sie ihm nicht antun. Aber sie sah hoch zu Heinz, der sich behutsam neben sie hockte. Jetzt musste sie den Kopf nicht mehr so arg verdrehen, um ihn zu sehen.

»Wir wollten mit dem Taxi fahren«, sagte sie leise und sehr deutlich.

Sie musste ihm doch erklären, was los war. Er war zwar nur der Busfahrer, aber ... Er tupfte ihr die Tränen unter den Augen ab. Dann legte er ihr ganz langsam seinen Arm auf die Schulter. Ganz locker, nicht drückend. So, als wolle er ihr signalisieren: Ich kann ihn jederzeit wieder wegnehmen, wenn du die Berührung nicht willst.

»Er ist so geizig!«, sagte Estelle. Die Vergangenheitsform wollte ihr nicht über die Lippen.

Der Busfahrer räusperte sich. »Warum hat ihn Boris ...« Er brach ab. Setzte neu an: »Was hat er denn aus seiner Tasche gezogen?«

Richtig! Gerhard hatte aus seiner Manteltasche das gezogen, was er die ganze Zeit dort festgehalten hatte.

Sie blickte weg von Heinz, sah an Gerhards Körper hinunter. Die linke Hand war geöffnet. Die rechte war noch immer zur Faust geballt. Wieso hatten seine Fingermuskeln nicht reagiert, als er getroffen wurde?

Etwas Helles blitzte zwischen dem Daumen und dem Zeigefinger auf. Auch etwas Rotes, wie ein Schmuckstein oder so.

Sie würde ihn nicht anfassen. Sie würde seine Finger nicht auseinanderbiegen. Das konnte keiner verlangen. Und sie würde auch nicht zulassen, dass Heinz es tat. Der sollte seinen Arm da lassen, wo er war. Da tat er ihr gut.

Und dann geschah das, was Estelle später als Wunder bezeichnen würde. Der Daumen von Gerhards Hand bewegte sich, gab mehr von dem frei, was zwischen den Fingern steckte. Estelle gab einen erstickten Laut von sich. Auch Zeige- und Mittelfinger der rechten Hand bewegten sich.

»Lebt ... er?« Estelles Stimme klang wie die eines kleinen Kindes.

»Äh, die Muskeln ... ich meine ...« Heinz' Druck an ihren Schultern wurde fester.

Jetzt rutschte das aus Gerhards Hand, was er so lange gehütet hatte.

»Ein Kreuz!«, entfuhr es Heinz.

Estelle starrte lange auf den kleinen Gegenstand, der auf der feuchten Erde des Trampelpfades lag.

Silbrig, mit roten und blauen Steinen.

Nach sehr langer Zeit sagte Estelle: »Ich wusste gar nicht, dass er religiös war.«

Und in diesem Augenblick, als sie zum ersten Mal ungewollt die Vergangenheitsform benutzte, brachen all die Tränen aus ihr heraus, die sie ihr gesamtes bisheriges Leben nicht geweint hatte.

* * *

Heide lauschte noch immer. Kein Schuss mehr. Als es gekracht hatte, waren dabei nicht auch sehr weit entfernte Stimmen zu hören gewesen? Schreie? Sie glaubte ja, aber sie war sich nicht mehr sicher. Sicherheit! Ein Wort, dem sie nie mehr trauen würde.

Sie wusste immer noch nicht, was zu tun war. Vielleicht sollte sie versuchen, auf die Insel zu gelangen. Wenn es am Ufer noch ein zweites Boot gab, musste das möglich sein.

Ihr Vater durfte Hegelmann nicht umbringen. Gleichgültig, was er ihrer Mutter angetan haben mochte, es gab keine Rechtfertigung für einen Mord.

Mord!

Vielleicht sollte sie ihrem Vater dieses Wort so lange entgegen schreien, bis ihm bewusst wurde, was er vorhatte.

Er benutzte mit Vorliebe das Wort Hinrichtung. Das machte es ihm leicht, sich zum Richter aufzuschwingen. Darin lag etwas Legitimierendes. Wer einen anderen hinrichtete, hatte das Recht dazu.

Heide steigerte sich allmählich in eine Wut gegen ihren Vater hinein, die es ihr leichter machen sollte, zu agieren.

Aber sie war allein. Sie brauchte jemand, mit dem sie sprechen konnte. Einen Tipp, eine Idee.

Da fiel ihr das Handy ein. Blitzschnell tippte sie die Nummer des Mannes ein, den sie schon vorhin, von ihrer Wohnung aus, anrufen wollte. Scheiße, der Anrufbeantworter.

Es blieb noch die Handynummer!

* * *

Heinz hielt Estelles Kopf von hinten in beiden Händen. Sie schluchzte und er spürte jede Zuckung ihres Kopfes in seinen Handflächen.

Da hörte er eine Melodie, die er kannte. Etwas gedämpft, aber deut-

173

lich hörbar kamen die ersten Takte von Mozarts Kleiner Nachtmusik aus der blauen Sporttasche.

Estelles Schluchzen erstarb.

Sie sah genauso in die Richtung der Tasche wie Heinz.

Der Anruf war keine Sekunde zu früh gekommen. Denn Pavel hatte es trotz seiner Verletzung geschafft, sich nahe an die Tasche heranzurobben. Da drinnen waren nicht nur die Handys und Personalausweise, dort lag auch die Waffe des Detektivs.

»Der darf nicht ...«, sagte Estelle und jetzt klang ihre Stimme wie die einer uralten Frau.

Heinz wusste in diesem Moment, dass es in Ordnung ging, wenn er sie jetzt losließ.

Er sprang auf, war mit wenigen Schritten auf dem glitschigen Untergrund bei Pavel und griff zur Tasche.

Pavel fluchte in einer Sprache, die Heinz manchmal von seinen Kollegen hörte. Trotzdem wusste er nicht, was der junge Tscheche gesagt hatte. Dass es ein Fluch war, stand aber für ihn fest.

Heinz nahm die Tasche und schlitterte zu Estelle und dem toten Gerhard zurück. Mozarts Nachtmusik fristete weiter ihr unwürdiges Dasein als Klingelton. Heinz riss den Reißverschluss auf und schüttete den Tascheninhalt neben Gerhards Kopf. Ludwigs Pistole nahm er als Erstes an sich, dann sah er, welches Display grün aufleuchtete und griff zu dem entsprechenden Handy.

»Ja«, meldete er sich hastig. Dabei steckte er die Pistole in seine Hosentasche. Seine Jacke hatte er ja um Pavels Knie gewickelt.

»Herr Fischer?« Eine zögernde, misstrauische Frauenstimme.

»Äh, ich bin am Apparat von Herrn Ludwig, äh, Fischer.«

»Kann ich ihn sprechen?«

»Das ist im Augenblick nicht möglich. Kann ich etwas für Sie tun? Oder soll ich ihm etwas ausrichten?«

Estelle ließ ihn dabei nicht aus den Augen.

»Er wollte mich anrufen«, sagte die Stimme, »wegen eines Auftrags.«

»Mitten in der Nacht?«

»Wenn Sie zu seinen Mitarbeitern gehören, werden Sie wissen, um was es geht, und dass er mir versprochen hat, sofort anzurufen, wenn er Sven Oberwald gefunden hat.«

Heinz dehnte das nächste Wort: »Sven!«

»Ja, ich habe ihn suchen lassen. Wo ist Herr Fischer denn?«

»Nun, äh, er ist mit Sven unterwegs!«

»Unterwegs, wohin?«

»Er ist ...« Heinz sah kurz zu Estelle, als könnte er von ihr Hilfe bekommen.

»In Bingen«, sagte er schließlich.

Ruhe.

»Hallo, sind Sie noch dran?«, rief Heinz.

»Ja, ja, in Bingen, sagen Sie?«

»Ja!«

»Wo da?«

»Hören Sie, Sie haben noch gar nicht gesagt, wer Sie sind.«

»Magdalena Gorwin. Und jetzt sagen Sie mir, wohin Herr Fischer mit Sven Oberwald in Bingen gehen wollte.«

»Tut mir leid. Die Frau, deren Namen Sie benutzen, ist tot.«

Wieder herrschte Stille.

Dann: »Wenn Sie das schon wissen ...«

»Wer sind Sie wirklich?«

»Heide Illmann!«

»Illmann?«

»Ja, kennen Sie meinen Namen?«

»Es gibt einen Illmann, der jemand umbringen will.«

»Das ist mein Vater!« Es klang unfreiwillig komisch.

Heinz überlegte nicht mehr, was er sagte. »Können Sie Ihren Vater nicht davon abhalten? Ich meine ...«

»Was glauben Sie, was ich vorhabe?! Wohin wollen Fischer und Oberwald?«

»Zum Mäuseturm. Aber Boris auch. Und wir sind auch ganz in der Nähe.«

»Boris?«

»Er hat meinen Bus entführt.«

»Ich kapiere nichts. Sie sind ein Busunternehmer?«

»Schön wär's, ich bin Fahrer.« Estelle sah ihn unverwandt an.

175

Die Frauenstimme wurde immer aufgeregter. »Ist dieser Boris ein ehemaliger Stasi-Mann?«

»Ja, ich glaube, ja!«

»Sie sagten, Sie sind in der Nähe. Wie nahe?«

»Wir können den Turm von hier aus sehen. Wir sind am Ufer, aber Boris ist mit einer Frau auf der Insel. Und Ludwig ist mit Sven durch den Urwald unterwegs zum Turm. Sie sind vor Boris geflüchtet.«

»Wurde bei Ihnen siebenmal geschossen?«

»War es sieben Mal? Ich habe gar nicht gezählt. Ja, es wurde geschossen!«

»Ist jemand verletzt worden? Herr Fischer oder Sven?«

Heinz blickte zu Pavel und plötzlich musste er grinsen. »Der Junior-Partner von Boris hat einen Knieschuss.« Dann verging ihm das Grinsen wieder. »Und ein Mann ist tot. Gerhard aus Worms. So, jetzt wissen Sie alles. Aber wo sind Sie und wo ist Ihr Vater? Und wo ist dieser, wie heißt er doch gleich, richtig, dieser Hegelmann, der entführt wurde?«

»Ich bin am Ufer direkt vor dem Turm. Mein Vater ist mit Hegelmann zum Turm gefahren. Ich suche ein Boot, mit dem ich rüberkommen kann.«

»Hm, lassen Sie das lieber. Die beiden Männer müssten gleich da sein. Ich rufe die Polizei an«, schlug Heinz vor.

»Ja, das wird das Beste sein. Raushalten kann ich meinen Vater sowieso nicht mehr. Was will dieser Boris?«

»Er sagte, er will diesen Hegelmann vor Ihrem Vater retten. Aber das glaube ich nicht. Er ist ein eiskalter Mörder.«

Wieder schwieg die Stimme einen Moment. »Kennen Sie sich hier aus? Ich meine, können Sie der Polizei beschreiben, wohin sie kommen soll? Das heißt, Quatsch. Wenn Sie denen das Wort *Mäuseturm* sagen, wissen die ja ...«

Heinz räusperte sich: »Nee, die kommen von der Bahnschranke aus nicht weiter.«

»Wieso?«

»Da steht mein Bus!«

»Meine Güte! Es ist nach halb sechs. Sie müssen sich beeilen. Um sechs wird mein Vater Hegelmann umbringen. Sagen Sie der Polizei, sie sollen sich mit der Wasserschutzpolizei in Verbindung setzen. Direkt zum Turm. Es gibt eine Anlegestelle.«

»Gut, dann mache ich das mal.«

»Gut. Wie ist Ihr Name?«

»Werber, Heinz Werber.«

»Danke, Herr Weber.«

»Werber! Viel Glück Frau, äh, Gorwin, äh, Illmann!«

»Magdalena Gorwin war meine Mutter. Bis dann!«

»Bis dann!«

»Weißt du, wer Schuld hat?«, fragte Estelle. Die Frage wunderte Heinz Werber nicht so sehr wie das Du.

»Schuld?«

Estelle bettete den Kopf Gerhards sehr vorsichtig auf dem Pfad und stand auf.

Sie ging dicht an Heinz vorbei, hinüber zu Pavel. »Er!«

Heinz machte einen kleinen Schritt auf sie zu. »Was hast du vor?«

»Ich will ihn fragen, ob ihm das klar ist.«

»Ob ihm was klar ist?«, fragte der Busfahrer, obwohl er die Antwort ahnte.

»Dass wegen ihm Gerhard gestorben ist.« Estelles Blick war unglaublich kalt.

»Na, ja«, stammelte Heinz. Er überlegte, wie er eine mögliche Eskalation verhindern konnte. »Boris hat zuerst auf Pavel geschossen«, fuhr er vorsichtig fort, »und dann auf Gerhard ...«

»Gerhard hat sich eingemischt. Weil Pavel angeschossen wurde.« Estelles Augen blitzen jetzt.

Heinz ließ nicht locker. »Du kannst das aber nicht Pavel zum Vorwurf machen, dass Gerhard sich eingemischt hat.«

»So, das kann ich nicht?« Estelle wurde hysterisch laut. »Das kann ich nicht? Wir wollen doch mal sehen, was ich kann.«

Sie stellte sich dicht vor Pavel, sah von oben auf ihn herab. »Weißt du, dass du die Schuld hast?«

Pavel sah sie fast müde mit schmerzverzerrtem Gesicht von unten her an.

Sein Blick drückte keine männliche Bewunderung mehr aus, wie vorhin im Bus.

Heinz war versucht zu sagen: *damals* im Bus, so lange her kam ihm das schon vor. Jetzt repräsentierten er und Estelle nur noch Gegner für Pavel. Egal, ob er ihm eben geholfen hatte oder nicht. Und egal, ob Gerhard getötet wurde, weil er Boris beschimpft hatte, nachdem der den jungen Kidnapper angeschossen hatte.

»Fick dich ins Knie, Alte«, sagte Pavel.

Estelle war barfuß, aber ihr Tritt gegen seine Wunde ließ ihn aufschreien. »Weißt du, dass du schuld bist?!«

»Bist du verrückt?« Pavel wandt sich wieder, presste beide Hände auf das Knie. Erstaunlich, dachte Heinz, kaum ist Boris weg mit seinen guten Manieren, duzt sich jeder mit jedem.

Er vergaß für den Moment, dass er telefonieren wollte. Estelle und Pavel starrten sich hasserfüllt an.

»Wir werden die Polizei anrufen und auch einen Krankenwagen für dich!«, erklärte Estelle mit einer unfassbar grausamen Stimme. »Aber nur, wenn du deine Schuld zugibst, wirst du es noch erleben.«

Heinz blickte auf das Display. Die Notrufnummer.

Pavel zischte: »Du verdammte Schlampe hast mich getreten. Einen Wehrlosen. Fick dich, fick dich, fick dich!«

Heinz begann, die Zahl einzutippen.

Deshalb schaffte er es nicht rechtzeitig, Estelle zu bremsen.

Sie packte Pavel mit beiden Händen an seinen Haaren, riss ihn zur Seite, zum Ufer hin. »Wegen dir«, ihre Stimme war tief und rau. Mit einem mächtigen Schwung, den ihr Heinz nie zugetraut hätte, schleuderte sie Pavel am Kopf über die Grasnarbe zum Rhein hinunter. Der blieb an einem Stein hängen. Sein Unterleib mit beiden Beinen geriet sofort ins Wasser. Estelle sprang hinterher, verschaffte sich am Ufer festen Stand, packte wieder seinen Kopf, versuchte, ihn unter Wasser zu drücken. »Wegen dir hat er ihn umgebracht. Nur wegen dir!«

Auch Heinz tat etwas, dass er sich selbst nicht zugetraut hätte. Er ließ das Handy fallen und war in rasender Geschwindigkeit bei ihr, zog sie hoch. »Das ist er nicht wert, Estelle!«

»Er ist schuld!«, brüllte sie. Heinz riss ihre Finger von Pavels Kopf. Zwei Büschel Haare gingen mit.

»Geh zu Gerhard!«, sagte Heinz sanft. »Geh, bitte.«

»Aber er ist schuld.« Sie wurde leiser, weinerlicher.

»Geh jetzt!« Heinz hatte es wie einen Befehl ausgesprochen. Pavel versuchte sich derweil zu halten, um nicht komplett ins kalte Wasser zu rutschen. Heinz tätschelte Estelles Schulter, ließ sie dann los, denn Pavels Kopf geriet auch ohne Estelles Zutun unter Wasser.

Er griff unter beide Arme des jungen Mannes und zerrte ihn mit einem riesigen Kraftaufwand zurück auf den Weg. Ließ ihn keuchend dort fallen, wo er vorhin gelegen hatte.

Jetzt wurde es endgültig Zeit, die Polizei anzurufen. Aber wo war das Handy? Richtig, er hatte es fallen lassen, als er hinter Estelle her gesprungen war. Estelle stand nun wieder neben Gerhards Leiche. Sie sah Heinz mit riesigen Augen schweigend an. Dann bückte sie sich zu Pavels Tasche und packte die Handys hinein, die noch auf einem Haufen mit Messern, Schlüsseln und Pavels sonstigen Utensilien draußen lagen. Auch das Handy, auf dem Heinz angefangen hatte, die Nummer zu wählen, war dabei. Estelle hielt Heinz die Tasche hin. Ihre Augen wirkten tot. Heinz wollte zugreifen, um die Sporttasche an sich zu nehmen. Er fragte sich noch, warum ihm Estelle nicht einfach eines der Handys gegeben hatte ... da schwenkte sie ihren Arm. Die Bewegung wurde ohne Kraft ausgeführt, aber der Schwung reichte. Die Sporttasche landete im Wasser.

»Dann kommt der Krankenwagen nicht so schnell«, sagte Estelle. Dann sank sie langsam neben Gerhard auf den Knien in sich zusammen und nahm das Kreuz in die Hand.

In einem ersten Impuls wollte Heinz sie wieder tröstend in den Arm nehmen. Aber diesmal brachte er das nicht über sich. Er blieb einfach stehen.

Im Hintergrund fing Pavel an zu wimmern, wie vor ihm Gerhard gewimmert hatte.

* * *

Annerose ging voraus. Es gab einen schmalen Weg auf der Insel, der gut zu erkennen war, obwohl Boris seine Lampe nicht eingeschaltet hatte. Zwischen den Bäumen war auch der Turm jetzt deutlich zu sehen.

Das Rudern hatte ihr nichts ausgemacht. Sie war früher schon gerudert und ihre allgemeine Sportlichkeit machte sich auf diesem Höllentrip mehr als bezahlt. Ob Luis Körper auch klarkam? Gewiss, sie hatte ihn immer ermuntert zu trainieren, und da hatte sich auch einiges gebessert, aber nun, wo er sich durch dieses mit Tümpeln gespickte Unterholz kämpfen musste, war er sicher mehr als gefordert. Und Sven Oberwald. Der war ja nun in mehr als einer Hinsicht geschwächt.

Annerose wunderte sich, dass sie keine Sekunde lang in Betracht zog, dass Boris' Kugeln einen der beiden erwischt haben könnten. Vor wenigen Minuten hatte sie Schreie aus der Richtung gehört, aus der sie gekommen waren. Es klang nach Estelle. Boris hatte nicht darauf reagiert. Auch Annerose hatte nur ganz kurz angehalten.

Sie musste jetzt erst einmal funktionieren. Nur für sich. Sie wusste, dass sich alles an diesem Turm entscheiden sollte. All die Dinge, für die sie nur einige wenige Namen hatte. Himmel, sie hatte tausend Fragezeichen im Kopf, aber sie würde sich eher die Zunge abbeißen, als sich dazu durchzuringen, Boris zu fragen. Sie war froh, dass sie seine Stimme ein paar Minuten nicht gehört hatte. Er ging hinter ihr, sie hörte seinen Atmen, das leise Rascheln seiner Schritte, aber sonst war nichts.

Angst?

Selbstverständlich hatte sie Angst vor ihm. Aber gleichzeitig umfing sie eine Gewissheit, dass er ihr hier nichts antun würde. Sie wusste nicht, was wenig später passieren würde, aber hier war für sie kampffreie Zone. Alle Panik schien sich vorläufig verabschiedet zu haben. Und selbst die Wut gab Ruhe.

Der Rhein. Die Insel. Der Urwald. Ein spannendes Stückchen Erde. Etwas für romantische Nachtwanderungen oder botanische Erkundungen am Tag. Zusammen mit Freunden. Susanne, Edgar ... Ludwig!

»Wenn Sie bitte anhalten wollen, Annerose!«

Gott sei Dank nannte Boris sie nicht wieder Loreley. Das hätte sie jetzt nicht ertragen. Er war nicht der Mann, der ihr einen Kosenamen geben durfte. Lui hätte es gedurft, aber der tat es nicht.

Männer machen ganz selten, was sie sollen. Diese Allerweltsweisheit stammte von ihrer Mutter, aber wahrscheinlich hatte die es irgendwo gelesen.

Schade, dass die Ruhe vorbei war. Annerose würde sich umdrehen und ihn sehen müssen. Aber das konnte man ja hinauszögern.

Sie blieb einfach stehen.

Er ging dicht an ihr vorbei, stellte seine Tasche und die Lampe ab und sah Annerose an. Die Pistole steckte in seinem Schulterhalfter. Er hatte sie offenbar während ihres schweigsamen Ganges nicht in der Hand gehalten. War Annerose so harmlos für ihn, dass er glaubte, sie nicht in Schach halten zu müssen? Sie ärgerte sich.

»Wir haben noch etwas Zeit«, sagte Boris. »Ich weiß zwar nicht, ob Heinz und Estelle schon die Polizei benachrichtigt haben, aber die Schreierei eben deutete daraufhin, dass sie sich nicht ganz einig sind. Würden Sie das auch so sehen?«

Annerose fixierte seine Augen. Aber die lagen im Dunkeln. Sie sagte kein Wort.

»Was wissen Sie über Kopfschmerzen?«, fragte Boris plötzlich.

Annerose schwieg.

»Sehen Sie, Kopfschmerzen können ein ganzes Leben verändern. Meins haben sie verändert.«

Wenn Sie was erzählen wollen, erzählen Sie es, Meister, dachte Annerose. Aber bilden Sie sich nicht ein, dass ich mich auf Ihren Schoß setze und mit Ihnen plaudere.

»Bei meiner Erstuntersuchung bei der Stasi hat mir ein Arzt gesagt, ich solle auf meinen Kopf achten. Seither leide ich an chronischen Kopfschmerzen. Sie treten allerdings nicht regelmäßig auf. Ich versuche oft herauszufinden, was die Ursachen sind und ob es bestimmte Ereignisse gibt, die sie auslösen. Ich beobachte mich ständig, um klar strukturieren zu können. Das gelingt mir aber nicht. Manchmal treten sie bei starkem Stress auf, manchmal kann der Stressfaktor sehr hoch sein und die Schmerzen treten dennoch nicht auf. Manchmal pocht es vorn in der Stirn, manchmal im Hinterkopf. Dann wieder zieht sich ein Dauerschmerz quer über den ganzen Kopf und endet brennend an der Nasenwurzel.«

Annerose musste an Gerhard denken.

»Ich habe die fatale Neigung, von diesen Schmerzen zu erzählen. Weil sie mich beunruhigen. Glauben Sie mir, Annerose, ich kann die intimsten Staatsgeheimnisse bei mir behalten, aber darüber muss ich sprechen. Zumindest habe ich das in meiner DDR-Zeit getan. Und da habe ich mir einen Ruf als Hypochonder erworben.«

Annerose versuchte, seine Augen zu sehen, aber die lagen immer noch im Dunkel. Spielte er irgendein Spiel mit ihr?

»Ein Hypochonder ist doch jemand«, fuhr er fort, »der sich eine Krankheit nur einbildet. Ich aber fühle diese Schmerzen wirklich. Sie beeinträchtigen mich. Aber weil sie so unregelmäßig kommen, kann ich mich nicht auf sie einstellen. Ich konsultiere keine Ärzte, nehme keine Medikamente, denn ich weiß nicht genau, was ich bekämpfen soll. Aber sie sind da.«

Er schien mit seinem Monolog am Ende zu sein. Wenn er eine Antwort erwartet, werde ich ihn enttäuschen, dachte Annerose. Er kam einen Schritt auf sie zu. Seine Stimme, die eben noch eine gewisse Sachlichkeit ausgestrahlt hatte, wurde tiefer, leiser und emotionaler:

»Wenn ich Ihnen jetzt die Kleider vom Leib reißen würde, was wäre Ihre Reaktion, Loreley?«

Der Schrecken kroch mit tausend Spinnenfingern in Annerose hoch.

»Würden Sie kreischen, würden Sie sich heftig wehren?« Boris tat nichts, aber seine Stimme riss ihr bereits die Kleider vom Leib. »Würden Sie versuchen, mich zu entwaffnen und mich dann erschießen? Oder würden Sie sich tapfer in Ihr Schicksal ergeben, mit der Hoffnung, dass es ja irgendwann vorbei ist?«

Annerose wusste es nicht, aber sie hielt die Luft an.

Boris Worte kamen nun mit einem Keuchen heraus: »Oder würden Sie es sogar genießen, richtig geil genießen? Von einem Mann genommen zu werden, der nicht vorher fragt? Der nichts ankündigt, der sich einfach nimmt, was er will?«

Die Angstspinnen zogen ganz langsam die Hälfte ihrer tausend Beine zurück. Annerose sah jetzt die Augen. Boris hatte seinen Kopf etwas gedreht und jetzt sah sie die Augen.

Und sie hörte sich das sagen, was sie sagte: »Irgendwann wird dieser Mann vielleicht kommen, Herr Schulze. Und ich werde dann ad hoc entscheiden, ob ich mich *nehmen* lasse oder nicht.«

»Irgendwann?«

»Sich können Sie nicht gemeint haben. Denn Sie kündigen es ja an.« Sie wollte diesen Satz nicht so stehen lassen, denn er hätte diesen Mann zu einer körperlichen Reaktion provozieren können. Also fügte sie hinzu: »Ich glaube, Sie haben im Augenblick wieder besonders starke Kopfschmerzen, nicht wahr?«

Er erwartete Ironie und er erwartete von ihr wohl auch Mitgefühl. Hatte er doch noch im Bus behauptet, sie würde sich für jeden einsetzen, sogar für ihn. Annerose hoffte nun, dass sie das Richtige gesagt hatte.

Boris lachte. Es war nur ein leises Lachen, aber es kam von tief innen. »Man soll sich nie mit Frauen einlassen, wenn man ein Ziel verfolgt. Ich habe mich im Dienst manchmal dazu hinreißen lassen. Es war immer ein Fehler.«

»Was soll mit Hegelmann geschehen?«, fragte Annerose unvermittelt in das Lachen hinein.

Boris wandte sich plötzlich ab, drehte ihr den Rücken zu und schien sich auf den gar nicht mehr so fernen Turm zu konzentrieren.

»Illmann will ihn aufhängen, oben auf dem Mäuseturm.«

»Warum?«

»Illmann behauptet, dass sich eine Frau wegen ihm aufgehängt hat.«

»Und was ist Ihre Aufgabe dabei?«

»Die habe ich nur zur Hälfte erledigt. Ich habe Illmann den Tipp gegeben, wo er den Kerl findet, der Schuld am Tod von Magdalena ist, und ich habe bei der Entführung aktiv geholfen.«

Jetzt drehte sich Boris wieder zu Annerose um.

»Er muss lange gespart haben, denn er hat mich bisher gut bezahlt. Aber den zweiten Teil seines Auftrages habe ich bisher nicht ausgeführt.«

»Sven?«

»Ja, Sven Oberwald. Den hätten Pavel und ich in Herrnsheim erledigen sollen. Aber er ist ja nicht ausgestiegen. Der blieb lieber hinten im Bus bei einer aufregenden Blondine sitzen.«

»Das heißt, die Busentführung war nie geplant?«

»Nie!«

»Oh! Und Pavel war wirklich in nichts eingeweiht?«

»Stimmt!«

»Ich habe mal gelesen, dass es fürchterlich schief geht, wenn Profis improvisieren.«

»Es ist nichts schief gegangen.«

»Zwei Tote und ein Schwerverletzter!«

»Gräber am Wegesrand!«

Annerose hatte nicht mit ihm sprechen wollen. Und mit Sicherheit wollte sie nicht im Caféhausplauderton über ermordete Menschen sprechen. Aber sie konnte nicht anders.

»Sie glauben doch nicht wirklich an das, was Sie im Bus erzählt haben?! SIE sind immer nur aufs Ziel gerichtet und dann muss halt manchmal auf dem Weg jemand sterben. Schade, aber nicht zu ändern. Natürlich meinen Sie es nicht persönlich.« Anneroses Blick ließ die blauen Augen ihres Gegenübers nicht mehr los: »Der Schuss auf Pavel war sehr persönlich. Sie hatten Angst, dass Sie Ihr Gesicht verlieren würden, wenn Sie ihn nicht strafen. Bei Gerhard war es sogar Panik. Er hat etwas aus der Tasche gezogen. Ich habe es auch gesehen. Nur weiß ich nicht was, und Ihr antrainierter Kämpferinstinkt hat Ihnen zugerufen: *Waffe!* Und bei dem Mann in der Toilette? Was haben Sie uns hinterher weismachen wollen? Sven sollte lernen, Verantwortung zu übernehmen. Wofür denn? Für Sie?«

Boris sagte nichts, wartete, dass sie weiterredete.

»Warum wollte Illmann, dass Sie Sven töten?«

Boris lächelte plötzlich. »Eine dumme kleine Geschichte. Und zu diesem Zeitpunkt auch nicht mehr nötig. Ich habe ihn noch von der Bushaltestelle aus angerufen und ihn gefragt, ob es bei dem Auftrag bliebe. Ich fand es sinnlos, Sven heute, pardon, gestern zu töten, wo doch hier so gut wie alles vorbei war.«

»Es ist jetzt noch nicht vorbei.«

»Aber bald. Wir werden unser erhellendes Gespräch gleich abbrechen müssen. Aber für ein paar Erklärungen ist noch Zeit. Ich rief Illmann also an und sagte ihm, dass der Tod etwas Endgültiges hat.« Er schien einen sarkastischen Kommentar Anneroses zu erwarten, denn er ließ ihr eine kleine Pause. Aber sie ergriff die Gelegenheit nicht und so sprach er weiter. »Er fragte mich, ob ich auf meine alten Tage zum Philosophen geworden sei und befahl mir, meinen Job zu machen.«

»Aber warum sollte Sven überhaupt sterben? Was hat er mit Ihnen oder Illmann oder Hegelmann zutun?«

»Streng genommen nichts. Er ist nicht mal in der DDR geboren. Aber sein Vater kommt genau wie Illmann aus Leipzig. Sie waren Journalisten. Kollegen, Freunde, wenn man so will, obwohl Oberwald seinen Freund für das MfS etwas genauer unter die Lupe genommen hat. Später sind beide im Westen gelandet. Illmann kam mit seiner Tochter noch weit vor der Maueröffnung nach Bingen. Oberwald ist später zu seiner Exfrau und seinem Sohn nach Rosenheim gezogen. Über eine Zeitung haben sie sich wieder entdeckt und die alte Freundschaft wieder aufleben lassen.

Natürlich hat Illmann seinem, wie sagt man in Bayern, Spezi, von seinem Hass auf den Mann erzählt, dessen Schuld es war, dass sich seine geliebte Magdalena erhängt hat. Und er war völlig verzweifelt, dass er nicht genau wusste, wer das war.

Und dann hat er in Berlin mich getroffen. Auch wir kannten uns von früher. Ich war zu der Zeit von Magdalenas Tod Personenschützer für Hegelmann, der mit Lebensmitteln gedealt hat wie ein gelernter Kapitalist. Mein Vorgesetzter musste Angst haben, dass die erbosten Werktätigen Hegelmann lynchen.

Ich habe ihm gesagt, dass Hegelmann derjenige war, den er suchte. Und ich habe ihm meine Telefonnummer gegeben. Falls er meine Dienste benötigte. Ich hatte zwar das Land gewechselt, aber nicht die Branche.«

Diesmal schien die Pause dazu zu dienen, seinen Stolz auf diese Formulierung auszukosten.

Annerose aber schwieg mit zusammengepressten Lippen.

»Jedenfalls war es für ihn eine Genugtuung, den Mann sogar da vorzufinden, wo er selbst wohnte. Hier in Bingen. Er begann, einen theoretischen Plan auszuarbeiten. Hegelmann sollte auf die gleiche Art wie Magdalena sterben.

Und da Hegelmann damals wie heute mit der Nahrungsmittelindustrie zu tun hatte, und Illmann ein hohes Gebäude brauchte, das im weitesten Sinne an das Silo erinnerte, in dem sich Magdalena tötete, wählte er den Mäuseturm. Es sollte ihr Todestag im September sein und die Todesstunde. Sechs Uhr!

Diesen Plan besprach er mit mir in Berlin. Aber, was ich zunächst nicht wusste, er sprach auch mit Freund Oberwald in Rosenheim darüber. Zum ersten Mal vor zwei Jahren. Ich kann mir gut vorstellen, dass Oberwald das Ganze für ein Planspielchen gehalten hat.

Er soll ein Krimifanatiker gewesen sein. Wahrscheinlich haben sie da im tiefsten Bayern bei einer ordentlichen Brotzeit Karten und Bilder vom Mäuseturm vor sich ausgebreitet, alle Zeitschriftenausschnitte über das Hegelmann-Imperium um sich verstreut und getüftelt.«

Boris hatte sich in seine Erzählung hineingesteigert. Annerose versuchte, ihm zu folgen, und bemühte sich, die Schnipsel der Geschichte, die sie bereits kannte, an den richtigen Stellen einzufügen.

»Oberwalds Sohn wohnte zu diesem Zeitpunkt als Jurastudent in Mainz. Vor einem halben Jahr starb sein Vater in Rosenheim. Dort hat er Illmann und seine Tochter bei der Beerdigung kennengelernt. Er hat den Nachlass regeln müssen, und dabei muss er dann Unterlagen seines Vaters gefunden haben, aus denen ziemlich eindeutig hervorging, was Illmann plante. Oberwald war ja ein begabter inoffizieller Mitarbeiter der Stasi gewesen, also waren seine Notizen sicher sehr ausführlich. Sven hat die Sache wohl nicht ganz so ernst genommen. Jedenfalls ging er weder zur Polizei noch zu Illmann und ließ alles vor sich hinköcheln.

Jetzt, zwei Tage bevor Illmann und ich Hegelmann unter unsere Fittiche genommen haben, meldete er sich telefonisch bei Illmann. Er erzählte von den Unterlagen seines Vaters und fragte sehr naiv, ob da was dran sei. Illmann versuchte, ihn mit Scherzen einzulullen, und schlug ihm ein Treffen vor. Er sollte die Notizen mitbringen. Ich war längst an Bord und Illmann gab mir den Auftrag, den jungen Oberwald zu beseitigen. Pavel kam dazu, weil Illmann einen zweiten Mann wollte. Ich kannte Pavel von früher und habe ihn engagiert.«

»Ob er es überlebt?«, fragte Annerose tonlos dazwischen.

»Knieschuss! Wenn er rechtzeitig ins Krankenhaus kommt! Nun, kurz nach sechs sind hier so viele Ärzte, dass wir die *Mäuseturm-Klinik* drehen könnten.«

»War ... *ist* Pavel ein Freund von Ihnen?«

»Ich habe keine Freunde, außer meinen Kopfschmerzen. Und die lassen mich zur Zeit auch im Stich.«

»Sie haben Sven ja offensichtlich nicht erwischt bei dem Treffen. Wieso?«

»Illmann hatte ihn hierher zu seiner Gartenlaube vorn am Turm bestellt. Und mich und Pavel auch. Aber er muss eine falsche Zeit verstanden haben, jedenfalls war er zwei Stunden zu früh. Er dachte dann offensichtlich, er habe auch den Treffpunkt falsch verstanden und fuhr zu Illmanns Wohnung in Bingerbrück. Dort warf er einen Zettel in den Briefkasten. Wahrscheinlich hat er dann mit seinem Handy Illmanns Tochter angerufen, die er ja von der Beerdigung seines Vaters kannte, ob die mit ihm gesprochen hat, wusste ich bis heute nicht. Aber wenn sie ihn durch eine Detektei suchen lässt, muss sie etwas wissen.«

»Und woher wussten Sie, dass Sie ihn in Worms zu suchen haben?«

»Pavel kann ein gewinnendes Wesen haben, was Ihnen bisher verständlicherweise entgangen ist. Er kennt viele Studenten in Mainz und da kommt man schnell an Adressen befreundeter Kommilitonen. Ich denke mal, für Ludwig und Sie war es auch nicht so schwer, ihn zu finden.«

»Stimmt! Aber er hat sich auch nicht richtig versteckt.«

»Ja, wie das mit den Unterlagen seines alten Herrn hat er auch seine Flucht halbherzig gemacht. Er wusste wohl gar nicht so recht, ob es einen Grund gab zu fliehen. Illmann hat ihn noch mal angerufen und ihn gewarnt. Ganz global, er solle die Augen bis heute früh schließen. Zu dem Zeitpunkt war ich aber schon auf seiner Spur. Wir dachten, wir würden ihn schon vorgestern erwischen ... nun, den Rest kennen Sie.« Plötzlich bemerkte Annerose, dass einige Vögel zu zwitschern begannen. Und sie sah Boris' Gesicht etwas besser als beim Beginn seiner Erzählung. Fast unmerklich hatte die Dämmerung begonnen.

* * *

Heide sah auf die Uhr. Viertel vor sechs. Keine Polizeisirenen. Weder von Land noch von einem Boot auf dem Rhein. Man soll sich nicht auf andere verlassen, war ein Wahlspruch ihres Vaters. Sie wollte gerade selbst hastig die Notrufnummer eintippen, da sah sie plötzlich zwei Männer vom Weg neben dem Lokschuppen her auf sich zu kommen. Sie torkelten mehr, als dass sie liefen. Der eine trug eine schwarze Lederjacke, der andere ein T-Shirt. Sie sahen schon von Weitem aus, als wären sie gerade dem Teufel entkommen.

Der rechte der beiden Männer war Sven Oberwald. Gott sei Dank. Der andere musste Fischer sein. Heide stand neben dem verfallenen Haus. Überall lagen Bretter und Unrat herum. Ein altes, rotes Bobbycar wäre Fischer fast zum Verhängnis geworden. Er stolperte darüber und fing sich an einem senkrecht an die Hauswand gelehnten Brett ab. Dabei verzog er kurz das Gesicht. Wahrscheinlich hatte er sich einen Splitter in die Hand gerammt.

»Herr Oberwald, kommen Sie schnell!«, rief Heide.

Beide waren jetzt fast bei ihr. Sie sahen aus, als wären sie fünfmal nass geworden und fünfmal wieder getrocknet.

Fischer war stehen geblieben. Er besah sich seinen Finger. Dann entschied er sich, ihn zu ignorieren. »*Herr* Oberwald?«, krächzte er.

»Leute, die ich liebe, pflege ich zu duzen, Frau Gorwin.«

Oberwald stand jetzt schwer atmend vor Heide. Auch Fischer kam heran. »Wir sind zu dem Schluss gekommen, dass Sie es waren, die mich durch Herrn Fischer suchen ließ«, erklärte Sven Oberwald.

Er sah aus der Nähe noch furchtbarer aus. Der Dreitagebart mochte in einem ansonsten gepflegten Gesicht eine erotisierende Wirkung haben. In Oberwalds Physiognomie richtete er unter ästhetischem Aspekt gewaltigen Schaden an. Das Gleiche galt für Fischer.

Der war darüber hinaus wohl auch etwas älter. Die Augen von beiden waren blutunterlaufen und die Gesichter wirkten aufgedunsen. Über die Wangen liefen blutige Kratzer und diagonal über Fischers Stirn zeigte sich ein besonders hässlicher Striemen. So, wie sie aussahen, waren beide nicht geeignet, intime Gelüste in einer Frau hervorzurufen. Außerdem stanken sie. Oberwald ein bisschen mehr. Heide wurde trotzdem rot. »Wir haben keine Zeit für lange Erklärungen«, sagte sie. »Ich dachte, dass es für einen Detektiv normal ist, Leute zu suchen, die ihren Partnern weggelaufen sind. Sorry, Herr Oberwald. Und ich habe den Namen meiner Mutter benutzt ...«

»Schon gut«, fuhr Fischer dazwischen, »Sven hat mich über das Nötigste aufgeklärt, sofern er es selbst wusste. Flucht durch den Urwald und Information pur. Man sollte diese Idee und die Gegend hier survivalmäßig vermarkten.« Er keuchte beim Sprechen. Wenn er so erschöpft war, hätte er sich den zweiten Teil seiner Rede sparen können, dachte Heide.

»Ich wusste, dass Sie kommen«, erklärte sie Fischer, »ich habe Ihre Handynummer eingetippt und mit einem Busfahrer gesprochen.«

»Hat Heinz gesagt, was bei denen los ist?«, fragte Fischer.

»Er ist bei einem verletzten Entführer und der andere, Boris, ist mit einer Frau auf der Turminsel. Von meinem Vater weiß ich, dass Boris der Mann ist, der ihm bestätigt hat, dass Hegelmann meine Mutter auf dem Gewissen hat.«

»Haben Sie die Polizei angerufen?«, fragte Fischer und wies auf das Handy in ihrer Hand.

»Der Busfahrer wollte es tun. Ich wundere mich nur, dass ich noch keine Sirenen höre.«

* * *

Fischer knurrte: »Wenn Heinz gesagt hat, dass er die Polizei benachrichtigen wollte, dann hat er das auch getan.« Damit war dieses Thema für ihn erledigt. Sven nickte bestätigend und Heide Illmann schien mit dieser Auskunft zufrieden zu sein.

Fischer war sich ganz sicher, dass Boris nicht Estelle, sondern Annerose mitgenommen hatte. Wenn sie wirklich schwanger war, muss-

189

te dieses ganze Abenteuer eine große Belastung für sie sein. Aber er kannte sich da nicht so aus.

Ihre Schwangerschaft war ja erst ganz frisch festgestellt worden. Und im Grunde hatte sie sich bisher am besten von allen geschlagen.

»Wo sind Ihr Vater und Hegelmann jetzt?«, fragte er.

»Auf der Insel! Kommen Sie bitte mit. Schnell!«

Heide Illmann lief voraus, an dem eingefallenen Haus vorbei zum Ufer. Da befand sich eine Treppe. Links davon, ein Stück weiter, eine zweite. Dort war ein kleines Ruderboot vertäut.

Gegenüber der ersten Treppe, am Ufer der Insel, gewahrte Fischer ein Schlauchboot mit Außenbordmotor.

Zum ersten Mal sah Fischer den Mäuseturm aus der Nähe. Der Wormser Detektiv schätzte seine Höhe auf ca. 20 Meter. Martialisch und düster wirkte er eigentlich nicht. Seine Form war eher zierlich. Er schimmerte grünlich im Mondschein, aber es mischten sich Spuren von Grau darunter. Der Morgen dämmerte ganz langsam herauf. Auf dem Wasser zwischen Land und Insel hatten sich leichte Schlieren von Nebel gebildet.

Oberwald schien ähnliche Gedanken wie Fischer zu haben. »Ganz hübsch. Das Ding sieht nicht so aus, als hätten hier die Mäuse einen Kirchenfürsten verspeist.«

»Es sieht auch nicht so aus, als sollte hier gleich einer aufgehängt werden«, stieß Fischer hervor. »Wie spät?«, fragte er Heide.

»Zehn vor sechs!«

»Scheiße, mit Rufen können wir Ihren Vater wohl nicht davon abbringen. Also müssen wir rüber. Wissen Sie, ob das Ruderboot flusstüchtig ist?«

»Ich bin heute zum ersten Mal so nahe dran. Ich wusste auch nicht, dass mein Vater da hinten eine Gartenlaube hat. Mit Keller. Dort war Hegelmann eingesperrt. Das Boot ist klein.«

»Für Sven und mich reicht es«, sagte Fischer und versuchte, zwischen Sträuchern und allem möglichen Unrat hinter dem Haus an die zweite Treppe zu gelangen. »Sie lassen mich nicht hier!« Heides Stimme wurde fordernd.

Oberwald sagte: »Es ist gefährlich, lassen Sie uns das machen.«
Heide schrie ihn an: »Sie sehen nicht so aus, als könnten Sie einen
Krieg gewinnen. Beide! Er ist mein Vater und sie war meine Mutter.
Ich fahre mit.«
Alle drei waren sie zum oberen Absatz der Treppe geturnt.
Das Boot sah nicht sehr vertrauenerweckend aus.
Fischer kletterte als Erster hinab. Ein einfaches Sitzbrett, ein Ruder.
War das in der Mitte auf dem Boden eine Wasserlache?
»Das Ding trägt nicht mal zwei«, rief er über die Schulter zurück.
»Ich fahre allein.«
»Kommt nicht infrage«, riefen Heide und Oberwald fast aus einem
Munde.
Fischer stieg in den schwankenden Kahn. Es schwappte nicht nur
außerhalb der Bootsbohlen. Er schaffte es sehr schnell, das marode
Seil zu kappen, an dem das Boot vertäut war.
»Ich MUSS mit!«, rief Heide.
Oberwald war noch vor ihr die Treppe hinuntergelaufen und ver-
suchte, sich ins Boot zu drängen. Aber Fischer hatte sich schon vom
Ufer abgestoßen. »Es trägt uns nicht!«, rief er. Er kam keinen Mo-
ment auf den Gedanken, dass sie alle ziemlich laut waren.

* * *

Wolfgang Illmann hörte die Stimmen. Zwei Männer, eine Frau. Eindeutig Heide. Wieso zum Teufel war sie munter? Das Mittel musste
mindestens drei Stunden wirken. Warum geriet alles aus den Fugen?
Warum funktionierte der Plan nicht? Woher kamen all diese Leute,
die herumschossen und schrien?
Er stand hinter der geschlossenen Tür im Erdgeschoss des Turmes.
Hegelmann war noch nicht da, wo er hin sollte. Der hätte nach der
Spritze schon aufgewacht sein müssen. Er musste selbst zu den Zinnen hochsteigen. Das konnte Illmann nicht schaffen, bei der engen,
gewundenen Treppe.
Aber Hegelmann schien noch ohnmächtig zu sein. Heide war wach,
der Gefangene schlief. Das war alles nicht richtig.
Er holte den Revolver, den er seit längerem besaß, aus der Aktenta-

sche. Die hatte er schon früh am vergangenen Abend hier im Erdgeschoss des Turmes deponiert.

Er warf noch einen Blick auf Hegelmann, dann öffnete er die Tür einen Spalt breit.

Schwärze, die sich in ein dunkles Grau verwandelte. Unmittelbar vor der Tür sah er das Braun des Weges und das Grünbraun der Blätter deutlicher, denn direkt über der Tür gab es eine halbrunde Lampe in einem Drahtgehäuse. Sie leuchtete nicht sehr stark, aber es reichte.

Illmann zuckte zurück. Ja, verdammt, es reichte, ihn selbst zu sehen, von der Insel her, vom Ufer her.

Er bezeichnete sich als Idiot, schloss sofort wieder die Tür. Er sah auf die Uhr. Es war dringend an der Zeit, Hegelmann zu wecken.

* * *

»Wir müssen hier weg!«, sagte Heinz Werber und drehte seinen Kopf abwechselnd zu Estelle und zu Pavel. Die eine hockte neben Gerhards Leiche und hielt das Kreuz in der Hand, der andere atmete nur schwer und hockte zusammengesunken auf dem Pfad.

Heinz stand in der Mitte wie ein Feldherr, der sich nicht sicher ist, ob seine Truppen noch am Leben sind.

Estelles Blick war vollkommen stumpf geworden und Pavels Augenlieder waren zusammengepresst.

»Ich kann nur hoffen, dass die Frau selbst bei der Polizei angerufen hat.« Komisch, Gertrud hatte ihn schon oft damit aufgezogen, mit zunehmendem Alter öfter Selbstgespräche zu führen. Er hatte das stets von sich gewiesen, aber hier und jetzt, wo er zu zwei existierenden Personen sprach, hatte er zum ersten Mal das Gefühl, dass Gertrud recht hatte.

Gertrud. Heute hatte sie Geburtstag. Er hatte ihr um Mitternacht keinen Kuss geben können. Sie würde sich furchtbar aufregen. Ob sie sich schon mit der Busgesellschaft in Verbindung gesetzt hatte? Oder mit der Polizei? Oder ob sie ihre gemeinsame Tochter Marianne in Freiburg herausgeklingelt hatte? Sie wollte doch heute kommen. Mit Claudio und Francisco. Wenn sie das getan hatte, war sicher Enrico an den Apparat gekommen und hatte mit seiner ruhigen Stimme und seinem italienischen Akzent beschwichtigend auf seine Schwiegermutter eingeredet.

»Wir können nicht hier hocken bleiben. Gerhard wird davon nicht wieder lebendig und Pavel stirbt vielleicht.« Heinz ging zwei Schritte auf Estelle zu. »Ja, ich weiß, dass du willst, dass er stirbt, aber ich kann mir das nicht mit ansehen. Ich werde jetzt versuchen, ihn zu stützen. Vielleicht kann er ja auf einem Bein humpeln, ich weiß es nicht. Aber irgendwas muss ich machen, verstehst du das?«

Estelles stumpfe Augen bekamen einen fahlen Glanz, als sie ihn ansah. »Vorhin ... vorhin hab ich gewollt, dass er stirbt ...«

Dann sah sie an ihm vorbei. Schien etwas entdeckt zu haben. »Er will etwas sagen, glaube ich.«

Heinz wirbelte herum.

Pavel hatte seine linke Hand gehoben, als melde er sich in der Schule. Heinz lief zu ihm.

Pavel, der schon lange nicht mehr wimmerte, knirschte wieder mit den Zähnen, wie kurz nach dem Treffer. »Rechte Tasche!«

»Was ist in der rechten Tasche?«

»Handy!«

Heinz bückte sich, griff in die rechte Tasche des Sportanzugs. Zog rasch ein Handy hervor. Es war nass von Pavels unfreiwilligem Kontakt mit dem Rheinwasser. Die Tropfen spritzten in alle Richtungen davon.

»Das können wir vergessen«, schimpfte Heinz und wollte sich aufrichten. In diesem Augenblick riss ihm Pavel die Pistole aus der Tasche, in die Heinz sie vorhin gesteckt hatte.

Heinz sprang zurück.

Pavel versuchte, sich in eine Sitzposition aufzurichten, aber das klappte nicht ganz. Seltsamerweise war sein Gesicht nicht wütend. Nur schmerzverzerrt. Man hörte das Klicken, als er die Waffe entsicherte.

Heinz wusste nicht, was Estelle hinter ihm tat, aber er glaubte, ein Rascheln zu hören. Dann tappten ihre nackten Füße auf dem feuchten Boden. Sie schob sich dicht neben Heinz. Das Kreuz hielt sie gesenkt in der linken Hand. Von der Seite sah er nur das immer noch feuchte schwarze Haar, das ihr ins Gesicht hing.

Pavel zielte auf sie.

* * *

Es waren nur noch wenige Meter bis zum Inselufer. Doch das Boot würde es nicht mehr schaffen. Die Tür im Turm war kurz aufgegangen, wieder geschlossen worden. Wahrscheinlich hatte ihn Illmann gar nicht entdeckt. Aber das half nur wenig, denn das Boot war fast vollgelaufen, begann, unter ihm wegzusacken.

Er ließ sich ins Wasser gleiten. Er hätte nicht gedacht, dass er in dieser Nacht noch mehr frieren könnte.

Nun bist du um eine Erfahrung reicher, Fischer, dachte er und versuchte, sich mit kräftigen Schwimmstößen von dem Sog zu lösen, den das sinkende Boot verursachte.

Er hatte das Gefühl, dass sich alles in ihm zusammenzog, bis seine Innereien auf Faustgröße geschrumpft waren, aber er musste das ignorieren. Endlich hatte er das steinige Ufer erreicht, kletterte hoch, wandte sich um. Heide Illmann und Sven Oberwald waren noch weitergelaufen, bis hinter die Lokhalle. Dort schienen sie ein Boot gefunden zu haben. Fischer konnte es nicht genau erkennen.

Er versuchte, das meiste Wasser, das noch in seinen Kleidern hing, herauszuschlagen, dann rannte er in gebückter Haltung auf den Turm zu.

* * *

Heide Illmann und Oberwald bestiegen den Kahn. Oberwald griff zu dem langen Paddel. Der Kahn war flach und sie trauten sich nicht, sich hinzusetzen, aber das mussten sie, weil das Ding jämmerlich schwankte. Und dann saßen sie. Dicht beieinander.

Sie dachte: Himmel, wie dieser Mann stinkt.

Sie sagte: »Herr Fischer hat es geschafft. Ist er bewaffnet?«

»Ich weiß nicht, ob Waffen funktionieren, wenn sie ständig nass werden. Aber er hat was zum Schießen«, antwortete Oberwald. »Ihr Vater auch?«

»Ich denke ja!«

Und als sie das sagte, wusste sie einen Moment lang nicht, um wen sie mehr Angst haben durfte, für den Fall, dass er ins Visier der Waffe des anderen geriet.

* * *

»Dummer Junge«, sagte Heinz. Er sagte es nicht aufgeregt, nicht wütend, nicht einmal tadelnd. Es klang einfach nur bedauernd.

Estelle blickte ihn an, strich sich die nasse, schwarze Haargardine aus dem Gesicht. »Ob er schießt?«, fragte sie.

»Was hätte er davon?« Heinz wunderte sich über seinen gleichmütigen Ton. »Du wärst tot. Ich vielleicht auch. Und dann würde er hier mit drei Leichen herumliegen. Gib mir die Waffe, mein Junge!«

Pavel tat nichts, außer weiter auf Estelle zu zielen.

Estelle sagte: »Vielleicht können wir eine Trage bauen.«

»Wie?«, fragte Heinz.

»Eine Trage. Aus zwei Ästen. Und dazwischen spannen wir meine Jacke. Da kommt er drauf und wir ziehen ihn bis zum Turm. Bis dahin wird schon irgendwer dort sein.«

»Ich habe meinen letzten Karl May mit fünfzehn gelesen. Ich weiß nicht mehr, wie so was geht.«

»Mein Bruder ist in einem Westernclub. Da machen sie so was. Ich hab das mal gesehen.«

»Hast du das gehört, Pavel?«, fragte Heinz.

Der sagte zunächst nichts, dann nickte er, hörte aber damit auf, weil es scheinbar an anderen Stellen seines Körpers Schmerzen verursachte.

Zwischen seinen knirschenden Zähnen presste er schließlich hervor: »Gut, baut das Ding!«

»Aber du wirst uns nicht die ganze Zeit in Schach halten, oder?«

»Bauen, oder es knallt.«

Heinz ging auf ihn zu, stellte sich unmittelbar vor die Mündung der Pistole.

»Gib mir die Waffe, Junge!«

»Ich knalle dich ab. Und die Tuss. Ich knalle euch beide ab.«

Heinz streckte seine Hand aus. Er war nicht mutig. Er hatte seltsamerweise nur überhaupt keine Angst mehr vor diesem Bündel Mensch. »Scheiße!«, sagte Pavel, öffnete seine Hand und ließ die Pistole auf den Boden fallen.

* * *

Annerose sah Lui, wie er auf die Tür des Turmes zulief, sich seitlich daneben an die Wand presste und an der Tür lauschte. Sie waren nicht mehr weit entfernt. Vielleicht zwanzig Meter. Von hier aus konnte man einen Erker auf der linken Turmseite ausmachen, der vom Binger Ufer aus nicht sichtbar war.

Boris sagte leise: »Die Wissbegierigen und Hilfsbereiten treffen sich wieder.«

»Und die Henker und Schlächter auch«, gab Annerose zurück. Erstaunlich war immer wieder, an was man in den unmöglichsten Situationen denken konnte. Hier war es besonders erstaunlich, dachte Annerose, denn die gesamte Dauer dieser denkwürdigen Reise über hatte sie das verdrängt, was ihr nun in den Sinn kam.

Ihr Besuch beim Frauenarzt. Sie hatte das Ergebnis noch nicht. Eigentümlich auch, dass sie einige Tage lang nicht dort angerufen hatte. Sie glaubte nicht wirklich an einen positiven Befund. Und sie wollte ihn auch gar nicht hören. Denn wenn, würden die Probleme erst beginnen. Als Vater würde nur Lui infrage kommen, und der liebte Stephanie, die das Gefängnis Zeit ihres Lebens nicht mehr verlassen würde. Warum musste sich der Mann auch ausgerechnet in eine Mafiakillerin verlieben? Nun, das war eine andere Geschichte, aber ein Kind von ihm, das sie austrug, war sicherlich nicht in seinem Sinne. Und sie war sich auch nicht im Klaren, wie sie selbst dazu stand.

Ausgerechnet jetzt kamen die Gedanken. Ohne Auslöser. Oder war Lui der Auslöser, wie er da seinen Kopf gegen die Tür des Mäuseturms legte?

Sie dachte an Susanne und Edgar und Edgar junior. An die vergangene Woche bei ihnen. Hatte sie nicht beim Arzt hinterlassen, wo sie zu finden war?

Eigentlich dumm von ihr. Ihre Handynummer wäre doch auch gegangen. Aber bei diesem Thema war ihr wohl irgendwie der Festnetzanschluss angebracht erschienen.

Ob die bei Susanne angerufen hatten? Aber der würden sie ja nichts sagen.

Da, Lui schlich sich jetzt von der Tür fort nach links. Hoffentlich ließ er sich nicht erwischen. Sie liebte ihn! – Liebte sie ihn?

»Wir warten noch einen kleinen Augenblick, Loreley.« Boris' Stimme riss sie in die unmittelbare Gegenwart zurück. Sie sagte: »Wie wollen Sie die Hinrichtung verhindern, Boris?«

»Ich werde Herrn Illmann eine Geschichte erzählen. Sie kennen mich inzwischen, ich erzähle gern Geschichten. Oh«, er unterbrach sich, »da kommt ja noch ein Teil der Gesellschaft.«

Annerose folgte seinem Blick und sah, was er meinte. Ein flacher Kahn legte an, aus dem Oberwald und eine junge, schmale Frau stiegen. Fast wären beide bei diesem Unterfangen ins Wasser gefallen, doch sie hielten sich aneinander und an einem langen Paddel fest, das Oberwald zwischen einige Ufersteine stützte.

»Illmann sollte allmählich mal auf seine vielen Gäste reagieren. Es ist fünf vor sechs.« Boris sprach vergnügt, als wolle er ein Fußballspiel anmoderieren.

»Hat er Schusswaffen?«

»Hat er! Ja, ja, ja, Ihr Ludwig hat auch eine, wie wir wissen.«

»Und Illmann will Hegelmann erhängen?«

»Am Halse!«

»Dazu wird er doch oben auf den Turm müssen, oder?«

»Es ist malerischer als *im* Turm. Und dramatischer.«

»Sie sind ...«

»Bitte keinen Ausbruch mehr. Keine Unflätigkeiten. Vergessen Sie nicht, dass ich diese Untat zu verhindern gedenke.«

* * *

Schimmel. Der größte Feind des Bäckers. Wände voller Schimmel. Nun, nicht überall, aber in großen Bahnen und Flächen. Wo war er? Das Letzte, an das sich Hegelmann erinnern konnte, war die Spritze, die ihm der Maskierte gegeben hatte. Er war sofort weg gewesen.

Illona, Gaby, die Blechmaus!

Gaby, Illona, die Blechmaus!

Die Blechmaus, Gaby! ... Illona?

Die Wand! Keine Blechmaus! Schimmel! Rötliche Mäuse, stehend, sitzend, immer abwechselnd. Nicht rötlich, rosa, oder? Vor leicht rosa Hintergrund, oder?

Der Maskierte. Nicht maskiert.

Lange nicht gesehen, trotzdem wiedererkannt. Ha, ha, ha!

Die Hände noch gefesselt?

Noch gefesselt!

Nun ja, gut Ding will Weile haben, oder so!

Irgendwo Fenster.

Sogar Doppelfenster.

Die Hände schmerzten wieder.

Kein Wunder, mit Handschellen.

Welcher halbwegs geistig gesunde Mensch zog sich freiwillig Handschellen an, außer zu bestimmten Anlässen ... Illona?

Freiwillig?

Nein, nein, das war der Maskierte, der nun nicht mehr maskiert war. Die kleinere Person, die wahrscheinlich eine Frau war, die hätte er gern mal unmaskiert gesehen.

So unordentlich.

Seine Gedanken waren so schrecklich unordentlich.

Er musste sie wahrhaftig sortieren.

So ging es nicht weiter.

Licht! Woher kam überhaupt das Licht? Und da war eine Treppe.

Eine Wendeltreppe.

Wo die wohl hinwendelte?

Er war benommen.

Es war eindeutig die Spritze.

Hatte er Durst?

Komischerweise nicht!

Hunger?

Nun, ein gutes, trockenes Hegelmann-Brot zur rechten Zeit ...

Wie sah denn der Herr Kidnapper ohne Maske eigentlich aus?

Er stand immer nur so halb abgewendet und wühlte in irgendwelchen Unterlagen.

Suchte der was?

Was suchte er denn?

Oder wollte er ihm Speise reichen?

Ein Croissant aus der Hegelmannschen Fertigung. Ein Baguette, belegt mit Salami oder Schinken, oder Ei. Garniert mit frischen Salatblättern und/oder Mayonnaise.

Ein schmales Gesicht. Braun. Die Augen gar nicht so grausam, wenn sie nicht von der Stoffmütze und ihren Schlitzen eingerahmt waren.

Er blickte hierher.

Jetzt erst hatte er bemerkt, dass Hegelmann wach war.

Warum hatte er die Blechmaus nicht dabei?

* * *

Fischer musste in das Gebäude. Klettern kam nicht infrage. Die Fenster waren überall zu hoch. Blieb ihm wirklich nur die Tür?

Er war wieder zurückgelaufen. Oberwald und Heide Illmann kamen ihm entgegen. Sie trafen sich vor der Tür.

»Warum seid ihr nicht drüben geblieben?«

»Meinen Sie die DDR oder das Rheinufer?«, fragte Heide Illmann mit eigentümlichem Humor.

Fischer ging nicht darauf ein. »Wenn die Tür auf ist, könnte Ihr Vater dahinter lauern und schießen. Wenn nicht, sehen wir auch nicht besonders aus.«

»Auf mich wird er nicht schießen. Mich betäubt er zwar, aber schießen wird er nicht.«

»Seien Sie da nur nicht so sicher, immerhin ist er in einer Ausnahmesituation.«

»Ich auch«, sagte Heide Illmann und griff zur Klinke.

* * *

»Mal sehen, ob sie uns den Weg bereiten«, sagte Boris. »Sehen Sie, Loreley, das tapfere kleine Mädchen greift sich die Klinke. Ganz ohne die Hilfe der großen Jungs. Und siehe da, sie geht auf. Sie schwingt nach innen, die drei Musketiere erklimmen munter zwei grimme Stufen und schon sind sie drinnen. Kommen Sie, das Ende der Schulstunde naht.«

* * *

Illmann hatte Hegelmann hochgerissen. Dann schob er ihn vor sich her in den schmalen Durchgang zur grauen, steinernen Wendeltreppe. Es war tragisch, dass er jetzt improvisieren musste. Er hatte Stimmen unten an der Tür gehört. Wieder seine Tochter. Und Männerstimmen.

Er hatte den Schnellhefter mitgenommen. Ursprünglich hatte er Hegelmann zwingen wollen, nach dem Brief Magdalenas weiterzulesen. Dort stand detailliert, was er mit ihm vorhatte. Aber dazu war jetzt keine Gelegenheit mehr. Jetzt musste nur noch der Zeitplan eingehalten werden.

Hegelmanns Körper war biegsam wie der einer Gliederpuppe. Hatte er ihm zu viel gespritzt? Und seiner Tochter zu wenig in den Kaffee gegeben?

Alles lief verkehrt.

Hegelmann sollte selbst die Stufen zum Dach des Turmes gehen. Aber wenn er so schwach war, dann klappte das nicht.

»Los, festhalten!«, befahl Illmann. Er führte die gefesselten Hände an den Strick, der vom oberen Teil des Mäuseturms herunterhing wie ein Glockenseil, an allen Windungen der Treppe vorbei, bis hinunter zum Beginn der Wendeltreppe.

Von dort aus führte eine gewöhnliche Treppe in den Eingangsbereich, über die Illmann seinen Gefangenen hochgehievt hatte.

Dort unten hatte sich eben die Tür geöffnet.

»Hochgehen, schnell!«

Hegelmann konnte nicht richtig sprechen: »Ich kann ... nicht! Keine Kraft.«

Verdammt, der Turmanbau, in dem sich die Wendeltreppe befand, war dermaßen eng, dass nur eine Person hineinpasste. Illmann ging vor, packte den Strick mit der einen, Hegelmanns Arme mit der anderen Hand. Zerrte ihn mit sich. Versuchte, nicht zu stolpern, was beim Rückwärtsgehen nicht einfach war. Er zog Hegelmann um die erste Biegung. Jetzt konnte er nicht sehen, was sich unten im Eingangsbereich abspielte.

»Vater!«

Hegelmann spielte jetzt etwas besser mit. Seine Füße bemühten sich zumindest, die Stufen zu treffen.

»Vater!«

Die nächste Biegung. Das nächste Geschoss.

Er entfernte sich von dieser schrecklich mahnenden Stimme.

Aber sie hörte nicht auf.

»Vater!«

Wahrscheinlich wagten sie nicht, sich auf die Wendeltreppe zu begeben, weil sie damit rechnen mussten, beschossen zu werden.

Kommt alle in einer Viertelstunde wieder, dachte Illmann, dann ist alles vorbei. Nehmt mich fest, bringt mich um, macht was ihr wollt. Aber jetzt noch nicht. ·

* * *

»Lassen Sie uns bis zur Tür gehen.«

Boris machte eine galante Handbewegung, um Annerose den Vortritt zu lassen. Sie tat es. Welch absurdes Spiel. Welche Albtraumnacht. Wie lange würde sie wohl daran zurückdenken? Das war das, von dem man sagt, dass man es seinen Enkeln erzählt.

Würde sie jemals Enkel haben? Sobald das hier vorüber war, würde sie ihren Arzt anrufen. Ganz sicher.

Sie hörten aus dem Turm eine Stimme. »Vater!« Mehrfach!

»Das wird bei ihm nichts nützen. Obwohl sie Magdalenas Tochter ist«, sagte Boris, als sie schon fast bei der Tür angekommen waren.

Annerose sah hinüber zum rechten Ufer. Im Grau sah sie eine große Halle und ein Haus. Dazwischen war eine kleine, freie Fläche, dann folgte etwas, das wie eine Schrebergartenkolonie aussah.

Von der freien Fläche aus hatte man am Tag einen schönen Blick auf den Mäuseturm. Das wusste sie von dem Kongress, an dem sie damals teilgenommen hatte.

Wie vollkommen anders der gleiche Ort wirken kann, wenn sich die Umstände verändern, dachte Annerose. So musste es im Krieg sein. Egal wo, egal in welchem.

»Wir warten noch!«, sagte Boris.

* * *

Fischer sagte: »Ich gehe vor!«

Heide Illmann fasste ihn an seinem Arm. »Er hat mich rufen hören. Und er kennt meine Sturheit. Ich bin genauso wie er. Er wird wissen, dass ich als Erste gehe, wenn ich schon rufe. Also wird er nicht schiessen. Bitte, lassen Sie mich gehen.

Das »Bitte« klang wie ein Befehl.

»Rufen Sie, so viel Sie wollen, aber hinter mir.«

Fischer schob sich an ihr vorbei in das Rohr von Treppenhaus und begann, mit Hilfe des Seiles so rasch wie möglich hochzuturnen.

Heide war dicht hinter ihm. Oberwald schloss sich an.

»Vater!«

* * *

Hegelmann setzte seine Füße ohne Beteiligung seines Bewusstseins voreinander. Der Arm des nicht mehr Maskierten zerrte an seinem Arm, die Handschellen schnitten und rissen in die Handgelenke. Ihm wurde noch schwindliger als vorher, denn es ging ständig herum und herum ... und dabei immer höher. Sie waren im Mäuseturm. Das konnte nur der Mäuseturm sein.

Da war links ein Raum. Ein paar Zwischenstufen hoch, die von der Wendeltreppe abzweigten. Ein schöner Rundbogen mit drei weiteren Rundbögen. In denen waren drei winzige Fenster.

Hier hätte er gern angehalten, nach den Tagen im Verlies.

Da stand ein kleines, hölzernes Einbeintischchen. Gleich würde jemand kommen und die gar grausige Mär von Hatto erzählen, den die Mäuse gefressen hatten.

War das hier gewesen? In diesem Raum mit dem Rundbogen?

Aber der Entführer zerrte weiter an ihm. Und hinter ihnen brüllte ständig jemand »Vater«, wie eine Spieluhr, die man aufzog und die immer das Gleiche machte.

Wie eine Blechmaus!

* * *

So, sie waren oben. Die letzten fünf Stufen waren gerade, zweigten von der Wendeltreppe ab. Illmann stieß die Tür auf.

»Raus!«

Er zog wieder an Hegelmann, riss ihn an sich vorbei und schleuderte ihn auf den Boden. Braune Zinnen, zwei Meter weiter eine kurze Treppe, an deren Ende eine Leiter, die zum höchsten Teil des Turms führte. Daneben ein schwarz gebeizter Galgen. Mit einem Strick. Es war ein gewaltiges Stück Arbeit gewesen, die Hinrichtungsrequisiten hier heraufzuschaffen und den Galgen zu befestigen.

Vereinzelt lagen auf dem Boden und den Zinnen schwarze Federn herum. Dohlenfedern. Wenn sie nicht sowieso hier gewesen wären, hätte man sie zum Dekorieren extra holen müssen, dachte Illmann. Er griff sein Opfer, stellte es auf die Beine, und schob es seitlich zu der kurzen, offenen, ebenfalls gewundenen Treppe.

»Hoch!«

Hegelmann stolperte die Treppe hoch. Illmann direkt hinter ihm. Ein gerades Treppenstück führte direkt neben die Leiter zum Galgen.

Als beide am Ende der Treppe waren, kletterte Illmann auf die unteren Sprossen der Leiter und befahl Hegelmann, sich unter den Galgen zu stellen.

Jetzt wusste er, was ihm bevorstand. Ganz langsam wandte er seinen Kopf in Illmanns Richtung. Der sah in Hegelmanns Augen.

Und er genoss den Anblick.

Er nutzte den Moment aus, in dem Hegelmanns Entsetzen größer war als sein Selbsterhaltungstrieb.

Blitzschnell legte er die Schlinge um Hegelmanns Hals. Illmann hatte das andere Ende des Henkerseils um die Seitenstrebe der Leiter geschlungen und konnte nun mit seinen Händen den Druck der Schlinge bestimmen.

Hegelmann rührte sich nicht, starrte jetzt geradeaus, das dicke Seil um den Hals und unternahm nicht den mindesten Versuch zu entkommen.

»Warum?« Hegelmanns Stimme war klarer, als man erwarten durfte.

»Haben Sie es immer noch nicht kapiert? Sie haben es gehört. Sie haben den letzten Brief gelesen. Sie sterben, weil Sie ihren Tod verursacht haben! Warum wollen Sie es nicht zumindest vor sich selbst zugeben?«

»Weil ich unschuldig bin. Ich habe Magdalena nie gekannt.«

Plötzlich waren Leute auf dem Dach vor der kurzen, gewundenen Treppe auf der oberen Plattform des Turmes. Ein Fremder im T-Shirt, Sven Oberwald, der eigentlich tot sein sollte, und natürlich Heide!

»Vater!«

Hoffentlich gestattete sie sich nicht die Banalität zu fragen: Du willst es doch nicht wirklich tun?

Sie sagte das nicht. Sie wiederholte nur mit sehr kräftiger Stimme: »Vater!«

Illmann behielt das Seil in der Hand, kletterte die wenigen Leiterstufen hinunter, stand neben seinem Opfer, das ihm den Kopf zuwandte. Es war grotesk, aber der Strick wirkte in diesem Moment wie ein gar nicht mal unmodischer Kragen. Illmann sah Hoffnung in Hegelmanns Augen. Das war das Letzte, was er sehen wollte. Er zog kräftig an dem Strang. Er blickte hinunter vor die Treppe zu den anderen.

»Bleibt da unten. Auch du, Heide! Ihr könnt mich nicht davon abhalten.«

Heide ging dennoch auf die Treppe zu. Dann kam sie hoch, die beiden Männer hinter ihr. Ganz langsam. Schließlich standen sie nur einen Meter vor dem Galgen und der Leiter. Es gab nichts, was Illmann dagegen tun konnte. Denn er musste seinen Zeitplan einhalten.

»Herr Hegelmann?«, sagte Heide fragend. »Kannten Sie in Ihrer Leipziger Zeit meine Mutter Magdalena Gorwin?«

»Nein, ich habe nie etwas von ihr gehört.«

»Sie soll Sie aufgesucht haben, als Sie unverhältnismäßig viele Nahrungsmittel nach Berlin verschoben und sich in die eigene Tasche gewirtschaftet haben.«

»Was Sie sagen, stimmt, das gebe ich zu. Aber mich hat nie eine Frau deswegen aufgesucht. Als bekannt wurde, dass ich unter den Werktätigen Unmut erweckte, schirmte man mich ab. Ich bekam Personenschutz.«

»Wieviele Personenschützer waren es?«

»Zehn!«

»Kennen Sie noch Namen?«

»Nein! Und wenn, wären es sowieso Tarnnamen.«

Hör auf, dachte Illmann, Heide, hör auf. Ich will nicht, dass er Hoffnung bekommt.

»Aber eins kann ich sagen.« Hegelmann bewegte sich so stark in der Schlinge, dass er sich fast selbst stranguliert hätte.

»Ja?«

»Einer von den Personenschützern gehört zu meinen Entführern. Er nannte sich Ützel, aber das war falsch.«

Heide fragte jetzt direkt: »Ist das Boris, Vater?«

Der antwortete: »Ja, aber das tut nichts zur Sache.«

»Und Boris hat dir von Hegelmann berichtet? Dass er derjenige sei?«

»Ja, und jetzt redet nicht weiter, sonst ...«

Der Fremde mit dem T-Shirt trat einen halben Schritt vor. Er hatte einen roten Striemen über der Stirn.

»Mit was wollen Sie uns eigentlich drohen, Herr Illmann? Hegelmann wollen Sie ohnehin töten. Und zwar jetzt sofort. Wollen Sie die Zeit noch um eine halbe Minute herabsetzen?« Der Mann lieh sich Heides Arm und blickte auf deren Uhr. »Gleich sechs! Brauchen Sie einen Countdown?«

Illmann hatte sie alle im Blick. Keiner bedrohte ihn mit einer Waffe. Aber dieser Kerl war so selbstsicher. Wo war der Haken?

»Noch fünfundvierzig Sekunden.«

Sie standen alle so unfassbar dicht. Heide war besonders weit nach vorn gekommen. Sie konnte mit ihren Füßen fast Hegelmanns Füße berühren.

»Vierzig Sekunden!«

Illmann sah das Gesicht des Fremden nicht, weil der auf Heides Uhr sah. Ob er mit den Augen den anderen Zeichen gab?

»Fünfunddreißig Sekunden!«

»Ich bin unschuldig!«, rief Hegelmann mit überkippender Stimme.

»Fünfundvierzig Sekunden!«

»Was?« Illmann glaubte, nicht richtig gehört zu haben.

»Sechzig Sekunden!«

In diesem Augenblick umklammerte Heide Hegelmanns Körper, während der Fremde Illmann das Seil aus der Hand riss.

Der Entführer ließ es geschehen.

Oberwald führte Hegelmann zur Seite und ließ ihn auf eine der Treppenstufen sitzen.

Der Fremde stand an eine der Zinnen gelehnt und sah Illmann an.

»Wenn Sie jetzt nicht mitkommen, holt Sie nachher die Polizei. Mir ist es egal.«

Heide stand direkt unter dem Galgen. Sie blickte auf die Uhr. »Genau sechs, Vater. Auch wenn du es nicht verstehst. Ich bin für dich froh, dass es nicht geklappt hat.«

»Nun, eine Entführung bleibt es mindestens«, sagte Oberwald.

* * *

Illmann sah seine Tochter an. Er sagte nichts.

Oberwald ging als Erster zur Wendeltreppe. Er half dem schwankenden Hegelmann beim Abstieg. Dann folgte Fischer, dann Illmann und zum Schluss Heide.

Sie war fast glücklich.

* * *

Fischer kam hinter Oberwald und Hegelmann unten an. Alles war wie vorher. Aber er wusste, dass Boris und Annerose in der Nähe sein mussten.

Er war zerschlagen, fror, aber etwas war erreicht: Der Entführte war gerettet. Er gestattete sich einen Gedanken an Gerhard, Heinz und Estelle. Dann übermannte ihn der Gedanke an Annerose.

Er war immer noch sicher, dass ihr Boris bisher nichts getan hatte. Aber jetzt kam der Schlussakkord. Was hatte Boris wirklich vor?

Illmann und Heide kamen an. Alle gingen langsam die gerade Treppe zum Eingang des Turmes.

Illmann öffnete die Tür nach außen. Keiner hinderte ihn. Er sah nicht mehr aus wie jemand, der gefährlich werden könnte.

Es war noch etwas heller geworden. Alles war milchig grau. Keine Grüntöne mehr. Auf dem Wasser zwischen Ufer und Insel waren die Nebelschwaden stärker geworden.

Alle gingen nach draußen. Illmann schloss die Tür. »Wenn wir zum Anleger gehen, kann uns der Wasserschutz gleich abholen«, sagte er.

Fischer blickte zu Heide. »Apropos Wasserschutz. Eigentlich müssten wir die Sirenen der Polizei schon hören«, sagte er mit einem Tadel in der Stimme, der zu Boris gepasst hätte.

»Ich fürchte, ich habe mich auf den Busfahrer verlassen«, sagte sie. Fischer glaubte, eine Art Kichern zu hören. Jetzt griff sie zu ihrem Handy.

»Wie kommen wir zum Anleger?«, fragte Fischer. Illmann wollte etwas sagen. Aber er starrte zum Inselufer. Dort standen Annerose und Boris. Sie halb vor ihm. Er hielt seine Pistole in der Hand. Seine Sporttasche stand neben ihm auf dem Boden.

Heide Illmanns Finger schwebte über der Tastatur des Handys, ohne sich zum Tippen zu senken.

»Wenn wir schon auf heiligem Boden sind, sollten wir ihn nicht so schnell verlassen«, sagte Boris. »Schön, euch alle zu sehen. Da haben doch mehr überlebt, als man erwarten durfte, wie?«

Fischer hatte nur Augen für Annerose. Sie sah wesentlich weniger ramponiert aus als er und Oberwald. Wie sie so bei Boris stand, wären sie fast ein fotogenes Paar gewesen. Sie strahlte eine Sicherheit aus, die sie nicht haben sollte.

Aber Fischer freute sich darüber. Bei der gesamten Aktion war er ihr körperlich so gut wie nie nahe gewesen.

Innerlich war er ihr nun näher als je zuvor.

* * *

Keine Kopfschmerzen. Immer noch nicht. Allmählich wurde er sich unheimlich.

Ob die bösen Zungen, die ihn stets einen Hypochonder nannten, doch recht hatten? Was war heute nicht alles geschehen? Mehr als ein Monatspensum an Aktion. Und zu Beginn hatten ihm die Schmerzen ja auch noch übel mitgespielt. Aber seit einiger Zeit war Ruhe. Nicht die Ruhe im Auge des Hurrikans, die kannte er, nein, es war absolute Ruhe.

Das beunruhigte ihn, das machte ihm – Achtung Wortspiel – Kopfschmerzen.

Ob es an dieser Frau an seiner Seite lag? Beeindruckt hatte sie ihn mit Sicherheit. Aber wie weit ging das?

Er sah diesen Detektiv an. War der clever? Gewiss, er war ihm vorhin entkommen, aber reichte das, um ihn zum gleichwertigen Gegner zu erklären? Sicher nicht.

Und, was viel wichtiger war, passte er zu Loreley? Er, Boris, würde es sich nicht nehmen lassen, sie so zu nennen.

»Wem haben wir denn eigentlich die wundersame Rettung des Herrn Hegelmann zu verdanken? Ihnen, Ludwig?«

»Es war eine Gemeinschaftsproduktion. Sven, Frau Illmann und meine Wenigkeit. Wollten Sie nicht eigentlich den Retter spielen?«

»Ich wusste Hegelmann bei Ihnen in besten Händen. Wir haben Sie in den Turm gehen sehen, nicht wahr, Loreley?«

»Ich heiße immer noch Annerose, aber sonst haben Sie recht!« Gut, warum sollte er sie brüskieren. Nannte er sie eben vorläufig Annerose.

Und dann kam ihm die Erkenntnis. Vorläufig? Was hieß vorläufig? Seltsamerweise waren keine Sirenen zu hören. Wenn die hier die Polizei noch nicht gerufen hatten, dann mussten doch Heinz und Estelle ... Telefone hatten sie nun wirklich genug. Ob Pavel die beiden erledigt hatte?

Wie dem auch sei, irgendjemand in Bingerbrück oder Bingen musste die vielen Schüsse gehört haben. Es konnte wirklich nicht mehr lange dauern, bis die Polizei auf dem Schlachtfeld erschien. Er musste sich beeilen.

Plötzlich ging der immer noch mit Handschellen gefesselte Hegelmann auf ihn zu. Nicht weit genug, um bedrohlich zu werden. Und sehr unsicher auf den Beinen, aber mit gehöriger Wut im Gesicht. »Sie sind das! Sie sind der falsche Ützel.«

»In der Tat habe ich mir vor ein paar Tagen diesen Namen ausgeborgt«, sagte Boris.

»Und Sie waren einer der Personenschützer in Leipzig.«

»Auch das streite ich nicht ab.«

»Wie hießen Sie damals? Ich kann mich nicht an Ihren Namen erinnern.«

»Jetzt heiße ich Boris. In Wirklichkeit Schulze und mein damaliger Tarnname war Wolfgang!«

»Wolfgang?«, rief Heide Illmann. »Wie mein Vater?«

»Ja, das war praktisch.«

»Praktisch?«

* * *

Wolfgang Illmann starrte Boris mit einer Gewissheit an, die ihm körperliche Schmerzen bereitete. Sein Magen verkrampfte sich. Seine Harnblase schien sich zu verknoten. Wovon sprach dieser Hypochonder?

»Was meinen Sie mit *praktisch?*«, fragte Illmann.

»Da musste sich Magdalena nicht umgewöhnen!«

Illmann machte einen unsicheren Schritt nach vorn, dann griff er sich an den Magen und brach zusammen.

* * *

Heide Illmann rannte zu ihrem Vater. Boris ließ sie gewähren. »Vater, was ist?« »Magengeschwüre«, presste er hervor. »Hab ich schon länger.«

Heide hockte neben ihm. Blickte zu Boris. Sah Hegelmann mit seinen Handschellen.

Dann fragte sie Boris direkt: »Was haben Sie gesagt?«

»Frau Illmann, Sie waren im Laufe der letzten Nacht nicht bei uns. Sie können daher nicht wissen, um was es hier geht. Wir lernen für das Leben. Nichts ist, wie es sein soll. Ein Schulbus ist kein Schulbus. Ein Mäuseturm wird zweckentfremdet, ein Nahrungsmittelfabrikant hat seit Jahren eine Geliebte ...«

»Was sagen Sie ...?« Hegelmann war zurückgewichen.

»Gott, Leute, fragt doch nicht immer ›Was haben Sie gesagt?‹ Sie haben alle sehr wohl gehört, was ich gesagt habe. Gaby heißt sie. Sie waren mit ihr verabredet, als ich die Ehre hatte, Herrn Ützel zu spielen.«

Hegelmann taumelte noch zwei Schritte zurück.

»Aber die Täuschungen gehen weiter. Ein Zugreiniger ist in Wahrheit ein Privatdetektiv und ein Racheengel entpuppt sich als Einfaltspinsel.«

Hegelmann ging langsam und schwankend zu dem inzwischen liegenden Illmann. Heide stellte sich schützend vor ihren Vater.

»Ich will ihm nichts tun. Wie könnte ich denn?« Er zeigte ihr seine Handschellen.

»Ich habe nur eine Frage.«

Illmann versuchte, sich mit Heides Hilfe etwas aufzurichten. »Fragen Sie.«

»Sie haben von ihm erfahren, dass ich es gewesen sein soll?«

»Ja, von ihm!«

»Danke vielmals!« Das kam leise, beinahe entschuldigend. Hegelmann blieb stehen, wo er stand.

Heide wusste nicht, was sie davon halten sollte.

Sie wusste vieles nicht. Wie konnte sie in Zukunft mit ihrem Vater umgehen? Dass sie ihn im Gefängnis besuchen würde, stand für sie fest. Aber wie sollte sie mit ihm reden?

Er hatte sie gezwungen, mit ihm in die Laube zu kommen. Er hatte sie weiter dazu gezwungen, das erniedrigende Schauspiel im Verlies mitzuerleben und er hatte sie betäubt. Das war nicht das, was Väter ihren Töchtern gemeinhin antun sollten.

Sie selbst hatte ihn eben mit Hilfe von Fischer und Oberwald im Turm überrumpelt, um einen ihr fremden Mann zu retten. Aber jetzt saß sie wie Papas brave Tochter am symbolischen Krankenbett und hielt Händchen.

Wie würde das später sein? Da er »nur« Kidnapper war, würde er ir-

210

gendwann einmal aus der Haft entlassen werden.

Wahrscheinlich hatte sie bis dahin einen Mann und Kinder. Oder war bereits geschieden. Aber er war dann da. Ein alter, jetzt schon kranker Mann mit einer sehr dunklen Vergangenheit. Als Journalist würde er dann wohl keinen Job mehr bekommen.

Was war also später?

Jetzt allerdings ging es darum, was früher geschehen war.

* * *

»Haben Sie immer noch Kopfschmerzen?«, fragte Illmann. Boris lächelte ihn an. »Wenn man die einmal hat, hat man sie immer. Ich fürchte, dass es sich bei mir um einen Tumor handelt.«

»Das fürchteten Sie schon, als es die DDR noch gab. Sie waren berühmt für Ihre Kopfschmerzen. Alle haben Sie für einen eingebildeten Kranken gehalten. Und Sie leben ja auch noch.«

»Was manche, auch in diesem Kreise, für bedauerlich halten, nicht wahr, Lo... Annerose?«

Illmann kannte die blonde Frau nicht.

Aber sie schien etwas Besonderes zu sein. Wie Magdalena!

Man konnte sie nicht einmal als ähnliche Typen bezeichnen, aber da war eine Aura ...

»Ich wünsche niemandem den Tod. Auch Ihnen nicht«, sagte die Frau. »Ich bin der Meinung, dass jeder das bekommen sollte, was er sich verdient. Im Bösen wie Guten. Aber es sollte nie einer durch einen anderen Menschen zu Tode kommen. Nie!«

»Ein Plädoyer wie aus Tausendundeiner Nacht.« Der Klang von Boris' Stimme war nicht sarkastisch.

Illmann war beeindruckt von dieser Frau.

Er blickte kurz zu Heide. Der schien es genauso zu gehen.

Er hatte für Sekunden sogar seine schmerzenden Innereien vergessen.

»Bald schrillt die Glocke zur Pause«, sagte Boris. »Daher noch eine Kurzversion des Unterrichtsstoffes. Magdalena Gorwin, die Unwiederbringliche, war tatsächlich ein sehr tapferes Mädchen. Bevor ich als direkter Personenschützer bei Herrn Hegelmann tätig wurde, hatte ich bereits als Mitarbeiter des MfS Kontakte zu der rebellischen Gruppe von Arbeiterinnen und Arbeitern, zu der auch Magdalena gehörte. In unseren Akten stand auch einiges über ihr Verhältnis zu Wolfgang Illmann. Nun, und als ich dann unseren Nahrungshai beschützen durfte, habe ich ihn natürlich auch vor Magdalena beschützt. Das tat ich sehr umfassend, ich gab mich als Mitglied der Gruppe um Herrn Hegelmann aus, gelobte aber Besserung im Zuteilen der Nahrungsgüter und wurde somit im Herzen Magdalenas aufgenommen.«

Illmann wusste, dass er nicht starb. Aber so musste es sich anfühlen.

»Wir hatten ein sehr leidenschaftliches Verhältnis. Aber es kam der Tag, dass ich ihrer überdrüssig wurde. Ich wollte sie auf charmante Weise aus meinem Leben entfernen. Dass es nur mit dem Katapult ging, lag nicht an mir. Sie fing an, mir Ultimaten zu setzen. Immer legte sie ihr eigenes Leben in die Waagschale. Sie drohte mehrfach damit, sich umzubringen. Schließlich sagte ich ihr lachend, dass ich ihr nicht glaube. Und dann hat sie mir einen Brief geschrieben. Silo, sechs Uhr morgens. Ich werde mich erhängen, wenn du nicht kommst, oder so ähnlich.

Natürlich bin ich nicht hingegangen, um sie zu erretten. Ich habe ihr einfach nicht geglaubt.«

Boris hörte mit seiner Rede auf.

Illmann fragte mit belegter Stimme: »Und wenn Sie ihr geglaubt hätten? Wären Sie hingegangen?«

»Ehrlich?«

»Wenn Sie das können.«

»Nein, ich wäre weggeblieben.«

»Und warum haben Sie mir später in Berlin Hegelmann als denjenigen angeboten, der Magdalena auf dem Gewissen hat?«

»Ein Spiel. Ein Spiel, an dem ich sogar noch etwas verdienen konnte.«

»Und warum sind Sie heute hier? Warum haben Sie meinen Befehl, Oberwald zu töten, nicht ausgeführt? Warum geben Sie jetzt plötzlich alles zu?«

»Man kommt im Leben nicht allen Rätseln auf die Spur«, sagte Boris, »einige müssen bleiben. Und jetzt, wo wir so viel gelernt haben,

beenden wir den Unterricht«, sagte er. »Einige von uns begeben sich nach Hause. Andere«, er sah Illmann an, »kommen ins Internat.«
Oberwald stand neben Fischer. Rechts von ihm stand Hegelmann, dann kamen der liegende Illmann und Heide.

Oberwald fragte: »Warum die Toten und Verletzten heute? Wenn Sie doch eigentlich eine Tat durch eine Beichte verhindern wollten? Mich haben Sie verschont, aber die anderen nicht. Das war mehr als unnötig. Und kommen Sie mir nicht damit, dass Sie zielgerichtet denken. Die Busentführung konnten Sie nicht geplant haben.«

Boris sah sie alle der Reihe nach an. »Vielleicht fehlte mir einfach das letzte, große Abenteuer!«

»Bevor Sie der Tumor dahin rafft?«, fragte Illmann. »Ich habe kein Recht dazu, aber ich ...« Er brach einfach ab. Er hatte alles verloren, und, so hatte er mal gelesen, wenn ein Mann den Gegenstand seiner Rache verliert, hat er endgültig ausgespielt.

* * *

Fischer fror wie nie. Er fühlte sich ebenso schwach, wie sich Hegelmann fühlen musste.

Boris hielt die Pistole noch immer in der Hand. Der Arm war nach wie vor gesenkt.

»Wollen Sie die Knarre nicht bald ablegen? Wenn Sie die noch lange festhalten, kommen bald die Schupos um die Ecke und schießen ein bisschen auf Sie«, sagte Fischer.

»Ich habe noch keine einzige Sirene gehört«, sagte Boris lapidar, »da hat wohl jemand seine staatsbürgerlichen Verpflichtungen nicht ernst genommen.«

Fischer sah, wie Heides Finger jetzt fieberhaft auf die Tastatur des Handys eintippte. Boris grinste und ließ sie gewähren. Fischer sah zum Bingerbrücker Ufer hin. Er sah die drei Menschen auf dem schmalen Uferpfad. Ein Mann und ein Mädchen zogen ein seltsames Gestänge, auf dem ein Dritter lag.

Fischer freute sich.

Auch Annerose hatte die drei entdeckt. Sie winkte ihnen zu.

Fischer sackte in eine hockende Stellung. Er glaubte nicht, dass von

Boris noch Gefahr ausgehen konnte. Er wollte es auch nicht mehr glauben. Seine Erschöpfung ließ nichts mehr zu.

Er blickte zu Annerose, die einen Schritt auf ihn zu machte, sich noch einmal zu Boris umsah, ob der etwas dagegen haben könnte, und dann noch weiter nach vorn kam.

Fischer erhob sich aus der Hocke. Aber er sah an Annerose vorbei. Er musste wachsam bleiben. Boris war noch nicht entwaffnet. Vielleicht tat er nur so, als habe er sich in sein Schicksal gefügt.

Heide sprach gedämpft und sehr schnell in das Handy.

»Nun, rückt der Arm des Gesetzes in Kompaniestärke an?« Boris machte noch immer keine Anstalten, die Waffe aus der Hand zu legen.

* * *

Hegelmann verspürte weder Hunger noch Durst. Da war nur Hass! Doch nicht in erster Linie auf Illmann, seinen Peiniger, sondern auf Boris.

Niemals wäre Illmann auf die Idee verfallen, er, Hegelmann, könne etwas mit dem Tod dieser Magdalena zu tun gehabt haben, wenn es den Mann mit der Hakennase nicht gegeben hätte.

Wäre er schuldig am Tod der Frau gewesen oder hätte er sie auch nur gekannt, dann könnte man von Verrat sprechen. Aber Boris hatte ihn nicht verraten, nein, er hatte ihn geopfert. Aber selbst dieses Opfer war nicht notwendig. Illmann hätte immer nach dem ominösen Liebhaber gesucht, hätte vielleicht im Suchen seine Erfüllung gefunden, wer weiß, jedenfalls wäre Illmann nie auf ihn gekommen, weil es da ja nichts gab. Es war zum Verzweifeln. Einer Laune des falschen Ützel hatte er die Alptraumtage zu verdanken.

Was mochte er empfunden haben bei der Entführung? Was war in ihm vorgegangen, am Bahnhof von Rüdesheim?

Woher wusste er von Gaby?

Da stand er, etwas verdeckt von dieser blonden Frau. Sein Arm mit der Pistole pendelte leicht. Er sah entspannt aus.

Hegelmann begaffte ihn wie ein exotisches Tier. Er war ihm damals nie besonders aufgefallen. Einer von zehn. Aber jetzt war es so, als gäbe es außer ihm selbst nur noch diesen Mann.

Illmann, der ihm viel angetan hatte, war ein Idealist. Hegelmann hasste auch ihn, natürlich, wenn man so behandelt wird, muss man hassen, aber er hatte das, was Hegelmann einen Grund nannte.

Rache war ein Grund.

Und auch er hatte ein Recht auf Rache.

* * *

Fischer wollte auf Annerose zugehen. Auch sie war auf dem Weg zu ihm. Aber da geschah das, was Fischer befürchtet hatte. Boris intervenierte.

»Ludwig, ich möchte meine Waffe abgeben.«

Annerose, die zwischen den beiden stand, etwa drei Schritte von jedem entfernt, drehte sich zu ihm um.

»Legen Sie sie einfach auf den Boden, Boris«, sagte Fischer. »Die Polizei wird bald da sein. Es könnte knapp werden.«

»Und wenn ich mir mit denen ein letztes großes Gefecht liefern will?«

»Dann sagen Sie mir Bescheid, damit ich in Deckung gehen kann.«

Annerose sagte zu Boris: »Letztes großes Gefecht. Wer hat die amerikanischen Gangsterfilme lieber gesehen, Sie oder Pavel?«

Boris legte die Waffe auf seine flache Hand und streckte sie aus.

»Ich hätte gern, dass Sie in Ihren Händen ist, Loreley!«

Annerose zögerte. Hegelmann stellte sich neben Fischer.

Fischer sagte: »Legen Sie sie hin, verdammt noch mal. Ich will nicht, dass die Polizei denkt, sie wäre der Unhold.«

»Bis die kommen, ist die Übergabe vollzogen«, belehrte ihn Boris.

Oberwald stand jetzt auf Fischers anderer Seite neben Hegelmann.

Boris balancierte die Pistole mit ausgestrecktem Arm auf der flachen Hand.

»Wenn Loreley nicht will, wer hat sonst Interesse? Formschönes Modell. Hohe Präzision. Wird international gern genommen.«

Annerose hatte sich entschlossen. Es ging sehr schnell. Sie lief zu Boris, nahm die Pistole mit zwei Händen, hielt sie mit spitzen Fingern am Lauf und am Griff und machte sich auf den Weg zu Fischer.

Der streckte die Hand aus, ging ihr entgegen.

Hinten stand Boris. Sein Blick war neutral.

Plötzlich war Hegelmann da.

Er drängte sich zwischen Fischer und Annerose. Seine Arme flogen auf Annerose zu. Die Handschellen klirrten.

Und dann hatte er die Pistole in der Hand. Streckte seine Arme aus, zielte an Annerose vorbei, auf Boris.

Der Hass in Hegelmanns ausgemergeltem Gesicht war unermesslich.

Illmann rief etwas. Oberwald griff nach rechts zur Seite.

Fischer griff links zur Seite.

Einen grotesken Moment lang schien ein Männerballett einen Tanz um diese Waffe aufzuführen.

Hegelmann, der körperlich weit angeschlagener war als die beiden anderen Männer, behielt die Oberhand.

* * *

Annerose sah, wie die Waffe in Hegelmanns Hand mehrfach ihre Richtung wechselte. Mal deutete die Mündung in Boris' Richtung, mal wies sie kurz auf Oberwald, dann wieder auf Lui.

Sie musste sie wieder in ihren Besitz bringen. Es durfte nicht noch mehr passieren. Das waren keine klaren Gedanken, das war nur der Wunsch: weg mit der Waffe.

Annerose wusste aber nicht wie. Jetzt war es Lui gelungen, Hegelmann zu Boden zu werfen. Doch der ließ die Pistole noch immer nicht los.

»Zwei gestandene Burschen gegen einen schwachen Mann, und werden nicht mit ihm fertig«, höhnte Boris im Hintergrund.

Fischer bückte sich, auch Oberwald tat es. Annerose rief: »Herr Hegelmann, lassen ...«

* * *

Hegelmann drückte ab. Das Schussfeld war frei. Vom Boden aus, in seiner Lage mit zwei Angreifern, war es die letzte Möglichkeit. Ja, das Schussfeld war frei. Aber da war die blonde Frau, die wollte sich auch bücken. Sie kam von vorn. Mehr oder weniger.

Dieses schöne blonde Haar. Wie es in der Bewegung wehte. Wie in Zeitlupe. Selbst der rote Fleck auf ihrem beigen Übergangsmantel war von ästhetischer Schönheit. Nur das Röcheln war grässlich.

* * *

Boris sah Annerose stürzen. Er sah, wie Ludwig sie auffing. Er sah, wie Hegelmann die Pistole aus der Hand glitt. Wie er fassungslos auf dem Boden saß und Annerose anstarrte.

Und er sah Oberwald, der die Waffe aufhob. Seltsam, keine Kopfschmerzen. Doch ein Hypochonder.

Ludwig sprach leise auf Annerose ein. Das hätte er jetzt auch gern getan. War das nicht sein Job? Hatte Hegelmann nicht ihn treffen wollen?

In den letzten Stunden hatte er mehrfach überlegt, wie er seinen Abgang gestalten wollte. Sich die Pistole an den Kopf setzen und abdrücken?

Einem seiner Gegner gestatten, ihn abzuservieren? Oder der Polizei? Wo blieb die eigentlich?

Jetzt hatte er sich dazu entschlossen, sich verhaften zu lassen. Ein Mann musste zu dem stehen, was er tat. Verantwortung übernehmen!

* * *

Fischer sah, wie Annerose starb. Sie hatte nichts mehr sagen können. Sie wollte es, mit halb geschlossenen, flatternden Augenlidern. Aber es war zu spät. Er hielt sie im Arm wie ein Kind. Er sah und hörte nicht mehr was um ihn herum vorging. Hegelmann brüllte wie ein Tier. Illmann war gekrümmt und schwieg. Heide hatte ihrem Vater einen Arm um die Schulter gelegt.

Sven Oberwald stand kerzengerade und zielte auf Boris.

* * *

»Ich soll doch Verantwortung übernehmen«, sagte Oberwald. »Genau das werde ich tun.« Und dann fügte er etwas leiser hinzu, so als sei es nur für Boris' Ohren bestimmt: »H. Kerzer, TV-Reparaturen.«

Aber Boris wollte sich doch festnehmen lassen.

»Mitnehmen oder hierlassen?«, fragte Oberwald.

»Mitnehmen«, sagte Boris, obwohl es ihm feige erschien.

Oberwald schüttelte den Kopf. Sein Finger betätigte den Abzug. Und in diesem letzten Moment seines Lebens, während Oberwald die Pistole fallen ließ und endlich vom Rhein her Sirenen erklangen, lernte Boris, wie sich wirkliche Kopfschmerzen anfühlten.

Epilog
Worms, viele Wochen später

Fischer kam mit Susanne, Edgar und Edgar Junior vom Hochheimer Friedhof in Worms. Sie hatten viele Blumen für Annerose gebracht und einen Strauß für Gerhards Grab.

Einen Tag zuvor hatte er Stephanie im Gefängnis in Mainz besucht. Und das hatte er mit einem Besuch bei Sven Oberwald im Untersuchungsgefängnis verbunden. Heide Illmann war gerade bei ihm gewesen. Ihren Vater, der ebenfalls in U-Haft saß, hatte Fischer nicht sehen wollen. Auch Pavel hatte er nicht besucht. Er hatte sich noch einmal mit einem befreundeten Kripobeamten unterhalten, der ihn diesmal detaillierter über die Obduktion von Boris unterrichtet hatte. Man hatte keine Anzeichen eines Hirntumors gefunden. Soweit das bei der Zerstörung des Hirns durch das Projektil zu beurteilen war.

Nun standen sie vor dem Tor des Friedhofs. Fischer und die wenigen Menschen, die ihm geblieben waren. Es waren nur etwa hundert Meter bis zu Fischers Büro.

Edgar Junior quengelte. Er wollte heim nach Alzey.

»Ich werde meine Lizenz zurückgeben«, sagte Fischer.

»Bist du sicher, dass das der richtige Schritt ist?«, fragte sein Neffe.

»Ich weiß es nicht«, sagte Fischer und zupfte sich eine Fluse von der neuen, dunkelbraunen Stoffjacke.

»Wenn Annerose noch ...«, begann Susanne.

»Sie ist aber nicht mehr da!«, unterbrach sie Fischer schroffer, als er wollte.

»Kannst du mir meinen Anruf noch immer nicht verzeihen?«, fragte Susanne.

»Ich werde es können. Lass mir etwas Zeit.«

»Lui«, Edgar Junior zupfte ihn am Jackensaum, »die neue Jacke ist blöd. Die andere war so schön vergammelt.«

»Die habe ich einem Freund geschenkt!«, sagte Fischer und dachte daran, dass Sven Oberwald versprochen hatte, sie bei jedem Hofgang zu tragen.

»Schenkst du mir auch was?«

»Ja!«

»Was denn?«

»Meine Strickmütze und meine Handschuhe!«

»Gleich?«

»Ich besuche euch nächste Woche, dann bringe ich die Sachen mit.«

»Ooch, immer heißt es morgen oder nächste Woche. Das dauert so lange. Blöde Erwachsene.«

Susanne ermahnte ihren Sohn, er solle nicht so vorlaut sein.

Fischer dachte daran, wie lange und wie kurz gleichzeitig die Zeit von abends um elf bis morgens um sechs sein konnte.

Edgar sagte: »Du gehst jetzt ins Büro?«

»Ich räume auf, ja. Aber ich lasse mir Zeit beim Auflösen. In meiner Wohnung bleibe ich wohnen, bis auf Weiteres.«

»Du kannst jederzeit nach Alzey …«, begann Edgar.

»Ich weiß, danke! Aber ich muss mich umorientieren. In der Agentur kann ich ein bisschen helfen, aber du kommst ja gut ohne mich zurecht.«

Susanne sagte: »Du hast gesagt, du brauchst Zeit. Ich brauche keine. Also, wenn du mich sprechen willst, immer, jederzeit!«

»Danke!« Er versuchte zu lächeln, aber es gelang nur halb.

»Ist Hegelmann eigentlich inzwischen auch in Untersuchungshaft?«, fragte Edgar unvermittelt. »Immerhin hat er abgedrückt.«

»Hegelmann wird in diesem teuren Privatsanatorium in Bad Vilbel aufgepäppelt. In der Zeitung steht, dass ihn seine Frau täglich besucht. Bis zum Gerichtstermin wird er wieder fit sein. Aber es wird wohl als Unfall ausgelegt werden. Man kann ihm zwar Tötungsab-

220

sicht unterstellen, aber nicht bei Annerose.« Fischer schluckte. Blickte sehr lange zu Edgar Junior. Er würde nie wissen, ob sein Kind auch ein Junge geworden wäre.

Keiner sagte etwas.

»Hast du denn keine Ahnung, was du beruflich machen willst?«, fragte Edgar, um den Bann zu brechen.

»Nicht wirklich. Aber ich könnte mir vorstellen, vorübergehend als Hausmeister an einer Wormser Schule zu arbeiten. Da ist eine Stelle vakant.«

Alle außer Edgar Junior wussten, was er meinte.

Sie verabschiedeten sich. Sein Wangenkuss für Susanne fiel nicht so kühl aus, wie er vorgehabt hatte.

Als Fischer im Büro an seinem weißen Schreibtisch stand und die Pflanzen betrachtete, die Annerose angeschafft hatte, hoffte er, dass seine Entscheidung richtig war.

Das Telefon läutete. Heide Illmann war dran. »Entschuldigen Sie, Herr Fischer, aber ich brauche einen Rat!«

»Einen Rat?« Etwas Besseres fiel ihm nicht ein.

»Ja, ich habe beim Aufräumen in der Laube diese Blechmaus gefunden. Sie wissen, die, die mein Vater Hegelmann in sein Verlies gebracht hatte. Ich habe Ihnen davon erzählt. Sie ist kaputt. Als ich sie fand, hatte ich eine solche Wut, dass ich nicht wusste, ob ich sie meinem Vater ins Gefängnis mitbringen oder Hegelmann in sein Sanatorium schicken soll.«

»Hegelmann hat Anneroses Tod nicht gewollt.«

»Aber er hat ihn verursacht!«

»Was soll ich Ihnen raten?«

»Was ich mit dem verdammten Ding machen soll! Einfach in den Müll?«

»Bringen Sie es der Kripo. Es gibt da eine Art internes Museum. Da gehört es hin.«

»Ja? Gut, wenn Sie meinen. Sie sind der Fachmann.«

Als das Gespräch beendet war, beschloss Fischer, am Abend Heinz Werber anzurufen. Das tat er oft in letzter Zeit. Für morgen hatte er eine Verabredung mit Estelle in einem Café in der Innenstadt.

Sie brauchte ihn manchmal zum Verarbeiten der gemeinsamen Erlebnisse. Sie wunderte sich noch immer über sich selbst und das, was sie getan hatte in diesen frühen Morgenstunden am Mäuseturm. Den Namen Pavel nahm sie dabei nie in den Mund. Fischer war fasziniert davon, dass sie immer in der dritten Person von sich sprach, wenn sie ihre Wut beschrieb.

Fischer warf einen Blick auf die drei Briefe, die auf seinem Schreibtisch lagen, dann trat er vor die Bürotür und atmete die kühle Dezemberluft ein. Sehr tief. Sehr bewusst. Von der Treppe zur Bergkirche her winkte ihm eine extrem dünne Nachbarin zu.

Er winkte zurück.

Ja, es war der richtige Entschluss. Gleichgültig, was sich daraus noch ergeben würde.

Ein Beruf, dessen Höhepunkte darin bestanden, dass er zwei ihm wichtige Menschen im Gefängnis und einen anderen wichtigen Menschen auf dem Friedhof besuchen musste, konnte sein Beruf nicht mehr sein.

Fischer wollte ein neues Leben!

Er ging zurück ins Büro. Setzte sich an den Schreibtisch, starrte auf die drei Briefe. Zunächst vermied er es, das Schwarz-Weiß-Foto zu betrachten, das in einem silbernen Rahmen neben dem Telefon stand. Dann blickte er doch hin. Die kleine Trauerschleife der ersten Wochen hatte er abgenommen. Annerose lächelte ihm so offen entgegen, wie sie es immer getan hatte. »Du würdest wollen, dass ich weiter mache, stimmt's?«, sagte er. Doch weder sie noch er selbst gaben ihm darauf eine Antwort. So wie er sich zuerst gezwungen hatte, das Bild anzusehen, musste er sich jetzt zwingen, wieder wegzublicken. Lustlos nahm er die Briefumschläge in die Hand. Bankauszüge, das Angebot einer Hamburger Schule für fernöstliche Kampfsportarten, speziell für private Ermittler.

Fischer legte beide Briefe auf den Schreibtisch zurück, ohne sie zu öffnen. Den dritten riss er nach kurzem Zögern auf. Auf einem Stempel war der Absender zu lesen. Die Justizvollzugsanstalt in Mainz. Zwei gefaltete DIN-A4-Bögen steckten drin. Fischer las zuerst den Bogen, auf dem nur wenige Worte standen.

Ich finde, Sie sollten das lesen, Herr Fischer!
Hannelore Schuster, Psychologin. Bitte melden Sie sich bei mir.

Es folgte eine Telefonnummer.

Er nahm den anderen Bogen. Er kannte die Handschrift. Im Zuge der polizeilichen Ermittlungen hatte er Wolfgang Illmanns Version der Hatto-Sage gelesen und auch den Teil, der sich mit Magdalena Gorwin beschäftigt hatte.

Er entfaltete das Blatt. Es war einseitig beschrieben.

Fischer las:

Er sitzt in seiner Zelle und versucht, sich in den Mann hineinzuverset-
zen, den er eingesperrt hatte. Er glaubt, das zu können, weil er ja jetzt
selbst eingesperrt ist.

Aber da ist vieles anders. Er wird nicht gezwungen, etwas laut zu le-
sen, das er nicht begreift. Ihm droht keine Todesstrafe. Seine Hände
sind nicht gefesselt, der Raum ist größer als das Kellerloch am Rhein.
Außerdem kommt die Verpflegung regelmäßig und ist ausreichend.
Heute gab es Brot von Hegelmann. Der Justizvollzugsbeamte grinste,
als er ihm das sagte. Seine Tochter schreibt ihm öfter, als er gehofft
hat. Sie schreibt, sie würde versuchen, sich in ihn hineinzuversetzen,
ihn zu verstehen. Wie könnte sie das? Aber er selbst versteht es jetzt.
Nach vielen Gesprächen mit seinem Anwalt und Hannelore, der jun-
gen Psychologin.

Er ist fasziniert von ihr. Nicht nur, weil sie Magdalena ähnelt und ein
wenig auch der bedauernswerten Frau, die Hegelmann erschossen
hat. Sie ist verheiratet. Sie sagt, dass sie ihren Ehemann sehr liebt. Der
Mann in der Zelle glaubt ihr das. Er weiß, was Liebe ist. Sie sagt, dass
sie ihn verstehen kann. Auch das glaubt er ihr. Sie begreift mehr, als
seine Tochter je begreifen wird. Diese junge Psychologin sagt ihm Bin-
senweisheiten, wie die, dass Liebe und Hass nahe beieinander liegen.
Selbst das saugt er auf wie ein Schwamm. Sie weiß alles über Eifer-
sucht. Über den grenzenlosen Hass auf jemand, der das eigene Glück
zerstört. Sie sagt, dass sie genau weiß, wie sie reagieren würde, wenn
sich eine andere in ihre Ehe drängen würde. Sie ist sich sicher, dass
ihr Hass nicht ihren Partner treffen würde, sondern die Fremde.

Aber sie sagt auch etwas, das dem Mann in der Zelle nicht gefällt. Gar nicht gefällt.

Sie spricht davon, dass der Hass, wenn er schon kommt, eine andere Form der Liebe sei. Praktisch die negative, fast zwingende Weiterentwicklung der Liebe. Warum konzentriert man sich dann darauf, den Eindringling, den Fremden töten zu wollen? Warum nimmt man die Binsenweisheit dann nicht beim Wort und tötet wirklich den Menschen, den man liebt? Ist der Zerstörer der Liebe nicht in Wahrheit der Geliebte, der sich abwendet? Ist der Gegenstand der Liebe, der sich aus ihr löst, nicht der wirkliche Verräter? Ein Verräter verdient Bestrafung. Seine Tochter liebt ihn. Sie hat keine große Ähnlichkeit mit Magdalena. Aber sie besitzt natürlich ihre Gene. Und sie hat dem Detektiv geholfen. Sie hat sich ihm gegenüber als Magdalena ausgegeben.

Fischer musste unterbrechen. Denn beim Lesen waren seine Augen bereits vorausgeeilt und hatten gesehen, dass sich im Stil des Briefes ab jetzt etwas änderte. Er musste an Estelle denken, die immer in der dritten Person von sich sprach, wenn es um die Dinge ging, denen sie sich nicht stellen wollte.

Dann las er weiter.

Warum schreibe ich von einem Mann in der Zelle? Warum schreibe ich nicht von mir? Warum schreibe ich nicht, dass Heide mich verraten hat? Genau wie ihre Mutter! Ihre verdammte Mutter! Oh, Gott. Wie gern hätte ich das schon früher gedacht, geschrieben und herausgebrüllt: »Ihre verdammte Mutter«

Ein Verrat muss bezahlt werden. Nicht von einem Stellvertreter wie Hegelmann. Nein, von der Person, die ihn begangen hat.

Meine Magengeschwüre werden behandelt. Der Arzt macht mir Hoffnungen. »Man kann sehr alt werden mit Magengeschwüren«, hat er gesagt. Und dann kommt ja auch erst mal der Prozess. Und dann die Jahre im Gefängnis.

Nun, ich habe schon einmal sehr lange gewartet.

Ich kann das.

Wenn ich ein Ziel habe.

Die Buchstaben des letzten Satzes waren größer geschrieben als die übrigen Worte. Fischer ließ den Bogen auf den Schreibtisch gleiten.
Es war Zufall, dass er direkt neben Anneroses Bild landete.
Fischer lehnte sich zurück. Schloss die Augen. Eine Weile sah er nur verschwommenes Grün, Regen! Dann tauchten sie auf. Pavel, Sven, Gerhard, Estelle, Heinz, Hegelmann, Illmann, Heide ... und Boris.
Fischer machte die Augen auf und sah Annerose gleich zweimal. Einmal auf dem Bild, einmal in seinem Kopf.
Er öffnete die Schublade und sah den schmalen Ordner, in dem seine Lizenz darauf wartete, zurückgegeben zu werden.
Das Kopfbild Anneroses sagte etwas zu ihm.
Er schloss die Schublade.
Er würde noch heute die Psychologin anrufen. Aber als er jetzt zum Telefon griff, wählte er eine andere Nummer.
»Heide Illmann!«
»Fischer! Ich habe Ihnen vorhin geraten, die Blechmaus der Kripo zu geben. Ich habe es mir überlegt. Schicken Sie sie mir.«
»Ja?« Das Wort kam gedehnt und es schwangen drei Fragezeichen mit.
»Bitte!«
»Okay, äh, in Ordnung, ich soll wohl nicht fragen, warum Sie sich anders entschieden haben?«
»Es wäre mir recht, wenn ich nicht darauf antworten müsste. Nicht heute.«
»Alles klar. Ich schick' sie Ihnen.«
Als er aufgelegt hatte, fühlte er sich etwas besser.

Der Autor bedankt sich ...

diesmal besonders bei *Renate Böhm-Schewe* für das Titelbild.
Es war mir ein Ansporn beim Schreiben.

bei *Pia Gonschorek* für zwei Tage Einfühlungskurs in die Stadt der
akustischen Täuschungen und für die tollen Fotos.

bei *Christiane Rehn-Kehl* für Bewirtung, Kaffee aus roten Automaten und jederzeit offene Worte. Ach ja, und fürs »Parfüm«.

bei *Stefan Kehl* für seine Geduld (wie immer).

bei *Gunda Kurz*, der Lektorin, die weiß, was Autoren brauchen.

bei *Aron Schewe* für die Fahrt nach Bingen.

... bei *Wolf, Heide* und *Estelle*. Ihr wisst, wofür!

... beim *freundlichsten* Busfahrer von Worms.

sowie beim *Wasser- und Schifffahrtsamt Bingen,*
Stadtbibliothek Bingen, Volkshochschule Bingen,
und der *Tourist-Information Bingen.*

Der Mäuseturm als Bauwerk

Bautechnisch rechnet man den Mäuseturm zu den »*Inselburgen*«. Markantes Beispiel ist die Pfalz im Rhein bei Kaub. Sie wurde später als der Mäuseturm errichtet[1], war aber für ähnliche Aufgaben vorgesehen: Schutz der Schifffahrt, Überwachung des Schiffsverkehrs, Zollstation. Den Gefahren durch die Wasserströmung versuchte man dadurch zu begegnen, dass die Burg fast fensterlose Außenmauern und die Form eines Brückenpfeilers erhielt[2].

Auch an der Ostseite des Mäuseturms ist das Fundament des Treppenturms brückenpfeilerartig vorgebaut in Form eines dreieckigen Eisbrechers.

Aus der Hessischen Baugewerkschule in Bingen unter der damaligen Leitung des rührigen Direktors Tölg besitzen wir dankenswerterweise eine Anzahl Grundrisszeichnungen, die 1925/1926 im Sinne der Denkmalspflege angefertigt wurden. Dadurch sind wir in der Lage, eine eingehende Beschreibung geben zu können.

Der Mäuseturm besteht aus einem Erdgeschoss und drei Obergeschossen. Nach der Bergseite ist der fünfeckige Treppenturm angebaut. Er enthält eine Wendeltreppe. Der Durchmesser des Treppenturmes beträgt 1,60 Meter. Die drei unteren Geschosse sind quadratisch, das vierte Geschoss (es ist das dritte Obergeschoss) hat im 14. Jahrhundert vier Ecktürmchen vorgebaut erhalten, eingebaut in einen ausgekragten Zinnenaufsatz. Die lichten Innenmaße sind 4,10 x 3,75 Meter. Das dritte Obergeschoss ist etwas größer durch die vier Erker und durch weniger starke Außenmauern.

Die Mauern sind in den unteren Stockwerken 100 Zentimeter dick, im Obergeschoss 48 Zentimeter. Die Deckenhöhe der Innenräume

---

1 um 1327 von König Ludwig IV. dem Bayer (1285-1347)
2 Vgl. Werner Meyer, »Die Deutsche Burg« S. 128

beträgt im Erdgeschoss 5,56 Meter, im 1. und 2. Obergeschoss je 2,90 Meter, im 3. Obergeschoss 3,15 Meter. Der Turmaufbau hat eine Höhe von 9,20 Meter oberhalb des 3. Obergeschosses. Das ergibt eine Gesamthöhe des ganzen Mäuseturms von fast 24 Metern.

Der Türeingang im Erdgeschoss liegt auf der Talseite. Die Tür ist 100 Zentimeter breit. Dem 1. Obergeschoss ist ein schmucker Balkon angebaut gewesen. Seine Innenmaße sind 90 x 140 Zentimeter. Dieser Balkon wurde 1950 vom 1. in den 2. Stock verlegt. Jeder Stockwerkraum besitzt eine Tür, die zur Wendeltreppe führt. Jeder Raum hat Fenster in mehrere Richtungen.

Um die Mitte des 17. Jahrhunderts besaß der Turm noch ein Walmdach. Ehe 1858 eine Generalrestauration erfolgte, zeigte der Mäuseturm unter dem Dach einen ringsum laufenden Bogen-Mauerkranz und dazu auf der Nordwestecke den vorspringenden Ansatz eines Erkertürmchens, der auf zierlichen Bögen und Kragsteinen ruhte. Das sind übrigens die gleichen Einzelheiten, die auch die Türme der Ehrenfels und andere Bauten des 13. und 14. Jahrhunderts aufweisen. Daraus konnte man Rückschlüsse auf die Erbauungszeit ziehen.

Dichterisch geformt hat Klaus von der Wieden in seinem Roman »Der Mäuseturm« (1926) das Aussehen des Bauwerks, wie er sich zur Zeit des vermutlichen Erbauers Hatto II. vorstellt:

> »Einen Turm, fest in die Erde gewurzelt, damit auch anrasende Wasser ihm nicht Schaden tun könnten. Und darum auch fensterlos unten, und der Eingang sicher verschließbar. Im Stockwerk oben dann kühle Gemächer, die er [Hatto II.] sich zum Aufenthalt wählen wollte. Und ein Söller nach dem Ehrenfelser Ufer gerichtet. Ein breiter, starker, vierkantiger Turm wars, und ein feines, schlankes, sechskantiges Türmchen daran geheftet. Dieses zierliche Türmchen, das sich auf der Seite der Inselspitze erhob, ragte hoch über die Zinkenkrönung des schweren, dreistöckigen Turmes empor. Es barg hoch oben noch einen sechsfenstrigen Raum. Durch diesen führte die Wendeltreppe zur obersten Plattform, die wieder von zierlichen Zinken eingefaßt war.«

Text aus: »Der Binger Mäuseturm und seine tausendjährige Geschichte und Sage«, Rudolf Engelhardt, Bingen 1971

Der Bergstrassen-Krimi, Band 3

Manfred H. Krämer
Die Raben vom Mathaisemarkt

Umfang: 220 Seiten
Format: 13,5 x 20,5 cm
ISBN-10: 3-935651-25-2
ISBN-13: 978-3-935651-25-7

Preis: Euro 11,00

Weitere Infos unter:
www.bergstrassen-krimi.de

oder online bestellen unter:
www.kehl-verlag.de

Der bizarre Ritualmord an einem umstrittenen Lokalpolitiker überschattet die Eröffnung des Schriesheimer Mathaisemarktes. Ein geheimes Spielcasino, ein illegales Bordell und der »Zar«, der Mannheims ehrgeizigstes Kulturprojekt finanziert, befinden sich im Visier von Kommissarin Elke Lukassow und ihrem Kollegen Frank Furtwängler.

Aber ausgerechnet die Spezialisten für knifflige Fragen haben gerade ihre eigenen Probleme. Bei Bertha Solomon und Lothar Zahn, im Ermittler-Job und in der Liebe ein Team, geht es mächtig rund: Das als »Solo und Tarzan« bekannte Duo hätte sich nicht träumen lassen, was ein Casino-Besuch an Tarzans Geburtstag ins Rollen bringt - und auf einmal wirbeln die Ereignisse durcheinander wie die Spielkarten in den Händen eines geübten Croupiers ...

In »Die Raben vom Mathaisemarkt« jagt Manfred H. Krämer seine heldenhaften Anti-Helden wieder durch ein rasantes Abenteuer an der Bergstraße. Und wie in »Tod im Saukopftunnel« und »Der Kardinal von Auerbach« ist die Metropolregion Rhein-Neckar der heimliche Star in dieser Geschichte.

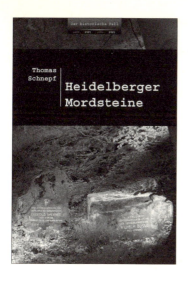

Der historische Fall, Band 1

**Thomas Schnepf
Heidelberger Mordsteine**

267 Seiten – 13,5 x 20,5 cm
ISBN-10: 3-935651-84-8
ISBN-13: 978-3-935651-84-4
Preis: Euro 12,80

Weitere Infos unter:
www.der-historische-fall.de

oder online bestellen unter:
www.kehl-verlag.de

Am frühen Morgen des 29. Juli 1922 wird Leonhard Siefert im Hof der Männerzuchtanstalt Bruchsal auf dem Schafott hingerichtet. Er ist in einem der ersten Indizienprozesse Deutschlands des Doppelmordes schuldig gesprochen worden. Obwohl alles dafür spricht, dass Siefert zwei Bürgermeister aus Habgier umgebracht hat, beteuert er bis zu seinem Ende seine Unschuld.

Im Jahre 2005 stößt Robert Flaig, beurlaubter Richter am Landgericht Heidelberg, bei der Suche nach einem Thema für seine Dissertation auf den Fall Siefert. Was anfänglich mehr ein Vorwand ist, um vorübergehend dem Trott am Landgericht zu entkommen, nimmt ihn mehr und mehr gefangen. Warum sind die Gerüchte um ein Fehlurteil über Jahrzehnte nicht verstummt? Seine Recherchen fördern nicht nur widersprüchliche Zeugenaussagen von damals ans Licht, sondern scheinen auch gegenwärtig irgendjemanden zu beunruhigen. Als ein Schlägertrupp Flaig die Botschaft überbringt, den Fall Siefert ruhen zu lassen, ist sogar sein Leben in Gefahr. Und plötzlich ermittelt Flaig auch in ureigener Sache ...

Der Autor Thomas Schnepf ist Amtsrichter und lässt in dem Roman »Heidelberger Mordsteine« glänzend recherchiert einen Aufsehen erregenden Fall lebendig werden.

Weitere Krimis aus dem KEHL-VERLAG

Der Rheinhessen-Krimi, Band 1
Mord am Geiersberg

Dies ist der 1. Roman unserer Reihe *»Der Rheinhessen-Krimi«* von Walter Passian.

194 Seiten im Format 13,5 x 20,5 cm
ISBN: 3-935651-06-6, 3. Auflage
Preis: Euro 10,00

Der Rheinhessen-Krimi, Band 4
Die Mörder vom Kellerweg

Dies ist der 4. Roman unserer Reihe *»Der Rheinhessen-Krimi«* von Walter Passian.

243 Seiten im Format 13,5 x 20,5 cm
ISBN: 3-935651-08-2
Preis: Euro 11,00

Der Bergstrassen-Krimi, Band 1
Tod im Saukopftunnel

Dies ist der 1. Roman der Reihe *»Der Bergstrassen-Krimi«* von Manfred H. Krämer.

211 Seiten im Format 13,5 x 20,5 cm
ISBN: 3-935651-15-5, 5. Auflage
Preis: Euro 11,00

Der Naheland-Krimi, Band 1
Todespforte am Rheingrafenstein

Dies ist der 1. Roman unserer Reihe *»Der Naheland-Krimi«* von Wolfgang Ziegler.

256 Seiten im Format 13,5 x 20,5 cm
ISBN: 3-935651-23-6
Preis: Euro 11,00

Online bestellen: www.kehl-verlag.de